BASTEI
LÜBBE
STARS

Von Tabitha Flyte sind bei Bastei Lübbe Taschenbücher lieferbar:

14850 Karibische Verführung
15439 Höhenangst
15622 Der junge Geliebte

Tabitha Flyte

Heiß wie die Sünde

Erotischer Roman

Aus dem Englischen von
Sandra Schmitz

BASTEI
LÜBBE
STARS

BASTEI LÜBBE STARS
Band 77265

Vollständige Taschenbuchausgabe

Bastei Lübbe Stars in der Verlagsgruppe Lübbe

Titel der Originalausgabe: »The Hottest Place«
Für die Originalausgabe:

Dieses Werk wurde vermittelt durch die
Literarische Agentur Thomas Schlück GmbH, 30827 Garbsen
Für die deutschsprachige Ausgabe:

Umschlaggestaltung: Kirstin Osenau
Titelbild: © DIGITALstock
Satz: SatzKonzept, Düsseldorf
Druck und Verarbeitung: GGP Media GmbH, Pößneck
Printed in Germany, Juli 2008
ISBN 978-3-404-77265-0

Erstes Kapitel

Ich liege auf dem Gepäckband. Wir alle liegen da, alle hübschen Frauen des Fluges liegen auf dem rotierenden Band. Die männlichen Passagiere stehen um das Band herum. Sie warten eifrig darauf, die richtige Frau vom Band zu lupfen.

Ich bin vielleicht die unwilligste von ihnen. Ich versuche, einen Arm über meinen Spitzen-BH zu legen, und ich will auch nicht, dass die Männer mein knappes Höschen sehen können. Aber das Band dreht sich zu schnell, also kann ich nicht abspringen. Jedes Mal, wenn ich mich aufrichten will, werde ich von der Fliehkraft zurückgeworfen, Beine und Arme hilflos in der Luft, Gepäckscheine um den Hals.

Die anderen Frauen lachen. Ich sehe ihre großen Zähne, beschmiert mit Lippenstift. Einige von ihnen masturbieren ungeniert, um auf sich aufmerksam zu machen. Ich trage schwarze Lackschuhe mit hohen Absätzen, die mich aufs Band drücken. Wieder richte ich mich auf und will davonkriechen, aber wann immer ich aussteigen will, bewegt sich das Band schneller. Meine Welt dreht sich wie verrückt.

Um mich herum greifen Männer sich knapp bekleidete Frauen. Sie ziehen sie vom Gepäckband; es geht so einfach, wie man sich die Leckerbissen von einer Sushi Bar greift. Sobald sie ausgewählt sind, werden die Frauen von den Männern schmatzend geküsst und dann auf den Gepäckwagen gehievt. Manchmal werfen sich die

Männer auch aufs Band und fallen über die von ihnen ausgewählte Frau her.

Ich schaue einem Paar zu. Der Mann behält seine Hose an, nur der Penis ragt aus dem Schlitz, und der Hintern bewegt sich auf und ab. Sie treiben es wie die Kaninchen. Verschlungene Beine, Hände auf Pobacken. Der Weg in den Wahnsinn. Das Gepäckband wird glitschig von den Säften der Erregung.

Der Flughafen bebt vor Gier. Ich höre die kreischenden Wünsche nach mehr, immer mehr. Selbst die Aufseher reißen sich die Uniformen vom Leib und machen mit. Ich aber treibe immer noch auf dem Gepäckband, jetzt allein, die Schenkel dicht zusammen. Ich habe Angst, dass niemand mich auswählt. Ich bin das Gepäckstück, das niemand haben will. Verzweifelt sehne ich mich danach, dass jemand das Band anhält.

Der Träger meines BHs hakt sich irgendwo fest, und wie von selbst reißt sich der Stoff von meinen Brüsten. Ich bin entsetzt und versuche erfolglos, meine steifen Nippel vor der Welt zu verbergen. Ich glühe vor Scham. Auch wenn es so aussieht, als wäre ich erregt, ich bin es nicht.

Jemand zieht mich vom Band. Es ist nicht derjenige, den ich mir heimlich gewünscht hätte. Ich hatte mich auf einen lässigen blonden Gentleman versteift, der sich das Geschehen mit einem wohlwollenden Grinsen angeschaut hatte. Aber der Mann, der mich greift, hat dunkle Haare, ist untersetzt und hat ein breites Gesicht.

Er packt mich und setzt mich auf einen Berg von Koffern, Rucksäcken und Golftaschen. Ich sträube mich, versuche zu entkommen, aber er drückt mich auf die Koffer zurück. Seine Hände hinterlassen kleine rote Flecken auf meinen Armen. Ich trete nach ihm, und er nennt mich eine Wildkatze und sagt, ich sähe heiß und geil aus, und er könnte sein Glück nicht fassen. Er sagte, ich wäre erst zum Schluss ausgewählt worden, weil ich so phantastisch aussehe. Die anderen Männer hätten Angst vor so schönen Frauen, aber er nicht. Nein, Sir.

Ich trage noch meine Strümpfe, obwohl ich den Strumpfgürtel längst verloren habe. Er rollt meine Strümpfe die Beine hinunter; er rollt sie wie eine Zigarre. Seine Selbstsicherheit erregt mich. Ich liebe Strümpfe, und es erregt mich, wenn ein Mann sie mir auszieht. Ich liebe es, wie sie meine Beine umfassen, und wenn sie von der Haut geschält werden, liebe ich die Freiheit, die ich dann spüre. Ich will, dass er sie ganz abstreift, aber er lässt die Seidenwürste an meinen Füßen hängen.

Bevor ich mich bewegen kann, öffnet er seine Hose. Ich sehe genau hin, als er den Hosenstall öffnet und mit den langen Fingern hineingreift. Der Penis springt ungeduldig heraus, und ich beuge mich vor, um ihn aus der Nähe zu betrachten. Enorm. Typ Sammleredition. Er hält meine Bewunderung für Verlangen. Er zielt auf meinen Mund, aber ich presse die Lippen fest zusammen.

Damit kann man eine Menge Unheil anrichten. Er wirft sich auf mich. Er ist so schwer, dass sich meine Beine freiwillig spreizen, damit ich ihn besser stützen kann. Sekunden später schiebt der Fremde mein Höschen zur Seite und dringt mit einem dicken Daumen in mich ein. Glitschig und warm, dann das laute Stöhnen, das aus meiner Kehle dringt. Ich spüre, wie sich meine Klitoris vergrößert, und mein Geschlecht reagiert, als hätte es ein Leben lang darauf gewartet.

Meine heiße Spalte klammert sich um seinen Daumen. Ich schiebe mich ihm entgegen, schnell und gierig. Dann zieht er seinen Daumen hinaus, und einen Moment lang bin ich wütend, aber dann quetscht er etwas anderes in mich hinein, dicker als drei Daumen, länger als eine Hand. Er teilt meine Labien, massiert den Kitzler und stößt durch. Er passt wunderbar.

Ich fließe über und presse mich gegen ihn. Ich will die Reibung von Schaft und Klitoris verstärken. Bald schon schreie ich vor Lust. Der Rest der Passagiere hört meine Erregung und hastet zu unserem Gepäckband, um der Schau beizuwohnen.

Als ich aufwachte, lag eine graue Decke über mir. Ich hatte keine Ahnung, wie lange ich geträumt hatte. Ich blieb zusammengekauert in meinem Sitz der Touristenklasse sitzen und sah den Stewardessen zu, die durch die Gänge schritten wie Models auf dem Laufsteg. Eine Flugbegleiterin stieß hart gegen meinen Ellenbogen. Ich wünschte, ich hätte einen Fensterplatz, aber Roger hatte darauf bestanden, dass ich einen Sitz am Gang nahm.

Roger. Zuerst wollte er nicht glauben, dass ich überhaupt fliegen würde. Erst gestern hatte er es begriffen, nehme ich an. Wenn ich die Chance nicht wahrgenommen hätte, würde ich nie wegkommen. Ich hatte Job und Wohnung aufgegeben und mit dem Geld die Tickets bezahlt, dazu die Visa, die Koffer und die Sonnenschutzcremes mit den Schutzfaktoren zehn bis fünfzig.

Roger beharrte darauf, dass er mich brauchte, aber das stimmte nur zur Hälfte, und das wussten wir beide. Trotzdem liebte ich ihn so sehr, dass mein Herz schmerzte. Ich weiß, es hört sich verrückt an, doch wenn ich an ihn denke, klopft mein Herz so heftig, dass ich fürchte, es könnte aufhören zu schlagen.

Am Abend zuvor hatte Roger mich im Flughafenhotel

zärtlicher und intensiver geliebt als seit Jahren. Und am Flughafen hatte er mir heute Morgen beim Leben seiner Mutter versprochen, dass er so schnell es ging nach Thailand nachkommen würde, und dann würden wir gemeinsam um die Welt fliegen. Ich glaubte ihm natürlich. Ohne Vertrauen ist doch alles nichts, oder?

Die Frau neben mir – die im Mittelsitz – wachte auch gerade auf. Mir fielen ihre Fingernägel ins Auge, sie sahen aus wie pinkfarbene Blütenblätter. Ich schätzte die Frau auf Mitte dreißig. Sie schien völlig entspannt, ganz offensichtlich eine flugerfahrene Frau, die nichts schrecken konnte. Sie hatte ziemlich viel Alkohol gekippt, während ich brav bei Wasser geblieben war. Sie streckte sich wohlig und geschmeidig wie eine Katze, dann wandte sie sich dem Mann am Fenster zu.

Er hatte eine kräftige Nase, und um sein Kinn bildete sich ein wachsender Bartschatten. Die kastanienfarbenen Haare hatte er am Hinterkopf zu einem Pferdeschwanz zusammengebunden. Er trug schmuddelige Jeans und ein T-Shirt. Ich hätte nicht gedacht, dass sie zusammen passten, sie professionell und intellektuell, er eher mit dem abgebrühten Charme eines Straßencasanovas. Aber sie schienen sich gut zu unterhalten, wenn ich auch nicht verstehen konnte, worüber sie sprachen.

Die Lichter wurden ausgeschaltet, und der Videofilm begann. Der kleine Junge hinter mir trat wieder gegen meinen Sitz, aber wann immer ich mich umdrehte, um ihn zurechtzuweisen, lag er unschuldig in seinem Sitz und strahlte seinen gut aussehenden Großvater an.

Meine hübsche Nachbarin lehnte sich dem Fenstermann entgegen und gab ihm einen Kuss auf den Mund. Er sah überrascht aus und erwiderte den Kuss. Sie küssten sich immer weiter, immer inniger. Er fasste sie am

Kinn an und zog ihr Gesicht näher. Sie legte eine Hand auf seinen Hinterkopf. Wieder begegneten sich ihre Lippen. Ich konnte sehen, wie seine Zunge tief in ihren Mund eindrang.

Ich versuchte, nicht hinzusehen, aber sie legten eine tolle Schau hin. Dann riss er die Augen auf und sah mich direkt an, während er die Lippen wieder auf ihren Mund presste. Sie musste seine wandernden Blicke bemerkt haben, vielleicht fühlte sie auch nur einen Wechsel im Rhythmus seiner Zunge, denn sie hörte auf, ihn zu küssen. Sie flüsterten miteinander. Sie kicherte, dann beugte sie sich zu mir.

»Du bist lieb.«

»Danke.« Ich versuchte, mich nicht geschmeichelt zu fühlen, wenn Leute mir solche netten Dinge sagen, aber natürlich lechze ich nach Komplimenten wie Vögel im eisigen Winter nach Brosamen.

Sie küssten sich wieder, geile Küsse mit geschlossenen Zungen. Seine Hand kroch unter ihr dünnes Seidenhemd und bewegte sich verstohlen, bis sie an die verlockenden runden Brüste griff.

Ich hielt den Atem an. Mir war, als könnte ich seine Hand auf meinen Brüsten spüren. Mein Körper wurde klamm. Ich ahnte, dass die Lippen sich intensiver bewegten, und ich hörte leise gestöhnte Laute der Erregung. Meine Hände hielten sich an den Armen fest. Ich kam mir wie eine schamlose Spannerin vor, aber es war doch nicht meine Schuld, oder?

Seine Hände fassten sie an, streichelten und fühlten. Ich wünschte, ich hätte meine Brille auf, aber auch ohne Brille sah ich, wie sich ihre Nippel verhärteten, und natürlich wurde mir bewusst, dass meine quasi aus Sympathie auch steif wurden.

Ich erinnerte mich noch gut an die letzte Nacht, wie Roger an meiner Bluse gezupft und die Nippel lang gezogen hatte, ehe er sie ausgiebig geleckt und gesaugt hatte, meine Finger in seinen Haaren. Meine Pussy zuckte.

Sie zog ihn näher an sich heran. Ich sah, dass sie mit den Fingern über sein Hemd strich. Sie fummelte an einem Knopf und konnte die Hand in die Öffnung schieben. Sie spielte mit seinen Brustwarzen. Ich hätte gern gewusst, wie sie sich anfühlten. Gestern Abend hatte ich Rogers Brustwarzen gelutscht, ich hatte sie zuerst mit der Zungenspitze angestoßen und zugesehen, wie sie hart geworden waren, dann hatte ich sie in den Mund genommen, aber als er in mich eindrang, musste ich aufhören, weil ich Angst hatte, ich könnte sie in Ekstase abbeißen. Ich legte dann meinen Kopf in seine Halsbeuge und saugte an seiner Haut. Beißen durfte ich ihn nicht, nie, nirgendwo. Ich wusste, es war verboten, aber ich versuchte es trotzdem.

Das Paar hatte sich umschlungen, und wenn sie sich nicht auf den Mund küssten, dann küssten sie Nase, Lider und Stirn des Partners. Sinnlich saugte er an ihren Augenbrauen.

Ich sah vor mir, wie Roger mich zwischen den Beinen geleckt und meine Klitoris verwöhnt hatte, sein Gesicht nass von meinen Säften. Er liebte es, wenn ich seinen Namen stöhnte.

Die andere Hand des Mannes war auch eifrig zugange. Er streichelte ihre Knie. Ich beobachtete den Fortschritt seiner Finger. Ja, ich gebe zu, dass ich ihn im Stillen aufforderte, weiter zu gehen. Ich wollte sehen, wie weit sie gehen würden, was sie sich trauten.

Er hob ihren Rock. Sie hatte gut geformte Schenkel, glatt, gebräunt und mit winzigen goldenen Härchen.

Seine Hand stahl sich höher und enthüllte ihr kleines weißes Höschen. Ein Tor aus weißer Baumwolle. Nur die wahrhaft Schönen, sagt man, können auch ein weißes Baumwollhöschen mit Selbstbewusstsein tragen. Er schob es mit den Fingerspitzen nach unten, und irgendwie hatte ich das Gefühl, dass er es auch meinetwegen tat.

Ich holte meinen Reiseführer heraus und tat so, als vertiefte ich mich in den Artikel über die thailändische Königsfamilie. Doch ich wollte trotzdem noch sehen, was als nächstes geschehen würde. Ich hörte das Geräusch von Nässe. Jetzt wünschte ich, Roger wäre hier und könnte das mit mir tun.

Weiteres Stöhnen, dann der Laut eines Reißverschlusses, der aufgezogen wurde. Ich konnte nicht widerstehen und musste hinschauen. Sie hatte sich zurückgelegt, und die schwarzen Haare hingen verwegen über dem Sitz. Sie sah wie ein Malermodell aus dem neunzehnten Jahrhundert aus – geschwungene Lippen, gerötete pausbackige Wangen und flatternde schwarze Wimpern. Sie war grazil und geschmeidig, und ihr Bauch war flach und ebenmäßig gebräunt.

Sieh nicht hin, Abigail, sieh nicht hin.

Okay, dachte ich mir, vielleicht war er gerade erst aus dem Gefängnis entlassen worden und hatte seit Jahren keinen Sex mehr gehabt. Er war unschuldig verurteilt worden. Irgendein Verbrechen aus Leidenschaft. Und ich warte draußen vor dem Gefängnis mit einem Kabrio. Nein, das war alles zu sehr Klischee. Vielleicht hatte sie im Gefängnis gesessen. Weswegen? Ja, auch wegen einer Tat aus Liebe. Oder er war außer Landes gewiesen worden, weil er schon als Jüngling dieses Mädchen geliebt hatte, und erst heute konnten sie wieder zueinander finden. Mehr als zehn Jahre hatten sie sich nicht gesehen, und in dieser Zeit hatte er mitgeholfen, die Demokratie in seinem Land wieder einzuführen. Oder sieht es immer so aus, wenn ein Paar seine Hochzeitsreise beginnt?

Er hielt ihr Gesicht in seinen Händen und sah sie an, als könnte er sein Glück nicht fassen, dann küsste er sie voller Leidenschaft. Ihre Finger glitten und strichen und rieben, und wo auch immer sie drückten und zwickten, lösten sie lustvolle Seufzer aus.

Ich selbst kannte solche völlige Hingabe nicht, ich ließ mich von der Leidenschaft nicht von den Füßen reißen. Nicht einmal zu Hause bei geschlossenen Türen und Vorhängen. Nicht einmal mit Roger.

Seine Finger erkundeten ihren Busch, und ich konnte meinen Blick nicht wenden. Sie saß ganz still da, spreizte die Beine noch etwas weiter und öffnete sich für ihn. Ein phantastisches Bild, eine preiswürdige Pussy. Ich würde sie auch gern mit einem Finger berühren. Sonst nichts, nur das glatte, klebrige Gewebe fühlen, um zu wissen, wie es sich anfühlt.

Dann zerrte sie an seinem Hosenstall. Ihre kleinen Finger wirbelten auf seinem Reißverschluss herum wie hunderte kleine Insekten. Sie zog seine Jeans hinunter. Darunter sah ich einen kleinen Slip, und den zog sie gleich mit.

Ich war überrascht, dass er so eine Waffe unentdeckt an Bord hatte schmuggeln können: Sein Schwanz hatte das Format eines harten Projektils. Sie legte eine Hand um den Schaft und streichelte mit der anderen Hand seine Hoden.

Aber Himmel, das ging doch nicht! Nicht in dieser gedrängten Enge. Sie waren wie zwei Teenager, zwei heftig knutschende Teenager. Bitte, hört auf. Das war zu viel.

Er drehte sie auf die Seite, so dass sie nun abgewandt von mir saß. Seine Hände stützten ihren runden Po. Die Backen, von dem schmalen Band geteilt, wirkten obszön. Seine Finger schoben das schmale Band zur Seite, und sie hatte keine Einwände. Er öffnete ihre Schenkel, dann rutschte er in seinem Sitz nach unten, bis er Auge in Auge mit ihrer Pussy lag. Er beugte sich vor.

Der kleine Junge hinter mir fing an zu quengeln.

»Da ist eine Katze im Flieger, die leckt an der Milch«, behauptete er.

»Sei still und schau dir den Film an«, sagte der Großvater und setzte sich wieder den Kopfhörer auf.

Sie legte einen Arm hinter ihren Kopf. Sie lag völlig losgelöst da, in absoluter Hingabe, nur auf ihre Lust konzentriert. Er trank ihre Nässe. Sein Kopf ging auf und ab, und mit einer Hand stieß er gegen meinen Schenkel. Sie keuchte, als liefe sie ein Rennen.

»Ich muss doch bitten«, sagte ich.

Himmel, warum war ich so viktorianisch prüde? Wie würde ich mit solcher Einstellung in Thailand aussehen? Würde ich mich darauf beschränken, Fotos zu schießen, Ansichtskarten zu schreiben und Souvenirs zu sammeln, so wie die Damen der Reisegesellschaften in früheren Zeiten?

Er zog die Decke über sie, aber darunter herrschte turbulentes Leben. Ihre Füße, die in eleganten Sandalen steckten, standen weit auseinander, ein Fuß stützte sich auf ihrem Handgepäck ab, der andere drückte gegen das Fenster. Sie wanden sich unter der grauen Decke, heißer Pudding unter kalter Eiercreme.

Jemand klopfte mir auf die Schulter. Ich zuckte schuldbewusst zusammen.

»Etwas zu trinken?«

»Nein, danke«, sagte ich. Die Decke bewegte sich weiter. Wie Kinder, die im niedrigen Zelt herum kriechen.

»Ein Eis?« Die Stewardess schaute missmutig auf meine flatternden Nachbarn.

»Nein, danke. Ich glaube, sie schlafen«, fügte ich hinzu, und sie ging weiter.

Sie schlugen die Decke zurück, und jetzt lag er flach unter ihr. Sein Kopf rutschte zu mir herüber, wie ein alter Mann im Stoßverkehr, der ständig zwei Fahrbahnen braucht; aber er hier war ein junger Mann, und sein Kopf rutschte fast auf meinen Schenkel. Sie lag auf ihm, traute sich aber nicht, sich aufzurichten. Weil sie so zierlich war, konnte sie sich gut verstecken.

Ich spürte, wie der Junge hinter mir mich wieder mit Füßen trat. Warum musste ich den verdammten Gangplatz haben? Ich hätte in der Mitte sitzen können! Warum musste Roger immer alles entscheiden?

Sie begann ihre mahlenden Bewegungen auf ihm, ruckte auf und ab, schwankte von einer Seite zur anderen. Sie sah großartig aus. Ich konnte meinen eigenen Geruch wahrnehmen, klebrig, glitschig, unkontrollierte Wellen der Lust. Nässe zwischen den Beinen. Einem sexuellen Geschehen so nahe zu sein war wie eine Halluzination.

Das Gesicht der Frau war heiter und gelassen. Ein wenig Speichel sickerte aus einem Mundwinkel. Sie hatten nicht genügend Platz, deshalb schlug ihr Kopf bei den Bewegungen gegen den Rücken ihres Sitzes. Die schlanken Hüften gingen rauf und runter, und ich hörte den Mann stöhnen, wenn sie sich tief auf ihn sinken ließ. Sein Gesicht rieb sich an ihren Brüsten, und sie knabberte in seinem Nacken. Sie flüsterten miteinander.

Sie fiel mir entgegen, und ihre Hand suchte nach einem

Halt. Sie fand ihn auf meiner Brust. Mein Körper kochte, er war dankbar für die zufällige Berührung der zierlichen fremden Hand, aber ich kauerte wie erstarrt in meinem Sitz, steif vor Verlegenheit. Ihre Finger legten sich um meine Brust und drückten die Warze. Mein Gesicht glühte. Die Frau war viel zu sehr in Ekstase, um zu wissen, was sie tat. In diesem Moment hätte ich alles für einen Mann gegeben, irgendeinen. Ich wollte genauso frei sein wie diese fremde Frau.

Sie stieß wieder fest hinunter in seinen Schoß. Ihre harten braunen Nippel schabten an seinem Gesicht entlang. Er hob ihren Po noch höher an, und ich sah unter dem hoch gerutschten Rock, dass seine Hand sie gründlich erforschte. Ich konnte heiße, animalische Lust riechen.

Dann stieß die Frau eine Reihe von kurzen Stöhngeräuschen aus, und ihr ganzer Körper zitterte wie Blütenblätter in einer Sommerbrise.

Ich würde nie in der Lage sein, mich derart gehen zu lassen.

»Wie fliegen in einer Höhe von achtunddreißigtausend Fuß.« Der Stimme des Piloten dröhnte aus dem Lautsprecher. »An unserem Zielort ist es heiß, heiß, heiß. Wenn Sie Ihre Uhren noch nicht umgestellt haben – es ist neunzehn Uhr Ortszeit. Bitte, schnallen Sie sich an und beachten Sie die Rauchverbotszeichen. Wir hoffen, dass Sie eine wunderschöne Zeit in Thailand haben, und wir freuen uns schon darauf, wenn Sie das nächste Mal wieder mit uns fliegen.«

Sie küssten sich zärtlich. Nach dem Sturm kehrte jetzt die Ruhe ein. Ich entdeckte einen großen Diamanten an ihrem Ringfinger der linken Hand. Also flogen sie tatsächlich in die Flitterwochen! Wer konnte ihnen da ihre

Lust verübeln? Eines Tages würde ich auch nicht mehr unbegleitet verreisen. Und wenn Roger und ich das erste Mal zusammen flogen, dann würde es uns wahrscheinlich genauso ergehen – wir würden es unbedingt tun müssen und uns von allen Konventionen befreien. Wir würden die Natur sprechen lassen und unsere ungezügelten Seiten entdecken. Irgendwie schwante mir, dass dieses Szenario höchst unwahrscheinlich war.

»Ich danke Ihnen«, sagte die Frau zu mir. »Dass Sie nichts gesagt haben.«

»Gern geschehen«, gab ich verlegen zurück, und weil ich fand, es könnte als Unhöflichkeit ausgelegt werden, dass ich so kurz angebunden war, fragte ich noch: »Wie heißen Sie?«

»Selma.« Sie tätschelte meine Hand.

»Und Ihr Freund? Wie heißt er?«

Sie lächelte mich an, studierte mein Gesicht, als wollte sie meine Reaktion abschätzen.

»Er? Oh, das weiß ich nun wirklich nicht. Wir haben uns eben erst kennen gelernt.«

Ich versuchte, mein Entsetzen hinunter zu schlucken. Ich war eine Frau von Welt, und es passiert alle Tage, dass zwei Menschen, die sich völlig fremd sind, neben mir im Flugzeug vögeln. Aber ich fürchte, ich hatte meine Gesichtszüge nicht ganz unter Kontrolle, sie verrieten mich.

Sie wandte sich ihm zu und fragte ihn etwas, dann drehte sie sich wieder zu mir.

»Er heißt José.« Sie strich wieder über meine Hand, und ich konnte ihren Ehering in meiner schwitzenden Hand spüren. »Sie sehen sehr blass aus.«

»Ach?« Ich spürte das Brennen zwischen meinen Schenkeln. Ich hätte alles dafür getan, das tun zu können, was sie getan hatten, und ich schämte mich schrecklich dafür. Ich wich ihrem Blick aus, aber ich hörte sie lachen.

»Fürchten Sie, dass wir abstürzen?«

»Nein, wieso?«

»Ah, dann haben Sie schlicht Angst vorm Fliegen, nicht wahr?«, stellte sie fest.

Ja, kann schon sein. Vielleicht war das die Erklärung für meine Blässe.

Zweites Kapitel

Selbst eine Nacht in Bangkok ist zu lang. Ich zitterte vor Angst und war sicher, dass die Taxifahrer mich umbrachten und die Gepäckträger meine Koffer klauten. Die Fahrt in die Stadt lief im Schneckentempo ab, Stoßstange an Stoßstange. Selbst auf der Schnellstraße stießen sich die Autos an, wenn sie Platz brauchten, um die Spur zu wechseln. Für die zwanzig Kilometer lange Strecke brauchten wir dreieinhalb Stunden. Manchmal bewegten wir uns zwanzig Minuten lang nicht vom Fleck und starrten auf Schilder, die eine Höchstgeschwindigkeit von einhundert Stundenkilometern vorschrieben. Ich konnte es nicht erwarten, endlich am Ziel zu sein, obwohl ich nichts Besonderes vorhatte. Die Hitze drohte mich zu ersticken. Es kam mir so vor, als wäre ich in Zellophan gepackt.

Der berüchtigte Smog hing wie ein schmutziger Brautschleier über den Straßen und verdeckte alles im Umkreis. Auf der anderen Seite der Schnellstraße sah ich Bauarbeiter, die ein Gerüst um einen Rohbau errichteten. Ich sah ganze Familien auf Motorrädern, Erwachsene und Kinder auf dem Lenker; Pritschenwagen mit offener Ladefläche, auf denen Erntehelfer auf Stroh lagen und schliefen; kleine blaue dreirädrige Taxis, die so aussehen, als hätte man sie aus einem Spielzeugladen importiert, aber die Taxifahrer sahen so aus, als wären sie aus der Hölle eingeflogen. Sie fuhren im Zickzackkurs am stehenden Verkehr vorbei, stießen hier an und dort und hüllten die Zurückgebliebenen in schwarzen Rauch ein.

Ein Mann, gnomenhaft und dunkel, stieß einen Schrei aus, als ich aus dem Taxi stieg. Müde hob ich eine Hand, ob abwehrend oder grüßend, war mir nicht klar. Aber dann blickte ich mich um und sah seine Freunde, und erleichtert fuhr ich mit der erhobenen Hand durch meine Haare.

Wenn du allein bist, ist ein Hotelzimmer ein seltsamer Ort. Ich bemühte mich, es zu meinem eigenen Territorium zu gestalten. Ich stellte ein paar Fotos von Roger auf den Nachttisch, dann packte ich meine Kleider und die Toilettensachen aus. Es war stickig und heiß. Die Klimaanlage funktionierte nicht. Die Fenster waren weit geöffnet, aber kein Windchen wehte herein. Ich bestellte was beim Zimmerservice, und nach einer Stunde trug eine junge Frau einen Teller mit Nudeln und einer Frühlingsrolle herein. Sie entschuldigte sich für die ruhende Klimaanlage.

»Vielleicht wird sie es morgen wieder tun.«

»Vielleicht?«, fragte ich. Sie hob die Schultern. Wer konnte das schon so genau wissen?

Nichts beschwört so sicher ein nagendes Heimweh herauf wie ein Abendessen allein. Das Frühstück nimmt man am besten allein ein, und mittags ist es mir egal, ob ich allein bin oder Gesellschaft habe, aber beim Abendessen muss man in Begleitung sein. Beim Abschied von der Firma sagten einige Frauen, dass sie mich beneideten. Wenn sie mich jetzt sehen könnten, wäre aller Neid verflogen. Erfolglos schlug ich nach Fliegen, und ebenso erfolglos stocherte ich mit Stäbchen auf meinem Teller herum. Warum hatte ich nicht wenigstens um eine Gabel gebeten? Ich mache mir immer alles besonders schwer.

Ich beschloss auszugehen. Ich schlenderte ziellos in eine Richtung und fand mich nach einer Weile im berüchtigten Bezirk von Patpong. Rechts und links schmierige Buden, Imbiss an Imbiss. Fritten und Nudeln, Würste und halbe und ganze Hühnchen. Und Männer, überall Männer.

Dicke, schwitzende Geschäftsleute aus dem Westen, schlanke Thais und Gruppen von Japanern in dunklen Anzügen, alle auf der Suche. Ein Regenbogen von Lustsuchern, und wo lässt sich leichter suchen als in Thailand?

In meinem Reiseführer hieß es, in Thailand gäbe es für jeden etwas: »Die Bergdörfer und die Reisfelder im Norden, die tropischen Inseln mit ihren einmalig langen, sauberen Sandstränden im Süden und die Hauptstadt, die Spaß und Unterhaltung bietet.«

Ich ertrank im Lärm der Trommelschläge, im Getöse, das aus Musikboxen quoll, im lauten Feilschen um Rolex-Imitate. Tuktuk Taxis schlängelten sich an den Massen vorbei und fuhren halsbrecherisch um die Kurven. Vor einem Klunkerstand sah ich eine Gruppe italienischer Frauen in engen schwarzen Hosen. In den Bars wanden sich junge Frauen in knappen Tops und Hotpants zu Hits aus den Siebzigerjahren. In einschlägigen Etablissements führten Mädchen Pingpong-Tricks vor. Aus den Scheiden heraus beschossen sie sich mit Tischtennisbällen. Selbst nette Männer aus England schauten zu. Zu Hause würden sie nie auf die Idee kommen, einen Stripschuppen aufzusuchen, aber im fernen Land zählten die Skrupel nicht.

Schritte hinter mir. Ein Mann aus dem Westen, groß, ein bisschen verwahrlost. Wollte mich ins Hotel begleiten, mir den Weg zeigen.

»Aber ich habe mich nicht verlaufen.« Ich sah verächtlich in sein übereifriges Gesicht und konnte den Kerl in der Menge leicht abschütteln.

Im Hotel las ich wieder im Reiseführer. Ich fühlte mich wie ein Detektiv auf Spurensuche.

»Thailand ist berüchtigt für seine Prostituierten und Transsexuellen. Drogen sind weit verbreitet, und halluzinogene Pilze sind an vielen Straßenecken zu haben. Aber während einige Touristen des Sex oder der Drogen wegen nach Thailand reisen, will die überwältigende Mehrheit ein wunderschönes Land genießen und das fröhliche (und preiswerte) Lebensgefühl der Thais kennen lernen.«

Ich konnte mir nicht vorstellen, irgendetwas wunderschön zu finden, wenn ich allein war. Nie hatte ich mich so einsam gefühlt. Warum war ich überhaupt allein hier? Natürlich wusste ich warum. Ich wartete auf Roger und hatte nicht warten wollen, bis er mit mir fliegen konnte.

Ich zog mich aus. Ohne Hast hakte ich den BH auf. Mir war, als würden Rogers Hände über meinen Busen streicheln und die seidigen Körbchen heben. Ich spürte, wie er meine kleinen zusammengezogenen Nippel zwickte. Träge ließ ich mich aufs Bett fallen und strich leicht über meine Brüste. Bilder unserer letzten Nacht im Flughafenhotel fielen mir ein. Ich schob meinen Slip nach unten, steckte ihn zwischen meine Beine und sah nach unten. So sah er besonders sexy aus, fand ich. Als wäre ich mittendrin überrascht worden.

Einen Moment überlegte ich, ob ich masturbieren sollte. Die Gedanken weilten bei meinem fernen Freund. Aber ich war zu verspannt. Ich musste an die anderen Hotelbewohner denken und fragte mich, wie sie die Zeit zwischen dem Jetzt und dem Aufwachen verbrachten. Mir ging das Paar aus dem Flugzeug nicht aus dem Kopf. Die Leichtigkeit ihrer Verbindung, ihrer Vereinigung, ihrer Erleichterung. Ich sah wieder die Ausdrücke auf ihren Gesichtern, die Sehnsucht, die Befriedigung. Es machte mich heiß. Ich schob den Slip ganz hinunter und sah ihn verloren auf dem Boden liegen.

Während der Nacht hörte ich Hoteltüren schlagen. Gäste kamen und gingen. Trunkene Schritte, stolpernde Schritte, Hände, die sich an den Wänden abstützten. Eine Herde von Elefanten oder Hyänen im Stockwerk über mir. Mit Gedanken an Roger schlief ich schließlich ein. Der Lärm eintreffender Flugzeuge unterbrach meine heißen fiebrigen Träume.

»Die neue Gouvernante ist da.«

Sie schreitet nervös durch das Spalier der Höflinge zum Thron. Es ist ein phantastischer Thron, golden, schwer und reich verziert, aber es sitzt niemand darauf.

»Wo ist der König?«, fragt sie unsicher.

Der König tritt vor und schreitet die breite Treppe hinunter. Sein Gesicht ist bedeckt, aber seine Erscheinung kommt ihr vertraut vor.

»Kenne ich Sie nicht?«

»Das ist im Englischen eine freundliche Phrase, Eure Hoheit«, sagt einer der Höflinge rasch und wirft ihr einen strafenden Blick zu. »Sprich den König ehrerbietig an!«, zischt er.

»Ich bin die neue Gouvernante«, sagt sie und macht einen tiefen Knicks, wie es sich gehört. Sie trägt ein wunderschönes Kleid, rot und golden, aus einem herrlich weichen Stoff, und winzige Slipper, mit Blattgold verziert, stecken an ihren Füßen.

»Hervorragend!« Der König klatscht in die Hände. Seine Begeisterung ist so ansteckend, dass sie fast von der Echtheit überzeugt ist.

Jemand spielt auf der Harfe. Ein Duft von Vanille liegt in der Luft. Überall stehen Blumen in riesigen Vasen. Die Atmosphäre ist sanft und entspannt, aber sie ist immer noch nervös.

»Eure Hoheit«, sagt sie.

»Du kannst My Lord zu mir sagen.« Er strahlt sie an.

»Wo sind die Kinder?«

»Die Kinder?«, wiederholt er verdutzt. Er sieht seine Höflinge an, als erwartete er Erhellung von ihnen.

»Sie möchte wissen, wo die Kinder sind«, sagt jemand, aber hilfreich war das auch nicht.

»Es gibt keine Kinder hier«, sagt der König, und alle um ihn herum lachen. »Kinder? Was für eine Vorstellung!«, rufen die Höflinge und lachen wieder.

»Aber Sir, ich bin hier, weil ich mich um Ihre Kinder kümmern soll.«

Der Höfling, der dem König am nächsten steht, zieht mit einer dramatischen Geste eine Schriftrolle auseinander.

»Du bist hier am Hof des Königs. Du hast den Anweisungen des Königs zu folgen, immer dein Bestes zu geben und erhältst ein jährliches Salär von drei Millionen Baht. Hier, sieh selbst, du hast unterschrieben.«

»Aber ich dachte …«

Keine Reaktion. Tatsächlich sehen einige Höflinge so verwirrt aus wie sie selbst.

»Um wen, zum Teufel, soll ich mich denn kümmern?«, ruft sie laut. Ihre Stimme hallt im großen Raum wider.

Einige der Frauen glucksen hinter ihren Pfauenfächern; tausend kleine Augen beobachten sie. Der König klatscht in die Hände, dann wird ein hoher Samtvorhang gehoben, und dahinter wird ein Bambuskäfig enthüllt, etwa so groß wie ein Gerätehaus für den Garten.

Etwa zehn oder zwölf Männer halten sich im Käfig auf, sie sind nur knapp bekleidet, lächeln und winken ihr zu. Offene Gesichter, freundliche Augen. Zu jeder anderen Zeit wäre das ein reizvoller Anblick gewesen.

»Ich glaube, eher nicht«, sagt sie und weicht zurück.

»Aber ja, du bist hier, dich dieser Leute anzunehmen«, sagt ein anderer der Höflinge laut. Er hat einen dicken schwarzen Schnurrbart, der so sehr glänzt, als wenn er mit Wichse poliert worden wäre.

Er geht auf sie zu und raunt ihr ins Ohr: »Diese Leute haben dem König einen großen Gefallen erwiesen. Sie haben Elefantenstaub mitgebracht, Schildkrötensaft, alle erdenklichen Gewürze, Safran, Perlmutt. Für diese edlen Geschenke muss sich der König erkenntlich zeigen.«

»Du bist verrückt«, sagt sie und blickte wieder hinüber zu den Männern. Gut aussehende Individuen. Unterschiedlich in Größe und Umfang, verschieden gekleidet. Die Schwellung in der Körpermitte wird von dünnen Tüchern verborgen. Was allen Männern eigen ist – eine gewisse Gier in den Augen. Wie Löwen vor der Fütterung.

»Wie, um alles in der Welt, soll ich mich um ausgewachsene Männer kümmern?«

»Nun, in der Welt ist das nicht anders wie im Himmel.«

Sie reißt die Augen weit auf. »Nein, niemals.«

»Das ist ein Problem«, sagt der König. »Aber es ist kein Problem, das unlösbar wäre.«

Sie nickt ihm dankbar zu. Endlich einer, der mit sich reden lässt. Sie will gerade schon vorschlagen, dass sie eine andere Arbeitsvermittlungsagentur anrufen sollen. Sie brauchten kein Aupair- oder Dienstmädchen. Sie erinnert sich noch an die Frau, die ihr diese Stelle vermittelt hatte. »Ich beneide dich«, hatte sie gesagt. »Es ist der beste Job, den ich seit Jahren zu vergeben hatte.« Ha, ha.

»Fesselt sie«, ruft der König.

»NEIN!«

Drei Wärter stürmen vor. Zwei packen sie an den Armen, der dritte holt sie von den Beinen. Andere Wärter mit Stricken laufen auf sie zu.

»Haut ab, lasst mich los, ihr Ungeheuer.« Sie wehrt sich, kämpft, aber sie kämpft nicht gut. Sie erwischt einen Wärter mit dem Ellenbogen im Auge, aber sofort nimmt ein anderer bulliger Typ seinen Platz ein. Sie wird gefesselt und verschnürt. Oh, Himmel, warum hatte sie ihren Job gekündigt?

»Sehr schön«, sagt der König und klatscht in die Hände. »Ich bin sicher, dass einige meiner Freunde es noch mehr genießen, wenn sie sich sträubt.«

Um fünf Uhr wurde ich vom Dröhnen der Motorräder geweckt. Junge Männer schrien, pfiffen und lachten. Es klang so nahe, als wären sie bei mir im Zimmer. Die nächste Stunde riss der Lärm nicht ab, rollende Koffer auf den Fluren, das laute Klappern der Aufzugtüren, das Quietschen des Aufzugs. Ich war froh, dass ich abreisen konnte.

Drittes Kapitel

Ich war angenehm überrascht, wenn auch ein wenig verlegen, als ich José und Selma beim Inlandsflug auf dem Flughafen von Bangkok traf. Absichtlich setzte ich mich in der kleinen Zwei-Propeller-Maschine ein wenig abseits von ihnen, aber diesmal gaben sie sich keinen Ungehörigkeiten hin; wahrscheinlich hatten sie genug Gelegenheiten gehabt, sich auszutoben.

Als wir uns der Insel näherten, konnten wir meilenlange Sandstrände sehen, umgeben von herrlich grünen Bäumen. Aus der Höhe konnte ich sogar Menschen und Radfahrer und Lastwagen erkennen. Es ging mir sofort besser, wie wenn man nach längerer Krankheit aufwacht und weiß, dass man überlebt hat.

Selma schlug vor, dass wir uns ein Boot mieten und zu einer kleinen Ansiedlung fuhren, die sie kannte. Zuerst winkte ich ab, denn mein Reiseführer empfahl einen anderen Ort. Selma riss mir das Buch aus den Fingern und lachte.

»Komm mit uns, da lernst du das wirklich wilde Leben kennen!«

Ohne meinen Reiseführer kam ich mir hilflos vor, er war wie meine Bibel. Ich wollte Selma sagen, dass ich nicht von den bekannten Wegen abweichen wollte, und wilde Abenteuer waren auch nicht mein Ding, aber Minuten später saß ich still auf meinem Platz im Boot.

Wir schnitten durchs Wasser, und wieder ging es mir besser. Jetzt fing mein Urlaub richtig an. Ich kam mir vor wie eine Schülerin im Juli. Ich streckte den Arm aus und griff mit der Hand ins warme Wasser. Die Sonne streichelte meinen Körper, und ich spürte, wie meine Anspannungen sich in Luft auflösten.

José hatte Sommersprossen auf den Schultern, und ich konnte mich nicht beherrschen und nutzte jede Gelegenheit, auf seinen flachen Bauch und die Shorts zu schauen. Wann immer Roger und ich zusammen schliefen, ließ ich meine Hand da liegen, um ihn zu wärmen. José stolzierte auf dem Boot herum wie ein Pfau, der seine Federn spreizt. Er roch nach Sex. Als er und Selma für etwa zehn Minuten verschwanden, ahnte ich warum.

Gelassen kehrte Selma zurück. Sie setzte sich neben mich. Unsere Schenkel berührten sich, unsere Hände tauchten wir ins Wasser. Wie froh sie wäre, dass ich dabei bin. Wir würden uns bestimmt gut anfreunden. Sie wäre verrückt nach Booten. »Ich liebe sie«, sagte sie in ihrem schweren nordenglischen Akzent. Er klang so reizend, dass ich mir wünschte, sie hätte den Satz wiederholt. Sie sagte, das Schwanken des Bootes löste in ihr bestimmte Gefühle aus, weißt du? So ein Kribbeln.

Ich zog meinen Koffer auf den Schoß und verschränkte meine Arme.

»Ich bin ein Glückspilz«, fuhr Selma fort. »Wenn José im Flugzeug neben dir gesessen hätte, wäre ich ihm nie begegnet.«

»Ach, das weiß man doch nicht«, sagte ich halbherzig. Ab und zu fielen mir Josés Blicke auf, die mir galten, wenn Selma nicht hinschaute, und ich sah dieselbe Lust in seinen Augen, die er auch zeigte, wenn er Selma ansah.

Ich fragte mich, ob es wirklich Zufall war. Bisher hatte ich geglaubt, Roger und ich, das wäre vom Schicksal bestimmt. Selbst wenn ich nicht bei der Firma angefangen hätte, bei der er auch arbeitete, hätte das Schicksal dafür gesorgt, dass sich unsere Wege kreuzen würden. Aber Menschen, die sich lieben, glauben wohl immer, dass das Schicksal was damit zu tun hat, nicht wahr? Bei der Scheidung eher nicht.

»Ich habe schon immer die Phantasie gehabt, es mal auf einem Boot zu treiben«, sagte Selma. »Weißt du, ich bin verrückt nach Wasser. Ich trage ein gestreiftes T-Shirt und einen Minirock. Piraten entern unser Schiff. Sie töten alle, nur mich lassen sie leben, und eines Nachts kommen sie und nehmen mich mit, sie legen mich bäuchlings über die Reling und ziehen mir den Slip aus. Oh, ja, was für ein Traum.«

»Ja. Eh, wo kommst du her, Selma?«, fragte ich, als sie eine Pause einlegte.

Selma war verheiratet und hatte zwei Kinder, auf die der Vater aufpasste. Sie verbrachten ihre Urlaube getrennt. Sie arbeitete bei einer Organisation des Umweltschutzes. Sie sah mich grinsend an. »Aus den Augen, aus dem Sinn, verstehst du?«

Wenn sie nach Hause zurückkehrte, würde ihr Mann drei Wochen lang nach Bali fahren. »Ist nur fair.«

Eigentlich, so vertraute sie mir an, hatten sie sich auf Thais konzentrieren wollen, aber José sei so ein guter Liebhaber, dass sie sich während der Dauer ihres Urlaubs auf ihn beschränken wollte. Ich nickte dumpf.

Sie legte eine Hand auf meinen Arm. »Du solltest es auch mal probieren«, sagte sie. »Man lebt nur einmal.« Dann fügte sie hinzu: »Jedenfalls in diesem Körper.«

Ich dachte, dass Selma Glück hatte, in diesem Körper zu leben. Ihre Brüste waren so spitz wie bei einer Balletttänzerin. Sie hatte lange, schlanke Arme. Sie trug ein winziges Hemd mit einer aufgedruckten Sonnenblume und dazu einen Minirock. Sie hätte auch eine Plastiktüte anziehen und immer noch elegant und sexy aussehen können.

Ich wandte den Blick von ihr und schaute zu José, der ins Wasser spuckte. Er hatte nur eine weite Baumwollhose an, und wenn man genau hinschaute, sah man den Schatten des hin und her pendelnden Penis.

»Ich habe einen Freund zu Hause«, sagte ich.

»Ein Mädchen wie du, allein auf dieser heißen Insel …« Sie hob die Augenbrauen. Es sah so aus, als lachte sie mich aus.

»Er kommt nach.«

Wir erreichten den Hafen. Eine kleine Menschentraube erwartete uns zur Begrüßung, aber die meisten waren Taxifahrer, die uns zu ihrem Fahrzeug zerren wollten. Selma zog die Schuhe aus und ging barfuß weiter. Sonst bringen mir Füße nicht viel, aber ihre waren wunderschön geformt, und am liebsten hätte ich sie in meinen Schoß gelegt und die Akupressurpunkte gedrückt. Aber ich wusste nicht, welche Punkte was bewirkten.

Wir fuhren in einem alten offenen Jeep. Wir saßen auf der Rückbank und wurden auf der holperigen Straße ziemlich durchgeschüttelt. Die Palmen zu beiden Seiten der Straße bogen sich im Wind. Ich hielt mein Gepäck mit beiden Armen fest, denn gerade in den Kurven hätte es leicht über Bord gehen können. Es ging in die Berge, dann wieder hinunter ins Tal.

Mir fiel auf, dass Selma keinen BH trug. Ihre Nippel rieben sich am dünnen Hemd, und die Brüste hüpften auf und ab. Sie erwischte mich beim Starren, und rasch sah ich weg. Ich nehme an, wenn ich dazu neigte, was nicht zutrifft, dann wäre sie die Art Frau, die mir gefiel.

Ab und zu überholte uns ein Motorrad. Ein Mann transportierte acht Hühner auf einem Fahrrad; zum Glück hockten die Tiere in einem Korb. Kinder rannten zur Straße und winkten uns zu. Weiße Augen und weiße Zähne blitzten aus den dunklen Gesichtern. Wir schienen immer tiefer in den Dschungel einzudringen. Die Geräusche klappernder Zikaden, schreiender Vögel und brechender Zweige unter den Reifen wurden immer lauter. Der Wind legte sich.

Ich fing ein Gespräch mit dem Beifahrer an, denn er sah gut aus und war freundlich, und Selma und José knutschten in der Ecke.

»Regnet es oft hier?«

»Ja, wenn es regnet, dann schüttet es lange. Die Straße verschwindet, und der Jeep kommt nicht mehr weiter.«

»Aber nicht um diese Jahreszeit?«

»Nein, nein, viel später.«

Ich sah Josés kräftige Hand auf Selmas Schenkel. Er rieb sie auf dem nackten Fleisch hin und her.

»Dein Englisch ist sehr gut«, sagte ich zu dem Thai.

Selma legte ihre Hand über Josés und hielt sie Zentimeter vor ihrem Sex fest. Ich fragte mich, ob sie wieder so ein weites Höschen trug wie gestern, in dessen Beinöffnung man leicht schlüpfen konnte. Ich stellte meine Beine nebeneinander und öffnete sie ein wenig; ich spürte ein leichtes Schwitzen. Meine Wäsche war nicht gut gewählt, ich hatte das Gefühl, ein Korsett zu tragen. Die feine Spitze des BHs juckte. Ich stellte mir Selma bei den Piraten vor, wie sie über den Knien eines Piraten lag, der ihr den Po versohlte.

Selma rieb sich die Haut dick mit Sonnencreme ein und reichte sie an mich weiter. Ich trug sie auf meine Schultern auf. Die Creme roch schwach nach Wassermelonen. Selma bot an, dass sie den Schutz tief in die Haut rieb; ich wollte ablehnen, sah aber ihren schmollenden Mund, deshalb wandte ich mich ihr zu. Ich spürte ihre Hände auf meinem Rücken. Tiefer, noch tiefer. Ich schwitzte jetzt überall. Ihre Berührungen gefielen mir.

»Wie Seide«, murmelte sie und hauchte einen Kuss auf meine Schulter. Ich kicherte verlegen.

Wenn Roger mich massierte, geschah es immer voller Ungeduld und auch nur, wenn er selbst eine Rückenmassage wollte, aber Selma koste meine Haut, als hätte sie alle Zeit der Welt und erwartete keine Gegenleistung. Ihre Finger tippelten über meine Haut, und ich musste mir eingestehen, dass es sich wahnsinnig gut anfühlte. Ich sagte ihr das.

Sie lächelte wissend, und ich errötete und schaute auf den Boden. Ich wollte nicht, dass sie aufhörte, aber José sah mich mit finsteren Blicken an, deshalb sagte ich, den Rest könnte ich selbst in die Haut massieren.

Die Hitze umfing uns. Der Himmel bestand aus einem glitzernden Weißblau. Ich versuchte, nach vorn auf die Straße zu sehen, aber ich gewahrte ihr Streicheln und Stöhnen.

Als unser Jeep einem anderen begegnete, stiegen die Fahrer aus und redeten aufgeregt miteinander. Die Passagiere im anderen Jeep wurden zum Flughafen gebracht. Sie hatten eine dunkle Haut, und ich schämte mich für meine Blässe. Im Vergleich mit den anderen war ich steif und spröde. Die anderen sahen zu uns herüber. Die Blicke der Männer saugten sich an Selmas Brüsten fest, die unter dem dünnen Top deutlich auszumachen waren.

»Shalom«, sagte einer von ihnen.

Selma stand auf und winkte. Jetzt konnten sie ihre Brüste noch besser sehen. José starrte sie wütend an. Als sie sich wieder setzte, wandte sie sich kichernd an mich. »Hast du das auch schon bemerkt? Er ist eifersüchtig.«

José blickte finster drein. Wie ein kleiner Junge, der seine Mutter mit anderen teilen muss.

»Er sieht sich gern andere Frauen an, aber er will nicht, dass irgendeiner mich ansieht.«

Sie legte eine Hand auf mein Knie. Ich fühlte, wie ihre Finger meine Haut drückten, ich sah aber auch, wie sich ein Sturm auf Josés Gesicht zusammenbraute. Ich schob ihre Finger weg, aber Selma ließ sich nicht beirren. Ihre schrill bemalten Nägel gruben sich in mein Fleisch.

»Nicht.« Ich zitterte.

Selma rollte ihr T-Shirt hoch und entblößte ihren mädchenhaft flachen Bauch. Sie lupfte das T-Shirt noch ein bisschen höher, so dass ich die Unterseiten ihrer Brüste sehen konnte. Der Beifahrer grinste mich an und leckte sich mit der Zunge über die Lippen. Nun galten Josés finstere Blicke ihm. Das sinnliche Gesicht fauchte unausgesprochene Drohungen heraus.

Selma lachte ein wenig zu lange. Sie hatte wunderschöne weiße Zähne, aber die oberen Eckzähne liefen spitz zu wie bei einem Vampir.

Ich zwang mich wegzusehen und an Roger zu denken. Wir sind neun Stunden voraus, deshalb schläfst du wahrscheinlich noch, Liebling, schläfst unter einem grauen englischen Himmel. Ich wünschte, du würdest in meinen Armen liegen. Ich könnte über deine Haare streicheln und dir zuflüstern, wie sehr ich dich liebe, wie sehr ich dich brauche und all die süßen Geheimnisse, die ich bei Tageslicht mir nicht zu sagen traue.

Viertes Kapitel

Meine Wohnung im Sunita Complex lag in einem Bungalow und bestand nur aus einem Zimmer mit Bett, Schrank und ein paar Kleiderbügeln. Das Badezimmer – Dusche und Toilette – befand sich ein paar Stufen die Steintreppe hinunter. Vom Fenster aus konnte ich den Balkon sehen und die Bucht, und schon nach dem ersten Blick wusste ich, dass ich mich nicht oft im Zimmer aufhalten würde.

Was für ein Strand! Den Blick aus dem Flugzeug fand ich bestätigt – es war eine Bucht wie aus dem Märchen, das Paradies für Hochzeitsreisende mit weißem Sand und türkisblauer See, in der sich der Himmel spiegelte.

Sobald ich den Sand zwischen den Zehen spürte und hörte, wie die Wellen das Ufer streichelten, empfand ich tiefes Bedauern. Es wäre ideal gewesen, wenn jetzt Roger hier wäre. Bei jedem neuen Anblick dachte ich, wie sehr Roger das genießen würde.

Jeden Morgen wachte ich zum Klang der im Wind raschelnden Blätter und der Wellen im Sand auf. Die Poesie der Natur. Mir kam es so vor, als flüsterten sich Bäume und Meer verträumte Liebeslieder zu.

Aus dem anderen Fenster meines Zimmers konnte ich direkt in Selma und Josés Bungalow sehen. Ihrer war identisch, außer dass vor ihrer Tür eine Hängematte angebracht war. Ich freute mich, dass sie so nah waren. Sie kamen mir wie alte Freunde vor, obwohl ich realistisch genug war, nichts von ihnen zu erwarten.

Jeden Abend um Mitternacht wurde der Strom abgeschaltet, und wenn ich gerade eindöste, begannen José und Selma mit ihrer Abendgymnastik. Regelmäßig wie ein Uhrwerk. Rein, raus. Ich stellte mir Selmas in Leidenschaft verzerrtes Gesicht vor, die Zungenspitze zwischen den Zähnen, das Keuchen, wenn es ihr kam, kam, kam.

Ich hielt mir die Ohren zu und wünschte, ich könnte mein Gehirn abschalten. Himmelll. Sie hatten eine Ausdauer wie Spitzenathleten. Im Laufe der Tage gewöhnte ich mich an die Geräusche, ich nahm sie als Hintergrundmusik hin wie im Aufzug oder im Supermarkt. Aber egal, was ich mir einredete, ich konnte meinen Ohren nicht beibringen, nichts zu hören.

Selma fragte mich mehrere Male, ob ich mit ihnen ausgehen wollte, aber ich lehnte dankend ab. Ich eigne mich nicht als fünftes Rad am Wagen, und ihre Intensität schreckte mich ab. Obwohl sie behauptete, sie fände ihn allmählich langweilig, schleppte sie ihn immer wieder in den Bungalow.

José folgte ihr überall hin. Er wollte nicht, dass sie mit anderen sprach. Aber statt sich darüber zu ärgern, fand sie sein Besitzerdenken eher lustig. So stellte ich mir das Leben einer Bohemien vor, dachte ich verärgert. Sie erinnerte mich an rauchgeschwängerte Bars, große Cellos und Frauen mit langen Haaren, die zu viel liebten.

Tagsüber sah die Hauptstraße wie die einer staubigen Stadt in einem Western aus. Es gab eine Drogerie, in der man Moskitonetze, Sandalen, Kerzen, Sarongs, Angeln und Tabletten bei Magenproblemen erwerben konnte. Es gab mehrere Snackbars, die Falafels, Kebabs, Sandwiches und Nudelgerichte anboten, und andere Bars, wo die Touristen saßen und amerikanische Videos betrachteten, in denen es die klassischen Dialoge gab wie: »Ich verlasse dich.« »Du kannst mich nicht verlassen, weil ich dich verlasse.« Oder: »Du bist gefeuert.« »Sie können mich nicht feuern, weil ich kündige.«

Nachts brummte es auf der Hauptstraße. Geschmeidige Thaimädchen lockten dickbäuchige Männer mit dicken Brieftaschen an.

Sunita Complex bestand neben den Bungalows aus einem Café, einem kleinen Laden sowie einem Reisebüro. Das Café hatte ein schönes Sonnendach und war zu den Seiten hin offen, so dass jeder kommen und gehen konnte, wie er wollte. Am hinteren Ende, vor der Küche, stand ein Billardtisch. Vorne, dem Strand am nächsten, standen die Tische und Stühle.

Am Tag meiner Ankunft war ich einmal ums Café herumgegangen. Es saß nur ein Gast da, der Bier trank und die Bangkok Post las. Er trug einen Leinenhut und karierte Socken mit offenen Sandalen. Sein Gesicht zeigte ein ungesundes Pink. Selma und José waren schon in ihre Privatsphäre geflohen, also setzte ich mich in die Nähe des Mannes.

Ich sah hinüber in die Küche, in der ein Thai eine Gurke schälte, dann hackte er sie auf einem dicken Holzbrett klein. Er setzte das Messer bedrohlich schnell ein. Der Stahl blitzte in meine Augen.

Eine Gruppe von jungen Mädchen, vielleicht aus England, lief lachend und plappernd vorbei. Sie trugen Stirnbänder, Bikinitops und Shorts. Der Mann in der Küche sah ihnen nach. Kurz darauf schlenderten draußen ein paar Männer mit dicken Bäuchen vorbei, dicht hinter ihnen zwei junge Thaimädchen mit Erdbeerlippen und schmalen Hüften. Der Mann in der Küche brummte leise vor sich hin.

»Prem hasst die Leute aus dem Westen«, sagte der Gast.

Prem? Was für ein ungewöhnlicher Name.

»Wo ist Prem?«, fragte ich, obwohl ich es mir denken konnte. Aber ich wollte mehr von ihm hören.

»Der Manager drüben.« Er wies mit dem Kopf zur Küche.

»Warum hasst er sie?«

»Was glaubst du denn?«, gab er lachend zurück. Ich hob die Schultern.

Wenn man Prem von der Seite sah, war er schlank wie ein Korken, aber stand man vor ihm, sah man den kräftigen Brustkorb und die ausgeprägten Muskeln. Betrachtete man ihn länger, musste man zum Schluss kommen, dass er ein Denker war, ein Grübler. Ich hatte nichts dagegen, dass er Ausländer hasste, wahrscheinlich hatten sie ihm Ursachen dafür gegeben. Ich mag Leute mit eigener Meinung. Manchmal wünschte ich, ich könnte Roger meinen Willen aufzwingen, und doch bin ich heimlich beeindruckt, dass es mir nicht gelingt.

Ich las in meinem Reiseführer.

»Die Thai sind das freundlichste Volk der Erde. Sie legen sich krumm, damit Sie sich wohl fühlen. Deshalb ist Thailand als Land des Lächelns berühmt geworden.«

Mit einem finsteren Blick kam Prem aus der Küche und schenkte mir einen cremigen Milkshake ein. An Prems Handgelenk prangte ein weißer Streifen, wo er entweder Uhr oder Armband trug. Seine Arme waren schmal und muskulös.

Zum Glück hatte ich Roger gefunden. Ich brauchte Männer nicht anzumachen. Ich war nicht mehr zu haben, hatte mich vom Markt genommen.

Prem setzte das Glas vor mich hin, und sein Gesicht drückte nichts aus, außer, dass er in Ruhe gelassen werden wollte. Als er sich ein wenig nach unten beugte, befand sich seine Schulter auf einer Höhe mit meinem Gesicht, und ich fragte mich, ob er meinen Atem auf seiner schönen braunen Haut fühlen konnte. Ich spürte den verrückten Drang, ihn zu kneifen, um zu sehen, ob er echt war.

Ich verfolgte immer noch die Bewegungen des sehnigen schlanken Körpers. Kleine Gurkenstifte klebten hartnäckig an seinem Hemd. Als er herumfuhr, ertappte er mich beim Starren, und ich tat so, als müsste ich schnell eine Seite meines Reiseführers umblättern. Dabei schnitt ich mich in den Finger. Nicht an einem großen Messer, wie er es benutzt hatte, nicht mal an einem kleinen, sondern an einer Papierseite. So was Dummes.

Prem nahm mein Glas vom Tisch und schüttelte tadelnd den Kopf, als er den Blutstropfen vom Finger rinnen sah. Er brachte mir ein Papiertaschentuch, das ich um den Finger wickelte. Wir sahen zu, wie es sich dramatisch rot verfärbte, aber er sagte immer noch kein Wort.

Fünftes Kapitel

Zuerst badet man sie.

Sie schäumen sie überall mit Seife ein. Das warme Wasser rinnt in jede Öffnung. Sie muss sich tief bücken, denn sie wollen alles sehen, wollen wissen, ob sie überall sauber ist.

Dann bindet man sie fest.

Sie wird gespreizt auf ein Rad gebunden, auf ein großes Rad. Ihre Arme und Beine sind weit geöffnet. Sie trägt nur ein dünnes Tuch über den Schenkeln, aber wenn sie das Rad drehen, können sie die Stelle zwischen den Beinen sehen, glaubt sie.

»Hier bleibst du nicht lange«, sagen sie ihr fröhlich. Sie hört jemanden sagen, dass ihr Service bald beginnt.

Sie wird die Agentur verklagen, und wenn es das Letzte ist, was sie tut.

»Gefällt euch dieser Job?«, fragt sie einen der Männer, der ihr Handgelenk an eine Speiche bindet. Er weist mit dem Zeigefinger auf seinen Mund.

»Was denn?«

»Er ist stumm«, sagt der Mann neben ihm.

»Oh, verdammt.« Sie zwickt in seinen Arm. Kein Laut kommt über seine Lippen.

»Bevor du dich um die Freunde kümmern musst, werden wir heute Abend zu dir kommen«, flüstert der eine, der sprechen kann.

»Was? Warum?«

»Keine Sorge.« Er senkt die Stimme noch mehr. »Wir sind gekommen, dich zu retten.«

»Danke, danke. Ihr seid ja so lieb.«

Am Abend kehren sie wirklich zurück. Sie versuchen, ihre Fesseln zu lösen, aber sie stellen sich dumm dabei an, und es gelingt ihnen nicht, sie zu befreien. Der Stumme lehnt sich über eine Brust. Eine dicke Träne fließt aus seinem Auge, fliegt in die Luft, größer als ein Heißluftballon.

»Er ist traurig«, sagt der Freund des Stummen. »Er möchte dir unbedingt dein Schicksal ersparen, dass sie deine Beine spreizen und dich hart nehmen.«

»Sage ihm, er soll sich keine Sorgen machen. Ehrlich, ich glaube, ich werde damit fertig.«

»Sie werden obszöne Dinge in deine Ohren flüstern, während du Schaft um Schaft aufnehmen musst, du wirst ihren keuchenden Atem spüren, und sie werden dich mit ihren geilen Mündern küssen.«

»Wie entsetzlich«, sagt sie. Ihre Wangen brennen.

»Und auch nicht nur in deine Pussy werden sie eindringen, sie werden dich am ganzen Körper berühren, jede Öffnung, und sogar deine Brüste werden sie berühren. Und nicht nur mit den Händen.«

»Oh, wirklich?« Ihre Nippel beginnen zu kribbeln. »Und wird der König das auch tun?«

»Nein, das wenigstens bleibt dir erspart. Der König ist der König, der beteiligt sich nicht an solchen Sachen. Aber wir werden dir ja helfen zu fliehen.«

Sie erschauert. »Ich glaube, ihr solltet dieses Risiko nicht eingehen. Denkt doch mal, was sie alles mit euch anstellen werden.«

Die Männer sehen sich entsetzt an. Der Stumme weint, als sein Freund ihn aus dem Zimmer führt. Sie liegt auf dem Rad und wartet auf den Morgen. Seltsamerweise haben ihre nächtlichen Besucher ihre Stimmung gehoben.

Meine Träume, die immer phantastischer wurden, inspirierten meine sehnsüchtigen Karten, die ich an Roger schrieb. Ich bettelte ihn an, dass er zu mir kam. Ich zählte die Tage und Stunden, schrieb ich, und dass ich ein paar neue Freundschaften geschlossen hätte, aber sie wären nicht mein Typ. Ich hätte auch schon ganz schön Farbe angenommen, aber ich bewahrte mir ein paar weiße Stellen, die er dann mit seinen Lippen verwöhnen könnte. Ausführlich schilderte ich, was ich alles mit ihm anstellen würde, wenn er endlich hier war. Ich versprach, ihn nicht mehr zu nerven, aber ich wartete verzweifelt auf ihn.

Tage köstlichen Nichtstuns reihten sich aneinander. An jedem Morgen strahlte die Sonne mit tausend Möglichkeiten durchs Zimmer. Ich könnte tauchen, schnorcheln, am Strand entlang schlendern, schwimmen, sonnenbaden. Oder zu den Wasserfällen gehen. Es schien ein Verbrechen, dass ich mich in dieser wundervollen Umgebung so elend fühlte, aber Roger war nicht hier. Gewöhnlich schlug ich den Sarong um die Hüften, setzte die Sonnenbrille auf und begab mich auf den Weg zum Strand.

Die Masseuse hatte muskulöse Hände. Sie begann mit harten Zügen auf meinem Rücken. Auf und ab. Dann nahm sie eine Lotion und rieb die Feuchtigkeit in meine Haut. Meine Muskeln wärmten sich unter ihren festen Händen auf. Ich fühlte mich schläfrig und schwerelos, als schwebte ich.

»Mhm«, murmelte ich. Sie löste die kleinen verspannten Knoten in meinem Rücken auf und strich die Verkrampfungen weg. Sie war eine Künstlerin, eine Körperkünstlerin, und mein Rücken wurde zu ihrem Objekt.

Wir befanden uns unter einer Palme, deren Wedel die Sonnenstrahlen in viele kleine explodierende Lichter filterte. Die Masseuse hatte mich dreimal an diesem Morgen angesprochen, und dreimal hatte ich sie auf später vertröstet. Aber schließlich gestattete ich ihr, mich anzufassen. Es war schon erstaunlich, wie widerwillig ich es mir gefallen ließ. Als glaubte ich, mich etwas Schrecklichem auszuliefern.

Ihr Schatten legte sich über mich. Ich entspannte die Nackenpartie und schloss die Augen. Jeder Muskel, den sie sich vornahm, rückte in den Vordergrund. So ging sie mit allen Partien vor, erst Nacken, dann Schultern und schließlich Stück für Stück den Rücken hinunter. Auf der Wirbelsäule rieb sie die Haut gegeneinander, die eine Hand rieb vor, die andere zurück, wodurch es für einen Moment höllisch brannte. Sie zog an jedem Finger, die alle knackten, als wollten sie sich einzeln für die Massage bedanken.

Die Masseuse richtete sich auf, und für einen schlimmen Moment fürchtete ich, es wäre vorbei. Aber sie legte nur das Handtuch neu, drapierte es über die obere Hälfte und nahm sich die untere vor.

Sie begann mit den Waden. Ich spürte, wie die Finger meine Muskeln lockerten und drückte mein Gesicht ins Kissen. Es roch nach dem Schweiß anderer Menschen und nach den Düften des Öls, das sie benutzte. Jeder Teil meines Körpers fühlte sich gut aufgehoben und in sicheren Händen. Rhythmisch trommelte sie auf mein Fleisch. Ich spürte ihre Finger ganz oben auf meinen Schenkeln.

Sie drückte immer höher, immer kräftiger. Stößel und Mörser. Mein Schoß wurde tief auf den Boden gedrückt. Meine Pussy prickelte.

Es waren jetzt drei Wochen, zwei Tage und achtzehn Stunden her, dass ich zuletzt berührt worden war.

Ich stellte mir vor, dass es Prem war, der mich berührte und meinen Hintern betrachtete. Ich hätte nichts dagegen, ihm die attraktivsten Stellen meines Körpers zu präsentieren. Nein, nicht Prem. Ich stellte mir vor, es wäre Roger.

Rogers Ankunft am Flughafen. Er trägt einen dunkelgrauen Anzug. Schwere Klamotten, jeder Inch der aufstrebende Angestellte auf der Karriereleiter nach oben. Ich begrüße ihn und bringe ihn sofort zum Strand. Wir sitzen in einem Boot, aber nicht draußen auf See, sondern festgetäut im Hafen. Roger hat ein Päckchen mit Seidenwäsche dabei und bittet, dass ich sie ihm vorführe.

Ich wurde nass zwischen den Beinen. Ich konnte die Reaktionen meines Körpers nicht beeinflussen, das Ziehen in meiner Pussy, das Anspannen der Muskeln. Mir war es wichtig, dass sie meinen Körper bewunderte, dass sie nach meinem versteckten Schatz suchte. Ah, wenn sie doch nur einen Finger hinein gleiten ließ, nur eine Sekunde lang. Ich wüsste, ich würde abgehen wie ein Geschoss.

Sie ist eine Frau. Sie ist eine Frau, sagte ich mir hilflos. He, seit wann lasse ich mich von einer Frau anmachen? Aber es lag nicht an ihr, das schwöre ich, es lag an dem, was sie mit mir anstellte. Konnte sie sehen, wie flüssig mein Unterkörper geworden war? Die Erregung lief durch mich hindurch, und voller Ungeduld ließ ich meinen Po kreisen.

Ich schalt mich. Ich war eine Hure, eine läufige Hündin. Sie verrichtete nur ihren Job, und ich lag da und ging ab wie eine Feuerwerksrakete. Was für eine Schlampe! Ich hatte mal gelesen, dass gutes Benehmen hieß, sich zu einer bestimmten Zeit angemessen zu verhalten. Nun, meine scharfen Gedanken waren weder dem Ort noch der Situation angemessen. Reiß dich zusammen, wies ich mich zurecht, aber ich wünschte mir nichts mehr, als ihre Hände an den richtigen Stellen zu spüren.

»Dreh dich um.«

Ich schloss das Bikinioberteil mit ungeschickten Fingern und drehte mich auf den Rücken. Ich war schon froh, dass die Sonne so stark brannte, das könnte die Röte meiner Wangen erklären. Hoffentlich konnte die Frau meine Gedanken nicht so gut lesen wie meinen Körper.

»Hübsche Brüste«, sagte sie.

»Danke.«

Sie glitt mit den Fingern über meinen Busen und schrammte dicht an den Nippeln vorbei, die sich durch den dünnen Stoff längst aufgerichtet hatten. Kleine träge Pfeile der Lust schossen zwischen meine Beine.

Sie arbeitete hart und mechanisch, als müsste sie am Fließband was zusammenstellen. Ihr Blick war aufs Meer gerichtet. Vielleicht dachte sie an das Geld, das sie verdiente. Sie massierte meine Brüste in absoluter Vollkommenheit, aber ich war viel zu verlegen, um mich zu entspannen.

Ich hob den Kopf und sah, dass wir Zuschauer hatten, zwei magere englische Jungs ließen sich das seltene Spektakel einer Busenmassage unter freiem Himmel nicht entgehen. Die Masseuse fuhr fort, meine Haut zu polieren.

»Das genügt, danke«, sagte ich entschieden.

Meine Nippel waren hart wie kleine Bohrer und

schickten Flammen, wo keine sein sollten. Ich hätte meine Gedanken nicht so schießen lassen sollen.

»Wie viel?«, fragte ich.

»Schöner Körper«, sagte sie und glitt weiter mit beiden Händen über meine Brüste.

»Danke. Wie viel?«

Der junge Engländer lächelte. Seine Haut sah hell gerötet aus wie bei einem ungekochten Hühnchen. Er rief mir zu, dass er mich kostenlos massieren würde. Ich besah ihn von oben bis unten, und dabei fiel mir die anständige Schwellung in seinen Shorts auf.

Verdammt, halt dich zurück, schimpfte ich in Gedanken. Was war ich für eine Frau, dass mich ein dreiwöchiger Zölibat aus der Bahn warf?

Kein Wunder, dass Prem uns Touristen hasste.

Später an diesem Nachmittag hatten sich Touristen zum Volleyball am Strand versammelt. Einmal trug der Wind den Ball aufs Meer, wo er von einer zurückweichenden Welle mit hinaus getragen wurde. Einer der Männer schwamm hinterher, ein kräftiger, sportlicher Typ mit blonden Haaren und einem goldenen Flaum, der seinen Körper bedeckte. Nach einer Weile musste er einsehen, dass die Wellen den Ball nicht wieder hergaben. Er hob die Schultern, schaute lachend zu mir und ging zu seinen Freunden zurück.

Ich schrieb einen Brief an Roger und war darüber eingeschlafen. Vielleicht hatte er die voraufgegangenen Briefe noch nicht erhalten, jedenfalls hatte ich noch keine Nachricht von ihm gehört. Ich wollte ihm noch einmal die Szene beschreiben, wie ich damals zu seiner Firma geschickt worden war, um ein Dokument abzugeben. Er hatte gesagt, ich sollte einen Moment warten. Ich hatte kein Höschen getragen, und aus Versehen hatte er einen kurzen Blick zwischen meine Schenkel werfen können.

Jemand berührte meinen Rücken.

»Massage?«

»Nein, ich hatte schon eine«, sagte ich, aber die Finger blieben auf meiner Wirbelsäule und fuhren am BH entlang.

»Keine Massage?«

Die Frage klang drängender, bittender. Ich drehte mich verärgert um, und da stand der junge blonde Volleyballer vor mir. Groß, blond und gut aussehend. Er blinzelte ins Sonnenlicht. Durch eine Augenbraue hatte er sich einen Goldring stecken lassen. Seine Lippen waren voll und so geschwungen wie bei einer Frau. Auf einen Arm hatte er sich einen Drachen tätowieren lassen.

»Du magst Volleyball? Ich habe zugesehen, wie du uns zugeschaut hast.«

»Ja, es geht.«

»Ich würde dir gern beim Volleyball zuschauen.« Er starrte auf meine Brüste, damit ich die Anspielung verstand.

»Ich spiele nicht.«

Er setzte sich hin und überkreuzte die Beine. Ich sah, dass die anderen Volleyballer zu uns schauten. Wahrscheinlich wollten sie meine Reaktion sehen und wissen, ob er bei mir landen konnte.

»Trent«, sagte er und streckte seine Hand aus.

»Bist du Amerikaner?«

»Kanadier.« Wenn er sprach, sah ich in seinem Mund etwas glitzern.

»Abbs.« Ich schlug in seine Hand ein. Er hielt sie zu lange fest, aber überrascht war ich nicht.

»Abbs? Nie gehört.«

»Abgekürzt von Abigail.«

»Abigail.« Er sprach den Namen langsam aus und ließ meine Finger nicht los. Ich hatte das Gefühl, die ganze Welt schaute uns zu.

»Entschuldige die Frage, aber was ist das Ding in deinem Mund?«

Er streckte die Zunge heraus. Eine kleine Silberkugel bewegte sich leicht hin und her.

»Hier habe ich sie auch.« Er hob sein T-Shirt und zeigte mir zwei Silberringe, die er sich durch die Brustwarzen hatte bohren lassen. Ich weiß nicht, ob es an den Piercings lag, aber es waren die größten Nippel, die ich je gesehen hatte. Die Aureolen sahen wie rosige Untertassen aus, die Nippel selbst wie die Spitzen eines Babyschnullers. Mein Blick wanderte zu seinem flachen Waschbrettbauch.

»Warum hast du dir die Zunge piercen lassen?«

Er legte sich neben mich in den Sand, seine Beine den meinen recht nah. Ich spürte seine Körperhitze.

»Ich dachte, es würde sich gut anfühlen.«

»Und wie fühlt es sich an?«, fragte ich scheu. Ich flirte manchmal recht gern. Roger behauptet, dass ich auch mit seinen Kollegen flirte.

»Willst du es mal fühlen?«

Er rutschte näher zu meinem Gesicht und wollte mich küssen, aber ich wich zurück. War er dreist oder was? Ich hob meinen Finger und fuhr über seine Zunge. Ich hatte noch nie eine fremde Zunge mit den Fingern berührt. Sie fühlte sich nass an.

»Ja, ganz nett an meinem Finger«, hauchte ich.

»An anderen Stellen fühlt es sich noch viel besser an.«

»Oh.«

»Ich kann es dir zeigen, wenn du willst.«

»Was meinst du?«

Sein Blick glitt von meinen Brüsten über den Bauch und zwischen meine Schenkel. Ich hasste das. Aber es gefiel mir auch.

»Sagen wir es – wenn du eine Schwäche für Orales hast, kannst du von mir nicht genug bekommen.«

»Danke, aber ich bin in festen Händen.« Ich zeigte auf den Brief, den ich angefangen hatte. Nur ein schwacher Beweis, aber immerhin ein Beweis.

Trent richtete sich auf und blinzelte wieder. »Das heißt, dein Freund ist gar nicht hier?«

»Nein.«

Er lächelte wissend. »Ah. Gut.«

Er ging zurück zu seinen Jungs und gab ihnen das Zeichen des nach oben gerichteten Daumens.

Sechstes Kapitel

Ich sehnte mich nach Roger. Ich fühlte mich ihm sehr fern. Nicht nur wegen der vielen tausend Meilen, die zwischen uns lagen, sondern auch wegen der so unterschiedlichen Situationen, in denen wir uns befanden.

Ich betrat den Telefonladen. Das Mädchen, das mich begrüßte, hatte lange Haare, die wie schwarze Seide über den Rücken fielen. Hinter ihr sah ich zehn Uhren, die alle eine andere Zeit anzeigten, und unter jeder Uhr standen die Namen der Städte, in denen die jeweilige Uhrzeit zutraf. Zehn Uhr morgens in London. Vielleicht dachte Roger gerade an mich, mit einer meiner Ansichtskarten in der Hand, nah bei seinem Herzen.

Wahrscheinlich verliere ich einen Teil Ihrer Sympathien, wenn Sie hören, wie versessen ich auf einen verheirateten Mann war. Aber er liebt mich, ehrlich. Die Leute fragen sich, wie wir uns kennen gelernt haben, sie wollen wissen, was zuerst da war – die zerbrochene Ehe oder die Affäre mit mir? Die andere Frau, die dem schwachen Mann hinterhersetzte, oder der Fremdgänger, der jeden Rock erobern wollte?

Ich glaube, es war wie bei der Frage nach Huhn oder Ei. Ich schüttelte mich, wenn Roger in meine Nähe kam, aber er war es, der meine Nähe suchte. Ich begann mit dem Anfassen – zupfte eine imaginäre Fluse von seinem Jackett oder richtete den schief sitzenden Krawattenknoten. Aber er begann mit den Küssen. Ich war es dann, die mit vorsichtigem Tasten begann, die mit den Händen über seinen Rücken und den Hintern fuhr. Wir knutschten intensiv, und er zog sich aus. Er hatte die Kondome dabei, und ich zog sie auf – und der Rest ist, wie man so schön sagt, Geschichte.

Ich hörte sein Telefon klingeln, und fast automatisch gab ich mich dem alten Spiel hin – er liebt mich, er liebt mich nicht, er liebt mich – verdammt, warum nahm er den Hörer nicht ab? Er liebt mich nicht, er liebt mich.

»Roger?«

»Abby, Darling ...«

Er freute sich, dass ich anrief! Seine Stimme klang entspannt und melodiös, wie ein Whisky auf Eis. Oh, Roger! Warum bist du nicht hier? Zwanzig Sekunden.

»Hast du schon deine Tickets?«

»Noch nicht, Abby. Aber bald.«

»Wann?«

»Es dauert nicht mehr lange. Das habe ich dir doch versprochen, nicht wahr?« Er hasste es, wenn ich drängte.

Ich trug einen Rock und sah auf meine leicht gespreizten Beine. Rogers Stimme erregte mich wie sonst nichts. Ich drehte mich auf dem Stuhl und streichelte mich sanft. Dreißig Sekunden. Die Zeit verrann. Zweiundvierzig, dreiundvierzig Sekunden. Nach einer Minute ging der Preis in die Höhe. Wenn ich das Gespräch auf unter drei Pfund beschränken konnte, war es akzeptabel.

»Darling, ich vermisse dich.«

Wie lange würde ich noch auf ihn warten müssen? Mit einem Auge sah ich auf die Uhr, mit dem anderen auf meine gespreizten Beine. Ich brauchte ein Knie, auf das ich mich setzen konnte. Wenn wir zusammen schliefen, ritt ich oft auf Rogers Knie. Wie ein Pferd. Bis ich glitschig war. Fünfzig Sekunden.

»Was würdest du mit mir anstellen, wenn ich da wäre?«

Oh, verdammt, ja, was würde ich tun?

»Ich würde deine Finger saugen, dann deinen Schwanz, dann würde ich mich auf alle Viere legen, damit du es mir von hinten besorgen kannst.«

»Welches Höschen trägst du?«

Roger liebt sexy Wäsche und kauft sie für mich, und ich spreize mich gern für ihn. Er schaut zu, wenn ich mich umziehe. Für ihn ist es wie eine private, intime Modenschau, bis ich ein durchnässtes Höschen auf den Boden werfe, wo schon die zerknüllten Strümpfe liegen und von dem ich später den BH mit Blümchendesign aufheben werde.

Roger ist der einzige Mann von allen, die ich bisher kennen gelernt habe, der meine genaue BH-Größe weiß. Während andere Männer eine Sonnenuhr lesen können, weiß Roger beim Anblick meiner Brüste, wann meine Regel einsetzt. Einmal sagte er, er wäre eifersüchtig auf meinen BH, und wenn er nach seinem Tod als irgendwas zurückkommen könnte, wollte er mein schwarzer Seiden-BH sein, der meine Brüste den ganzen Tag umfasste.

»Und was ist mit meinem Po?«, fragte ich. »Willst du nicht als mein Tigerslip wiederkommen und den ganzen Tag meine Backen umschmiegen?«

»Ja, am liebsten abwechselnd BH und Slip.«

»Abgemacht.« Mir gefiel die Vorstellung, aber ich konnte mir ein Leben ohne ihn gar nicht denken.

Nur eins stimmte mich nachdenklich – er nahm mich fast immer, wenn ich noch den BH trug. Bedeutete das, ihm gefielen meine Brüste nicht? Sahen sie hässlich aus, wenn sie hin und her pendelten? Als ich ihn danach fragte, protestierte er gewaltig und war verletzt, dass ich so etwas überhaupt denken konnte. »Es ist nur, weil du so schön bist.« Wie gewöhnlich endete es damit, dass ich ihn tröstete.

»Welche Wäsche trägst du?«

Oh, Himmel! Eine Minute schon vorbei.

»Rate mal.« Selbst auf der Insel achtete ich auf meine Wäsche, auch wenn niemand sie sah. Unter meiner lässigen Kleidung wollte ich sexy sein. Es reicht, einen Porsche in der Garage zu haben, man braucht ihn nicht überall zu zeigen.

»Hellblau«, riet er. »Die Garnitur, die du getragen hast, als ich dich auf meinem Schreibtisch genommen habe.«

Ein später Freitagabend. Erquickliche Überstunden. Ich auf dem Schreibtisch ausgebreitet, er mit weit aufgerissenen Augen, die mich gierig anstarrten. Mit seiner roten Krawatte band er mich an die Stuhlbeine fest. Er legte mir keine Augenbinde um, denn ich sollte alles sehen, was er mit mir anstellte, aber er knebelte mich, damit niemand meine Schreie hören konnte. Dann zog er sich langsam aus. Mein Höschen streifte er mit einem breiten Lineal nach unten. Der kalte Kunststoff ließ mich erschauern. Ich wälzte mich auf dem Schreibtisch herum, löste mich von meinen Fesseln und warf mich über ihn.

Oder meinte er das andere Mal, als ich ihn wie eine Stute ritt? Nein, das kann nicht sein, denn damals habe ich die rote Wäsche getragen, und außerdem war es vor Dienstbeginn gewesen. Ein ganz normaler Dienstagmorgen. Ich wusste, Roger würde früh da sein, deshalb kam ich auch viel zu früh. Er sortierte seine Post und sah überrascht auf, als er mich bemerkte.

»Ich will's dir zeigen«, sagte ich, und das tat ich auch. Ich kroch über seinen Schreibtisch und streckte mich aus. Roger war härter, als er je gewesen war. Wir hatten guten Sex. Oh, Mann, ja, den hatten wir.

»Nein. Rate noch mal.«

»Schwarz? Weißt du noch, damals im Kino hast du Schwarz getragen. Ich kann meine Hände ganz leicht durchstecken.«

Es war im Theater gewesen und nicht im Kino, aber wen störte das schon? Jemand hatte ihm Karten für ein griechisches Stück gegeben. Schrecklich langweilig. Während des ersten Akts streichelte er mich die ganze Zeit. Das Höschen hatte weite Beinöffnungen, deshalb konnte er leichten Zugang finden. Ich lief fast aus. Um uns herum die angesehenen, kulturbeflissenen Leute mit Perlen und Handschuhen, und Roger und ich in unserer Geilheit gefangen.

»Nein. Ich werde es dir sagen, mein Schatz. Ich trage den offenen Slip.«

Er war Rogers absoluter Liebling. Ich habe ihn zuerst im Hotel Waterloo getragen. Da fing es schon im Fahrstuhl an. Ich glaube, wir sind fünf Mal rauf und runter gefahren, und dazwischen mussten wir immer schnell auf die Knöpfe drücken, damit sich die Türen nicht öffneten.

Aber beim fünften Mal waren wir nicht schnell genug, deshalb konnte eine sehr elegante Dame die Kabine betreten. Ich glaube, sie sah sofort, was wir da trieben, aber sie und ihr schmallippiger Begleiter unterhielten sich tapfer weiter über Politik. Roger sagte später, er hätte noch nie gesehen, wie jemand so schnell eine purpurne

Farbe angenommen hätte, aber er hörte nicht auf, mich zu befingern.

Im Hotelzimmer setzte er das Spiel fort, ich gegen die Zimmertür gedrückt, zu erregt, um mich überhaupt zu bewegen. Wie Wachsfiguren.

»Stell dir mal ein pornographisches Wachsfigurenkabinett in Madame Tussaud's vor«, sagte ich. »Ich wette, die hätte einen Riesenzulauf.« Er grinste und sagte, wir könnten ihnen dafür Modell stehen.

Ich trug den Slip ouvert äußerst selten, weil er meist viel zu kalt war, aber hier in Thailand war mir nach mehr Freiheit zumute. Es gefiel mir, wenn die Abendbrise um meine Schenkel strich. Ich mochte die Nässe, sie fühlte sich scharf an.

»Wow«, stieß Roger hervor und gab einen leisen Pfiff von sich. Obwohl wir so viele tausend Meilen getrennt waren, ahnte ich, dass er steif geworden war. Ja, ganz sicher.

Es gibt Penisse, die zeigen himmelwärts und wachsen auch kaum, aber Roger veränderte seine Größe beträchtlich. Ein Wiener Würstchen, wenn er weich war, aber hart wie ein Pleuel, wenn er erigiert war. Eine wunderbare Maschine. Ich stellte ihn mir vor, rot und pochend. Mir gefiel die Zielstrebigkeit, die ihm eigen war. Stur Heil auf das das klebrige, glitschige Ziel zu. Die tiefen Stöße, rein, raus, nur auf ein lustvolles Ergebnis aus. Ich wünschte, ich würde jetzt vor ihm knien und ihn in meinen warmen Mund aufnehmen.

»Roger, streichelst du dich?«

»Ja, und du?«

»Eh ... ja.«

»Du unanständiges Mädchen, du kleine Schlampe. Wo bist du denn überhaupt?«

»In einem Geschäft.«

Schuldbewusst sah ich mich um. Der Fernseher lief und würde das Mädchen vielleicht ablenken, und der Lärm übertönte hoffentlich mein Stöhnen. Ich schob meinen Slip hinunter, sah auf meine Schamhaare und auf meine Finger, als sie in mich eindrangen. Ich wünschte, es wären seine Finger. Ich war nasser als sonst, nasser denn je.

Oh, verdammt, es war schon so lange her. Wie kannst du mir das antun, Roger?

Mein Geschlecht war weit offen für ihn. Oh, wie ich ihn liebte, wie ich mich nach ihm sehnte.

»Rede mit mir«, bettelte ich. Ich wollte kommen, wollte mit seiner Stimme abschießen. Ich wollte den Hörer in mich hinein schieben. Er sollte direkt mit meinem Lustzentrum sprechen.

»Bist du nass?«

»Und wie.«

Schau, was du mit mir anstellst, Roger. Sieh mich an, ich bin hilflos ohne dich. Ich schluckte und schlürfte, und in Gedanken drückte ich seine Backen, kratzte seine gespannte Haut, ritt auf seinem Schwanz, versenkte ihn in meine Tiefe, fasste ihn an, packte ihn, damit er nicht entfliehen konnte.

»Bitte, komm.« Ich flüsterte heiser. »Bitte, bitte, komm.«

»Ich will ja kommen«, raunte er zurück, »aber ich will, dass du mit mir kommst.«

Ich konnte nur noch stöhnen. Eine unglaubliche Hitze erfasste mich. Zwei Minuten, dreißig Sekunden. Finger, die sich auskannten. Ich presste meine Muskeln zusammen.

»Komm für mich, Darling. Komm, zeige mir, wie sehr du mich vermisst.«

»Ich kann nicht ...«

»Doch, du kannst. Komm, Baby, streichle dich.«

»Ich kann gar nicht aufhören«, stöhnte ich leise. Ich brachte kein Wort mehr heraus.

Der Druck auf meiner Klitoris war unglaublich intensiv. All die Erinnerungen überwältigten mich, die Nässe, der Fahrstuhl, das Theater. Sein Gesicht, wenn es ihm kam. Wie seine Wimpern über meine Wangen flatterten, wie seine Beine sich im Moment des Orgasmus um meine schlangen, wie ich mich ihm zitternd hingab. Ich konnte nicht aufhören. Es kam mir am Telefon.

Ich warf den Hörer auf die Gabel, gerade noch vor der Drei-Minuten-Grenze. Das Mädchen trat aus dem hinteren Teil des Ladens nach vorn. Ich schüttelte mich, als ob jemand über mein Grab ging. Armer Roger, ihm würde es jetzt nicht anders ergehen. Er hatte nicht mehr mit Angela geschlafen, seit vor drei Jahren ihr Baby geboren worden war. Er musste heftig unter Stress gestanden haben.

Es war noch früher Abend. Die Sonne war noch nicht untergegangen. Ich war noch nicht so weit, Rapunzel zu spielen. Während ich zum Hafen schlenderte, versuchte ich, die Schönheit der Umgebung in mich aufzunehmen. Keine Autoabgase, keine Handys, kein Stress und doch – es war schwierig, das alles mit niemandem zu teilen.

Die Boote zerrten an ihren Leinen, aber sie wurden von ihren Ankern gezähmt. Stolze Besitzer hatten ihnen klangvolle Namen gegeben. *African Queen, Cleopatra ...*

Ein paar Schritte nach unten hatte sich eine Gruppe von Anglern gefunden, die ihr Glück versuchten. Ich erkannte schon von weitem, dass Prem einer von ihnen war.

Er stach aus der Gruppe heraus. Seine Schultern waren für einen Macho zu eingefallen, seine Gestalt war zu mager, um als Held durchzugehen.

Sein weißes Hemd, das er um die Taille zusammengebunden hatte, betonte die samtene Mahagonihaut. In den letzten Strahlen der Sonne glänzten seine Haare in schwarzem Purpur. Die anderen Angler grölten, unrasiert und ungepflegt. Prem sah wie ein Wasserkobold aus. Glitzernde Tropfen hatten sich in seinen Brusthaaren gefangen.

Prem zerrte an seiner Angel. Endlich hatte er was gefangen. Triumphierend holte er die Schnur ein. Selbst aus einer Entfernung von zehn Schritten hörte ich das Spannen der Schnur. Der arme Fisch hatte keine Chance. Prems Bizeps schwollen an, und ich erwischte mich bei der Vorstellung, dass ich über seine Muskeln streichelte. Er hatte so eine einladend schöne, glatte braune Haut.

Der Fisch schwang ihm entgegen, und er fing ihn ein und nahm ihn vom Haken. Er wand sich in seinen Händen. Ich klatschte in die Hände, damit er wusste, dass ich beeindruckt war. Er nickte mir nur ernst zu. Er gab dem Fisch einen Kuss und legte ihn in den Eimer. Ich hätte viel darum gegeben, wenn er nicht den Fisch, sondern mich geküsst hätte.

Ich schüttelte mich und entfernte mich vom Strand, rot im Gesicht und einsam.

Ich sah Selma zu, wie sie vor ihrem Bungalow ihre Wäsche wusch. Sie steckte in einem winzigen Kleid, das ihre zierliche Figur wie ein Kondom einzwängte. Sie musste eben erst aus der Dusche oder aus dem Meer gekommen sein, denn ihre Haare waren noch nass, und auf dem Kleid gab es überall dunkle Stellen von den nassen Haaren.

Sie warf den Kopf zurück, und die dunklen Haare flogen wieder auf den Rücken. Sie hockte auf dem Boden und wusch ihren Badeanzug – ah, sie war also im Meer gewesen. Sie rieb den Stoff gegeneinander, dann quetschte sie das Wasser heraus, bis ihre Knöchel weiß hervorstanden.

Als sie die letzten Tropfen ausgewrungen hatte, hängte sie den Badeanzug auf die Leine. Eine Wäscheklammer entglitt ihren Händen, sie bückte sich tief, und ich sah zu, wie sich ihr Kleid über die Backen hob.

Sie drehte sich um, bemerkte mich und grinste mir fröhlich zu.

Siebtes Kapitel

Trent und ich saßen auf wackligen Bambusstühlen im Strandrestaurant der Sunita Lounge. Die Wellen schlugen ans Ufer wie eine Decke, die man abends übers Bett zieht. In der Ferne sah man einige Lichter der Boote, die Obst, Zerealien und Mehl heranbrachten, aber sonst war die Insel dunkel. Es wurde nicht plötzlich schwarz, als hätte jemand das Licht ausgeschaltet, sondern es war ein sanfter Übergang. In der milden Brise flackerten die Kerzen auf den Tischen.

Neben uns saß ein Paar und spielte Backgammon. Die Würfel klickten auf dem Brett. Neben dem Brett häuften sich die weißen Steine. Als das Mädchen gewonnen hatte, reckte sie die Faust in die Höhe und stieß dabei ihr Weinglas um.

Ich erzählte Trent von meinem Leben vor Thailand. Es fiel mir schwer, mich an meinen Job zu erinnern und an den alten Lebensrhythmus. Vielleicht ist die Erde doch flach, und sobald man England verlassen hat, fällt man runter.

»Es war nicht so, dass mir mein Leben nicht gefiel«, sagte ich. »Aber ich dachte, es müsste mehr geben als das, was ich bis dahin gesehen und getan hatte.«

»Wie die meisten von uns entfliehst du der Normalität. Reisen ist eine der besten Möglichkeiten, die Wirklichkeit zu meiden«, stellte Trent fest.

»Ich wollte nur was sehen von der Welt«, murmelte ich und sehnte mich nach Roger.

»Ja, aber meistens ist es komplizierter.«

»Das glaube ich auch. Aber ich will nicht sagen, dass ich einer unglücklichen Situation entfliehen wollte. Mein Job war keine große Herausforderung, und ich schätze ...« Ich brach ab. Ich wollte ihm nicht alles erzählen. Noch nicht.

»Hat denn irgendjemand einen Job, der ihm gefällt?«

»Ja. Nimm meine Freundin Sally ...«

»Ich hätte nichts dagegen.«

Ich hatte mich schon an Trents alberne Scherze gewöhnt. Es war unmöglich, sich ernsthaft mit ihm zu unterhalten. Aber es war wohl, wie Selma sagt: »Wir sind doch im Urlaub.« Ernsthafte Unterhaltungen sollte man sich für später aufheben.

»Also, Sally arbeitet in einer großen Firma, und sie liebt ihren Job. Und sie ist hübsch.«

»Und hat sie auch ein beglückendes Sexualleben?«

»Natürlich«, sagte ich. Mir war bewusst, dass ich mich wie eine alte Vettel anhörte. Aber das Gras ist immer grüner auf der anderen Seite des Zauns.

»Unsinn! Man weiß nie, was bei anderen Leuten im Bett läuft. Den besten Sex hat man mit sich selbst – nur du und deine Phantasie, deine Hand und dein Geschlecht.«

»Hm.« Ich war nicht überzeugt. In letzter Zeit hatte ich davon reichlich Gebrauch gemacht, aber ich würde nicht sagen, dass es besser war. Billiger vielleicht, bequemer auch, sogar unkompliziert, aber nicht am besten.

»Das Leben ist ein Teufelskreis«, sagte Trent mit der Pseudoweisheit, die man nach fünf Monaten auf Reisen aufschnappt. Er wusste, dass er einen sicheren Job hatte, wenn er nach Hause zurückkehrte, was auch auf mich zutraf.

Ich kicherte. »Wann immer jemand vom Teufelskreis spricht, muss ich an einen Kreis von Männern denken. So fünf oder sechs Männer, die einen Kreis bilden, eine Hand am Penis. Kein Teufelskreis, sondern ein Sexzirkel, sie kommen zusammen, sprühen um die Wette und feuern sich gegenseitig an.«

Er verzog angewidert das Gesicht. »Das ist ja voll krass von dir.« Er gab Geräusche von sich, als müsste er sich übergeben. Eine Katze, die neben dem Tisch gesessen hatte, sprang auf und wetzte davon.

Der Kellner brachte zwei fettige Essen heraus. Wir hatten uns für Fisch entschieden. Ich hätte gern gewusst, ob Prem meinen Fisch gefangen hatte. Hatte er ihn in der Hand gehabt? Es war gut möglich.

Das Paar am Tisch neben uns war von Backgammon zu Connect Four übergegangen. Ich konnte sehen, dass die Frau die falschen Stellen besetzte, so erleichterte sie es ihrem Partner, vier Steine nebeneinander zu setzen. Ich wollte sie noch warnen, aber eigentlich hatte ich nichts damit zu tun. Sie sollte darauf bestehen, Backgammon zu spielen.

Jetzt kam der Kellner mit unserem Fisch. Klebriger Reis und Salat dazu. »Guten Appetit«, sagte er. Die Schwingtüren der Küche bewegten sich, und für eine Sekunde konnte ich Prem sehen. Er war heute Abend also doch da.

Ich weiß nicht, wie es geschah, aber plötzlich unterhielten wir uns wieder über Sex. Ich sagte, ich wäre ganz sicher, dass wir keinen Sex miteinander haben würden. Wenn ich mir darüber nicht sicher wäre, hätte ich ihm unmöglich einige der Dinge sagen können, die ich ihm schon anvertraut hatte. Roger sorgte für diese Sicherheit. Ohne ihn wäre ich sicherlich versucht gewesen. Aber weil auch Trent wusste, dass ich in festen Händen war, machte es einfach nur Spaß, locker über Sex zu reden.

»Erzähle mir, wie du entjungfert worden bist«, sagte ich.

»Ich sah, eroberte und kam«, sagte er. Er drehte sich eine Kippe. Es war sexy, wie seine Finger das Papierchen falteten.

»Nein, ich will die Einzelheiten hören«, beharrte ich. »Erst durch die Einzelheiten unterscheidet sich eine Geschichte von der anderen.«

»Also gut«, sagte Trent nachgiebig. »Sie hatte ein pinkfarbenes Höschen an. Sie wollte nicht, dass ich das Licht anließ, also haben wir es im Dunkeln getan. Nein, warte, ich muss von vorn beginnen. Wir gingen schon vier Monate zusammen, und ich hatte sie überall am Körper schon angefasst. Sie hatte was Reines, Frisches an sich, und sie hatte einen wunderbaren Duft, gleich hinter den Ohren. Noch heute mag ich diesen Duft. Es war mein Geburtstag, und ich bedrängte sie schon seit Wochen. Ich glaube, ich habe sie so lange genervt, bis sie es satt war. Bei Soldaten spricht man von schlachtmüde, nicht wahr?«

Ich grinste.

»Ich zeigte ihr den Gummi, und sie nickte. Ja, gut, sollte das heißen, aber nur dieses eine Mal. Seit Wochen hatte ich geübt, das Kondom überzustreifen. Ich nahm es aus der Hülle, aber verdammt, der Bastard streikte, ich hatte ihn falsch herum aufgerollt. Jetzt hatte ich nur noch zwei. Ich war so ungeduldig, dass ich den nächsten fast mit den Fingernägeln zerriss, aber dann saß er. Ich hatte einen Spalt im Vorhang gelassen, und der Mond badete ihren Körper. Sie hatte eine wunderschöne weiße Haut. Sie zog sich langsam aus, zuerst den Rock. Ich weiß noch, dass ich dachte, wie seltsam, dass sie mit dem Rock anfing. Dann das Top. Ich war so erregt, als ich sie so sah, dass ich beinahe meine Ladung abgefeuert hätte.«

Ich kicherte. »Ich mag solche Redewendungen wie ›meine Ladung abfeuern‹«, sagte ich und lächelte in den Milkshake. Trent lehnte sich auf dem Stuhl zurück. Er genoss die Geschichte nicht weniger als ich. Er reichte mir seine Kippe. Ich inhalierte und fühlte, wie der Rauch meine Kehle überzog und tiefer drang. Ein wärmendes Gefühl erreichte den Magen. Manchmal brauchen wir etwas Dämpfendes, das unsere Sinne zügelt.

»Sie legte sich auf den Rücken, und ich zog ihr Höschen aus. Vorne war es mit einer kleinen Schleife verziert. Ihre Haare waren weich und kraus. Ich hätte am liebsten meine Hände in die Haare gewühlt, aber ich traute mich nicht. Ich streichelte sie so gut ich konnte, damit sie sich entspannte, dann setzte ich zur Attacke an. Sie musste mir den Weg zeigen, denn mein Willy fuchtelte und stocherte blindlings herum, bevor sie ihn in die Hand nahm und an die Spalte setzte. Puh, war sie eng, viel enger als in meinen Träumen, und das Kondom fühlte sich wie eine Schlinge um meinen Schwanz an.

Aber gleichzeitig fühlte es sich wunderbar an. Ich stieß ein bisschen hinein, glitt wieder zurück, stieß weiter vor. Sie legte zögernd ihre Hände auf meine Backen. Das erstaunte mich ungemein – he, sie half mir, sie drückte mich hinein, sie wollte, dass ich tiefer in sie eindringe, tiefer ins Unbekannte. Ich glaube, in meinen kühnsten Träumen hätte ich das nicht erwartet. Dass sie Spaß daran haben könnte, war mir nie in den Sinn gekommen. Ich glaubte auch nicht, dass sie den ganzen Vorgang in die Länge ziehen wollte. Sie blieb die ganze Zeit stumm, kein Murmeln, doch, aber erst zum Schluss, da gab sie einen tiefen Seufzer von sich. Oh, Himmel, das werde ich nie vergessen.«

»War sie deine erste Liebe?«

»Nein, nicht wirklich«, antwortete er. »Da war noch ein anderes Mädchen. Julia. Sie hatte pralle Möpse, und gut küssen konnte sie auch. Sie konzentrierte sich wirklich auf dich. Die anderen Mädchen ließen sich leicht vom Fernseher oder vom Handy ablenken, aber wenn Julia anfing, gab's kein Aufhören. Sie nagte an deinen Lippen, schob ihre Zunge vor, und wenn du sie angefasst hast, seufzte und stöhnte sie. Wenn ich heute an sie zurückdenke, waren wir ziemlich grausam zu ihr.«

»Wieso?«

»Wir nannten sie ›Stöhnchen‹ oder ›juchzende Julia‹. Sie ließ sich so leicht erregen. Man brauchte nur eine Hand auf ihre Brust zu legen, dann fing sie schon an zu zappeln und stieß tierische Laute aus, die tief aus ihrer Kehle drangen.«

»Warum wart ihr so garstig zu ihr?«

»Weil Carol so stumm war und Julia so laut. Und weil wir Idioten waren, hatten wir mehr Respekt für die Mädchen, die im Sex eine Pflicht wie Hausarbeit sahen, ein widerwilliges Geschenk an die Jungen. Und Mädchen, die selbst ihren Spaß daran fanden, für die hatten wir eben keinen Respekt. Eigentlich stand ich mehr auf Julia, aber das hätte ich niemandem anvertraut. Einmal habe ich meine Hand in ihr Höschen schieben können, und dabei ist es ihr gekommen. Ganz erstaunlich. Wir waren mal auf einer Party, und alle knutschten still vor sich hin, aber Julia ... Ich berührte sie, und sie schien zu schmelzen. Sie war wie flüssige Hitze zwischen den Beinen und zeigte mir, wie und wo ich sie berühren sollte. Sekunden später schlug sie um sich und ächzte und stöhnte. Nein, sie war nicht wie die anderen Mädchen.«

Ich empfand eine seltsame Eifersucht auf die Mädchen, die Trent vor zehn Jahren gekannt hatte. Ich fragte mich, was der Junge, der mich entjungfert hatte, über mich gesagt hatte. Erinnerte er sich an mein lustvolles Stöhnen, und hatte ich auch ›flüssige Hitze‹ zwischen den Beinen gehabt?

»Heute ziehe ich laute Frauen vor«, fuhr Trent fort. »Oh, ja, ich liebe es, die Geräusche einer Frau zu hören, die eine gute Zeit erlebt.«

Er imitierte krude Geräusche einer Frau beim Orgasmus, und ich sah mich besorgt zu den Nachbartischen um.

»Welche Geräusche machst du, mein Schatz?«

»Ich schätze, es sind die üblichen«, antwortete ich rasch und fügte hinzu: »Und nenne mich nicht Schatz.«

»Komm schon, das kannst du doch genauer beschreiben«, drängte er.

»Es kommt auf die Situation an.«

»Sagen wir, er hat deinen Slip nach unten geschoben und starrt auf deinen lieblichen Busch. Seine Hand kriecht vor. Er spürt, dass du nass bist, als hätte jemand den Hahn aufgedreht. Er öffnet seine Jeans, und er ist härter als ...«

»Ich glaube, das genügt«, unterbrach ich ihn, das Gesicht knallrot geworden. Um mich abzulenken, blätterte ich in der Dessertkarte. Wunderschöne Fotos von Eiskremkreationen, Crêpes und Kuchen lockten, aber ich widerstand und bestellte mir einen schwarzen Kaffee.

Trent ließ das Thema Sex nicht ruhen, und um ehrlich zu sein – ich wollte das auch gar nicht.

»Okay, erzähle du von deinem sexuellen Erwachen«, forderte er mich auf.

Ich lachte. »Was lässt dich glauben, dass ich schon aufgewacht bin?«

Trent sah mich stirnrunzelnd an. »Ach, ich glaube, du kennst dich aus. Man sieht es dir an.«

Ich schätzte, ich sollte mich geschmeichelt fühlen. Meist fällt es mir schwer, Komplimente zu akzeptieren. ›Dir gefallen meine Haare? He, was ist denn so schlimm an meinem Gesicht?‹ Oder: ›Ach, ich sehe schlanker aus? War ich denn vorher so dick?‹ Aber wer meiner Sexualität schmeichelt, der hat bei mir schon halb gewonnen.

»Ja, kann schon sein. Willst du wissen, wann ich das erste Mal Sex hatte?«

»Nicht unbedingt. Lieber würde ich wissen, wann du das erste Mal an Sex gedacht hast.«

Ich lachte. »Ich schätze, du warst sechs und hast es mit dem Babysitter getrieben.«

Trent grinste breit. »Nein, beim ersten Mal war ich siebzehn.«

»Siebzehn! Was für eine Verschwendung!«

»Deshalb habe ich einiges nachzuholen.« Er streckte den Arm aus und wollte meine Hand halten. Ich wies ihn ab. Ich hatte im Laufe der Jahre erlebt, dass Männer Zurückweisungen nicht so leicht hinnahmen wie Frauen.

»Mein erster Kuss, ich meine, mein erster richtiger Kuss, den habe ich in den Ferien erlebt.«

»Heißes Wetter bringt einen auf die verwegensten Ideen.«

»Ja«, bestätigte ich und spürte die Wärme auf meinen Schultern. »Ich war vierzehn. Meine Eltern nahmen mich mit in das kleine Dorf im Süden Spaniens. Es gab absolut nichts zu tun da, *nada*. Keine Disco, keine Clubs, keine Jungs. Es war der reine Wahnsinn. Aber es gab einen netten Kellner, der uns immer bediente und jeden Abend Trinkgeld von uns erhielt. Jeden Abend, wenn wir vom Tisch aufstanden, küsste er mich auf die Stirn. Dann lachten er und meine Eltern. Aber ich fühlte mich durch das Lachen schrecklich erniedrigt.«

Das Paar am Nachbartisch spielte jetzt Schiffe versenken auf dem papiernen Tischtuch. Noch stand der Sieger nicht fest.

Ich erinnerte mich an die asexuelle Komponente seines Kusses, an die wissenden Blicke, die er mit meinen Eltern tauschte. Sie machten sich lustig über mich, weil ich noch keine Frau war. Doch ich war reif für einen Kuss auf den Mund, und ich war entschlossen, es dem Kellner zu zeigen.

»Und?«

»Nun, irgendwann bin ich ihm in die Küche gefolgt. Er hatte gerade eine kurze Pause und nutzte sie, um eine Zigarette zu rauchen. Ich ging zu ihm und wartete, dass er irgendwas unternahm. Aber er tat nichts. Ich stellte mich so dicht vor ihn, wie es nur ging, und starrte ihn an. Innerlich vergoss ich bittere Tränen, verzweifelt, dass er mich nicht berührte und mich nicht wie eine Erwachsene behandelte. Dann küssten wir uns. Seine Lippen waren weich, freundlich, wunderbar.«

Ich erinnere mich noch an den Schock, als ich seine Zunge in meinem Mund spürte. So etwas hatte ich noch nicht erlebt. Bisher war ich vor Zungenküssen zurückgeschreckt, aber es war gar nicht schlimm; im Gegenteil, der Kuss fühlte sich großartig an. Die Zähne stießen nicht gegeneinander, und die Nasen standen sich auch nicht im Weg.

Die Art und Weise, wie seine Zunge in mich eindrang, machte mich schwindlig. Alles um mich herum hörte auf zu existieren. Meine eigene Zunge wurde aggressiv. Ich spürte das erste Mal in meinem Leben richtige Leidenschaft.

»Und was geschah danach?«, wollte Trent wissen.

»Das war's. Er musste wieder an die Arbeit. Als ich zurück nach England kam, habe ich allen davon erzählt. Ich war der Star der Klasse – so erfahren wie keine andere. Fremder Mann, fremdes Land, he, das war schon was.«

Aus dem Nichts tauchte Prem auf und fragte, ob wir noch einen Wunsch hätten. Er machte sich nie Notizen, er behielt die Bestellungen immer im Kopf, ging dann zurück in die Küche und half beim Kochen. Ich wollte noch einen Kaffee. Er nahm meine leere Tasse, und ich meinte, seine heißen Blicke auf meinem Rücken zu spüren.

»Dieser Kerl« – Trent wies auf Prem – »hält alle Fremden für sexkranke Bestien.«

»Nun, auf einige wird das auch zutreffen, oder?« Ich hielt den Blick gesenkt.

Prem stellte die Kaffeetasse vor mich hin und ging zu einem Nebentisch, an dem er sich etwa zehn Minuten mit den Frauen unterhielt. Ich war eifersüchtig.

Ich hielt die Kerze schief und ließ Wachs über meinen Handrücken laufen. Das heiße Wachs fühlte sich gut an, gut und prickelnd. Ich pulte es ab, als es getrocknet war, und beobachtete Prem aus den Augenwinkeln. Wie kam es, dass er zu Fremden auf einmal so freundlich war?

Trent streichelte über meine wachsfreie Hand. Ich

schaute zur Seite und sah, dass Prem uns beobachtete. Als ich jung war, wollte ich Spionin werden.

»Ich möchte dich küssen«, sagte Trent leise.

»Nein, ich glaube nicht.«

»Schatz ...« Er verbesserte sich rasch. »Ich meine Abbs. Ich möchte gern die Nacht mit dir verbringen.«

Er lehnte sich auf dem Stuhl zurück, den Kopf gesenkt. Wie ein kleiner, verlorener Junge.

»Entschuldige, Trent, aber ich bin völlig ehrlich zu dir gewesen. Du weißt, dass ich einen Freund habe. Ich wollte keine falschen Hoffnungen wecken.«

»Aber Abby, er ist zu Hause, und du bist in Thailand. Warum fährst du hier nicht auf alles ab, was heiß ist?«

»Nein, das will ich nicht.«

Die Ozeane und Kontinente, die zwischen Roger und mir lagen, stärkten das Band unserer Liebe. Die Entfernung bestätigte, was ich immer gewusst hatte: Er ist der Richtige.

Mein Aufenthalt hier auf der Insel war eine Umleitung zum wirklichen Leben mit ihm zusammen. Ich war mehr als nur in ihn verliebt. Diese Trennung war so etwas wie ein Test für mich, und ich hatte ihn mit Pauken und Trompeten bestanden. Das war wahre Liebe.

Ich war total stolz auf mich. Ich war heiß, high von den paar Zügen an der Tüte, trug meine schärfste Wäsche – und blieb doch meinem Roger treu. Okay, meine Eltern waren sich auch treu, aber was bedeutete das schon, wenn man nie eine Alternative hatte? Echte Treue, wie meine zu Roger, gab es doch nur, wenn man die vielen Möglichkeiten und Gelegenheiten, die sich einem boten, nicht wahrnahm.

Trent schien noch einen Moment zu schwanken, dann stand er auf und ging.

Prem putzte den Boden. Er tauchte den Mopp in einen Eimer mit schäumendem Wasser und verteilte den Schaum auf dem Boden. Ich hoffte, er hatte gesehen, dass Trent ohne mich gegangen war.

Achtes Kapitel

Am anderen Nachmittag lag Selma schaukelnd in der Hängematte. Sie erinnerte mich an ein träges Tier, das die letzten Sonnenstrahlen des Tages genießen wollte. Ich winkte ihr zu und legte mich in meine Hängematte. Es war fast so, als schwebte man auf einer Wolke. Ich schlief ein.

Drei Tage später trifft der König ein, begleitet von den Fanfaren der königlichen Trompeter und den Fahnenschwenkern.

»Ich will eine gute Show sehen. Wir haben den Sultan von Persien zu Gast.« Er schaut noch einmal auf einer Schriftrolle nach. »Er hat mir Gewürze, Öl und eh … Schleier mitgebracht. Ich werde da drüben sein, wenn du mich brauchst«, sagt er fröhlich mit dieser Stimme, die mir so vertraut geworden ist.

Der Sultan ist der vierte Mann, um den sie sich zu kümmern hat. Im Vergleich zu den anderen ist er fast noch ein Junge. Sie ist inzwischen zur Expertin in solchen Dingen geworden. Am Vortag hat man sie auf einen Marmortisch in der Mitte des Raums gelegt und festgebunden, die Beine gespreizt. Der erste Mann, der sie genommen hat, war groß und zärtlich und hat geschrien, als sie geschrien hat. Der zweite Mann war hager und einer von der schnellen Truppe gewesen. Der dritte Mann, schwer und derb, nicht egoistisch, aber doch auch zu schnell. Sie befand sich kurz vor dem Orgasmus, aber dann war schon alles vorbei.

Für den Sultan wird sie auf alle Viere gelegt, und der König kommt zu ihr und fragt: »Na, wie gefällt dir das?«

»Großartig, Eure Hoheit«, antwortet sie brav, und dann spürt sie auch schon, wie der Sultan in sie eindringt.

»Kann ich ihre Brüste anfassen?«, fragt er, aber weil er hechelt, versteht der König ihn nicht.

»Was hat er gesagt?«, fragt der König amüsiert.

»Er hat noch nie die Brüste einer Frau gesehen«, erklärt der Zeremonienmeister.

Sie spürt die Hände des Sultans auf den Brüsten. Er quetscht ihre Nippel und stößt unentwegt in sie hinein. Sie würde gern aufschreien, aber sie traut sich nicht. Der Zeremonienmeister mag es nicht, wenn sie ihre Erregung zeigt. Er sagt, sie tut es nicht für sich, sondern für die Männer. Sie soll sich zurückhalten. Wenn sie einen Orgasmus hat, ist er bestürzt.

Die Hände des jungen Sultans zwirbeln und drücken, und sie spürt, wie die Lust sie in ihren Bann zwingt. Sie seufzt und sieht, wie entsetzt die Höflinge reagieren.

»Soll ich den Dämpfer einsetzen, Sire?«

Der König antwortet nicht, und der Zeremonienmeister fügt hinzu: »Sie gibt einige ... nun, wie soll ich sagen? ... tierische Laute von sich.«

»Tierische Laute?«, fragt der König.

»Darf ich ihre Klitoris streicheln?«, fragt der Sultan.

»Was ist das? Wovon redet er?«, will der König wissen.

»Das ist der kleine Lustknopf«, sagt der Zeremonienmeister. »Offenbar will er ihn kontaktieren.«

Der König hebt die Schultern.

Sie spürt seine sanften Finger. Woher weiß er so genau, was ihr gut tut?

Sie kommt, überwältigt von Lust und Leidenschaft. Oh, Himmel, wie kann das passieren?

»Hat sie einen Orgasmus? Das letzte Mädchen, das wir hier hatten, war nicht so zügellos, nicht wahr?«

»Sie ist in Ordnung, Eure Hoheit«, lassen sich einige Höflinge vernehmen. »Ich glaube, sie ist eine echte Belebung für unsere Show«, sagt einer.

»Du meinst, es macht ihr Spaß?« Der König sieht verwirrt aus.

»Ja, davon gehe ich aus.«

Das Gesicht des Königs hellt sich auf. »Ah, gut.« Er tätschelt ihre Hand und lächelt. »Sehr gut, meine Liebe.«

Ich wachte etwa zehn Minuten später auf, weil ich Schritte ganz in der Nähe hörte. José kam aus dem Café, ein bronzefarbener kleiner Teufel, der zwei Hörnchen mit dicken Eiskugeln in den Händen hält. Er hielt sie dicht vor seiner dunklen Brust und ging die Treppe zum Balkon hoch, und dabei starrte er auf meine Brüste. Es war verrückt, aber sein Starren schien sie anschwellen zu lassen.

Ich verstand nicht, wie Selma mit seinem hechelnden Gieren oder mit seinen heuchlerischen Besitzansprüchen fertig wurde. Aber ich schätzte, seine Qualität im Bett war so gut, dass sie ihm einige Schönheitsfehler nachsehen konnte. Was störte es sie, welche Aufmerksamkeit er anderen Frauen widmete, wenn ihre Erwartungen so exquisit erfüllt und auch noch übertroffen wurden?

Er setzte sich auf einen Stuhl neben Selma und ignorierte mich jetzt. Ihre Augen leuchteten, als sie ihn sah. Sie wollte aus der Hängematte aufstehen, aber er sagte, sie sollte liegen bleiben und sich entspannen.

»Was ist denn?«, fragte sie.

»Ich habe dir Eiskreme mitgebracht. Vanille, die passt zu dir. Ich habe einen Schokoriegel in das Bällchen gesteckt, und der passt zu mir.«

Er ließ das Hörnchen über ihrem Mund pendeln, und sie griff danach. Ich wollte mir die Ohren zuhalten, aber das ging nicht.

»Ich liebe deine Titten und will an ihnen saugen.«

Sie hob sich ein wenig an und streifte sich das T-Shirt ab. Darunter trug sie einen Badeanzug. Er spielte mit den Trägern und schälte sie von ihren Schultern. Der Stoff glitt von ihren Brüsten. Selma war überall wunderbar gebräunt. Die Spitzen ihrer Warzen hatten die Farbe von Mahagoni. José zog den Stoff bis zu den Hüften hinunter.

Das Eisbällchen landete auf ihrer Brust. Sie erschauerte, sah ihn lächelnd an und raunte: »Dann sauge an ihnen.«

»Wie denn?«

»Mit langen, harten Strichen deiner Zunge.«

Roger sagte, wir bräuchten uns nicht gegenseitig zu sagen, was zu tun war. Wir verstanden uns blind, und jeder wusste, was der andere wollte. Aber manchmal ist es so, dass man dem Partner nichts zu sagen braucht, aber man will es ihm trotzdem sagen. Weil es so geil ist, es zu hören. So schien es auch bei Selma und José zu sein. Er brauchte bestimmt keine Anweisung von ihr, wie er ihre Brüste verwöhnen sollte, aber sie genossen den verbalen Reiz.

Er leckte die Eiskreme von ihren Brüsten. Er sammelte

das Eis in seinem Mund, dann drückte er den Mund auf ihren, und so teilten sie sich die Schleckerei. Mir lief ein kalter Schauer über den Rücken. Ich ließ mich tiefer in die Hängematte sinken. Ich hoffte, sie hatten vergessen, dass ich da war. Ich kam mir wie ein Kind vor, das seine Nase an der Schaufensterscheibe platt drückt, um die Köstlichkeiten dahinter zu sehen.

»Mehr«, drängte sie, legte die Hände auf seinen Hinterkopf und führt ihn zu ihren verlockenden Brüsten. »Nimm meine Nippel in den Mund.«

Selma drückte ihn hinunter, damit er sie verwöhnen konnte. Wenn ich in der Mitte gesessen hätte, würde er dann jetzt meine Brüste saugen?

»Sauge härter. Ich will sehen, wie die Nippel steif werden.«

Er hob den Kopf, grinste breit und nahm einen Nippel zwischen die Lippen. Mir war, als könnte ich ihn auch schmecken. Ich sah, wie ihre Hände ihn umfingen. Sie drückte seinen Leib gegen ihren.

»Ich will dich.«

»Ich will dich auch.«

Er legte sich auf sie, und die Hängematte sackte unter ihrem gemeinsamen Gewicht tiefer, sie berührte fast den Boden. Es war unmöglich, es in der Hängematte zu treiben, oder? Ihre Beine schlossen sich um seinen Rücken, aber er musste sich anheben, um die Hose zu öffnen, und dabei kippte er aus der Hängematte und fiel auf den Boden. Ich versuchte, nicht zu lachen, aber das gelang mir nicht.

Dazuliegen und ihnen zuzuhören war viel erotischer als alles, was ich bisher erlebt hatte. Pornographie ohne Bildschirm, Pornographie ohne den feisten hässlichen Kerl. Die Regie war vorzüglich. Ich konnte ab und zu eine nackte Brust sehen, dann einen nackten Schenkel, seine Hände, die in ihr Delta tauchten. Ich stöhnte leise vor mich hin. Ich wollte, dass sie mich hörten, aber ich wollte nicht, dass sie es wussten.

»Lass uns hineingehen.«

Nein, geht nicht hinein! Bitte, nicht. Ich will euch beim Bumsen zusehen.

Er lachte. Ich sah Kratzspuren auf seinem Rücken. Rote Striemen von Selma, der Wildkatze.

Aber sie war träge. Zum Glück war sie träge. Sie hielt einen Arm hoch.

»Nein, komm, besorg's mir hier.«

»Aber was ich tun will, kann ich hier nicht tun.«

»Was willst du denn tun?«, fragte sie mit süßer Stimme. Sie rutschte tiefer nach unten, und ihr Sarong klaffte auseinander. Ich verrenkte den Hals, um etwas sehen zu können.

»Ich will in deine Pussy pumpen, dich auf dem Boden nehmen, bis es dir kommt.«

Oh, verdammt. Wenn doch jemand das zu mir sagen würde. Überall auf meiner Haut bildeten sich rote Flecken der Erregung. Ich musste hart auf meine Lippen beißen, bis ich den metallischen Geschmack von Blut schmeckte. Meine Hände lagen auf den Brüsten, ich drückte sie leicht und betastete meine Warzen. Ich massierte meine Brüste und spürte die flüssige Erregung in meiner Pussy. Ich würde noch die Hängematte durchweichen.

Er zerrte an seiner Hose. Ich stellte mir vor, wie schwer sich so ein praller Schaft anfühlen musste. Er hüpfte aus der Hose, als müsste er nach Luft schnappen. Groß und kühn sah er aus, selbstbewusst, als ob er wüsste, wie schön er war und welche Rechte er hatte. Ich wollte sehen, wie sie den Mund darüber stülpte.

Mist. Er ging hinein, und sie folgte ihm. Ihr Sarong blieb zurück auf der Hängematte. Sie trug nur das Bikinihöschen, wobei eine Backe völlig unbedeckt war. Sie blickte nicht zu mir, und ich starrte auf ihren Po. Die Hängematte hatte kleine rote Streifen auf ihrer Haut hinterlassen.

Ich schob meine Hände nach unten und stellte mir vor, wie sie es trieben. Mit einem Finger glitt ich über die kurzen Härchen. Ich wünschte, es wäre sein Finger. Wussten sie eigentlich, wie glücklich sie waren? Das zweite Eis hinterließ eine cremige Pfütze auf dem Boden.

Später saßen Trent und ich auf meinem Balkon. Trent trank drei Dosen Thai-Bier, und damit sie besser rutschten, schickte er einen Mekong Whisky hinterher. Puh, er schmeckte nach Benzin. Die Hitze war immer noch schwül und stickig. Wegen der Moskitos trug ich ein Shirt mit langen Ärmeln.

Ich war schon einige Male gebissen worden. Die Insekten liebten mein süßes heißes Blut, und auf meinen Beinen sprossen knallig rote Flecken.

Wir unterhielten uns über das Leben zu Hause und wie weit weg das zu sein schien. Was würde ich eigentlich davon halten, wenn Roger sich so ungeniert intim mit einer anderen Frau unterhielt? Aber ich hatte keine emotionale Beziehung zu Trent. Himmel, Roger, du glaubst doch nicht, dass ich für den Kerl was empfunden hätte? Wir haben uns nur unterhalten, ja, wir haben auch über unanständige Dinge gesprochen, aber es war eben alles ganz harmlos.

Trent erzählte mir von einer Phantasie mit einem Mädchen, das er an diesem Tag kennen gelernt hatte.

»Sie arbeitet in einem der Kleiderläden am Hafen, die Second Hand Klamotten anbieten. Wenn sie sich bückt, stößt sie einen Seufzer aus, der sich wie ›hampf‹ anhört. Nötig wäre das nicht, denn sie ist nicht dick, und sie hebt auch nichts Schweres auf, aber sie macht ›hampf‹. Ich höre es gern, dieses Geräusch, und noch bevor es mir klar wird, spüre ich, wie der alte Junge langsam den Kopf hebt. Es ist, als wäre ich wieder vierzehn. Und Titty bückt sich wieder.«

»Heißt sie so?«

»Nein, ich nenne sie so. Dabei hat sie nicht einmal einen knackigen Arsch. Sie ist ein schlankes Mädchen.«

In England hätte ich mich mit niemandem auf solche unanständigen Gespräche eingelassen. Wir hätten in einem Pub gesessen und uns über Jobs und Hypotheken unterhalten.

»Wie ist das mit einem Blowjob?«, fragte ich ihn unvermittelt. »Fühlt sich der Mund so ganz anders an wie ... eh, wie beim Sex?« Ich verstand nicht, warum ich mich traute, Trent so eine Frage zu stellen.

»Ja, es fühlt sich ganz anders an. Du kennst doch aus den Filmen diese Beförderungsfeiern beim Militär? Wenn sie völlig erregt vor Freude ihre Mütze in die Luft werfen? So ein Gefühl ist das, wenn du einen Blowjob bekommst. Und dann stell dir vor, wenn die Mütze runterkommt und wieder auf deinem Kopf landet! Das Allergrößte! Es ist, als würde man verschlungen, als ließe man sich verzehren. Nichts kann diese Lust überbieten. So muss sich der Urknall angefühlt haben, der zur Evolution führte, wie ... wie ... Es gibt keine Beschreibung, die einem guten Blowjob gerecht wird, ich denke schon seit Jahren darüber nach. Es ist, als hättest du sechs Jahre lang auf Weihnachten gewartet, und als es endlich da war, erwies es sich als schöner und größer, als du es dir hast vorstellen können. Es gibt nur wenige Dinge im Leben, die deinen hochgesteckten Erwartungen entsprechen, aber beim Blowjob ist es so.«

»Bei mir war es genau das Gegenteil«, unterbrach ich seinen Wortschwall. »Ich hatte überhaupt nicht an Oralsex gedacht. Ich wusste, dass es Leute gibt, die so etwas tun, aber ich wusste nicht, dass es auch ganz normale Leute tun. Ich war völlig unvorbereitet. Nach meiner Vorstellung gab es Regeln, was man tat und was nicht. Wir hatten gerade angefangen, uns zu küssen. Er küsste nicht schlecht, abgesehen davon, dass er manchmal seine Zunge rhythmisch in meinen Mund stieß. Richtige Beischlafbewegungen, verstehst du? Die Intensität seiner Küsse fesselte mich. Er schien den letzten Tropfen aus mir heraussaugen zu wollen. Es erregte mich, aber ich dachte, ich hätte die Kontrolle über mich.

»Dann zog er meine Hände heran und drückte sie auf seine Jeans. Ich spürte die Härte hinter dem Stoff, als ob er etwas schmuggeln wollte. Wir arbeiteten gemeinsam an der Jeans, sie war dunkelblau mit rotem Etikett. Sehr teuer und sein ganzer Stolz. An seine Unterhose kann ich mich nicht mehr so gut erinnern, weil er sie so schnell ausgezogen hatte. Dann stand er vor mir, und mit ihm sein purpurnes Monster mit dem feurigen Kopf. Wie ein Giftpilz. Was für ein Anblick. Ich hatte von diesen Monstern gehört, aber ich hatte nicht wirklich eine Vorstellung davon, wie sie aussahen. ›Saug mich‹, sagte er mit einer Stimme, die ganz anders als sonst klang.«

Ich brach ab, überwältigt von der Erinnerung. Bis zu diesem Tag hatte ich Männer für große, kräftige, mächtige Wesen gehalten. Und jetzt hatte ich einen vor mir, zitternd, bettelnd, bibbernd. Ich hatte nie damit gerechnet, dass es auch diese Seite der Männer gab.

»Und?«, fragte Trent.

»Ich wollte nicht, aber er war verdammt beharrlich. Ich erklärte mich bereit, ihn anzufassen, aber nur mit den Händen. Er zeigte mir, wie ich mit der Hand auf und ab reiben sollte. Das gefiel mir, die kräftigen Adern, die sanft pulsierten, das kleine Loch in der Spitze, die Art, wie er in meiner Hand hüpfte. Wie ein ungeduldiger Welpe. Er sah enttäuscht aus.

›Was ist schon dabei?‹, fragte er. ›Ist es denn so ein großer Unterschied für dich, ob nun Hand oder Mund?‹

Eigentlich hatte er Recht, dachte ich, deshalb kniete ich mich vor ihn. Zuerst betrachtete ich ihn nur. Ich starrte auf die Länge, auf die gewaltigen Ausmaße. Ganz allmählich freundete ich mich mit ihm an. Ich streckte versuchsweise die Zunge heraus und leckte über die Eichel, die sich samten anfühlte.

Es war ein irres Gefühl voller Widersprüche. Wie heiße Schneeflocken. Ganz langsam leckte ich, als wollte ich mir Zeit lassen, mich dafür zu erwärmen. Es war phantastisch, wie der Schaft anschwoll. Er war begeistert, weil ich nuckelte und nagte und mit der Zungenspitze über die pochenden Adern strich. Ganz verrückt wurde er. Ich ging das Unternehmen an, als handelte es sich um ein wissenschaftliches Projekt. Mal sehen, was passierte, wenn ich etwas mehr Speichel einsetzte.

Die ganze Zeit fragte ich ihn, wie er sich fühlte. Noch nie war er so lieb und zärtlich zu mir gewesen. In diesem Moment liebte ich ihn. Ich liebte ihn, weil er glaubte, in meiner Schuld zu stehen. Seine Schamhaare kitzelten mich. Die Hoden schrumpften. Er verstärkte den Druck auf meinen Kopf, und er raunte immer wieder: »Gut, gut machst du das ...«

»Spuckst du oder schluckst du?«, wollte Trent wissen.

Ich sah ihn grinsend an. »Rate mal.«

»Lass mich überlegen. Du hast einen wunderbaren Körper, deshalb bist du vielleicht kalorienbewusst.«

Ich lachte.

»Auf der anderen Seite glaube ich eigentlich nicht, dass dich solche Überlegungen beeinflussen. Du willst Spaß, aber du willst einem Mann nichts beweisen. Wenn du keinen Bock hast, wirst du gar nichts tun. Also, intuitiv sage ich, du spuckst aus. Aber ich lade dich herzlich ein, mir das Gegenteil zu beweisen.«

Ich lächelte geheimnisvoll.

Das erste Mal, dass ich bei Roger in den Keller stieg, war in seinem Haus. Wir tranken Wein. Sein Freund rief ihn auf dem Handy an. Ich hockte mich vor ihn und fummelte an seiner Hose. Er hatte keine Chance, mir zu entkommen. Manchmal, wenn ich einen Mann in der Öffentlichkeit im tiefen Gespräch sehe, überkommt mich der Drang, meinen Kopf zwischen seine Beine zu schieben und ihm zuzuhören, wie er sich weiter unterhält. Ich verfolge das Gespräch, während ich ihn verwöhne.

Ich nahm einen Schluck Wein, ließ ihn im Mund kreisen und stülpte den gefüllten Mund über Rogers Eichel. Er hat einen wunderbaren Schwanz, und nach der Dusche schmeckte er sauber und frisch. Ich wand mich auf dem Boden und fuhr mit der Zunge auf und ab, leidenschaftlich und voller Sinnlichkeit. Er hob mich auf und drang mit den Fingern in mich ein, während meine Zunge über seine Eichel tanzte.

»Huh, huh«, keuchte er und verdrehte die Augen. Er

sah glücklich und erschöpft aus, beinahe so, als hätte er eine Schlacht verloren.

»Wir sollten so nicht reden«, flüsterte ich und schämte mich plötzlich. Ich schüttelte mich.

»Schon gut«, sagte Trent. »Ich wollte dir etwas erzählen, Abby. Ich habe auch eine Freundin in den Staaten.«

Ich konnte mir denken, was er sich von diesem Geständnis versprach. *He, wir haben gleiche Voraussetzungen, wir sind Leidensgefährten. Warum tun wir uns nicht zusammen und trösten uns gegenseitig?* Kein Verhältnis, keine Schuldgefühle, beide zur Verschwiegenheit verpflichtet. Adam war auch scharf auf den Apfel. Nicht alles war Evas Schuld.

Hübscher Versuch, Trent, aber ...

»Tut mir Leid, dass ich es dir nicht gleich gesagt habe.«

»Das ist doch nicht schlimm«, gab ich zurück. »Du hast mich ja nicht belogen. Es handelt sich lediglich um eine Information, die du noch nicht weitergeben konntest. Wie du auch noch keine Gelegenheit hattest, mir zu erzählen, dass du mittwochs zum Fußballspiel gehst oder nächsten Monat nach Timbuktu fährst, nicht wahr?«

»Also, um ehrlich zu sein, habe ich es dir bisher nicht gesagt, weil ich nicht wollte, dass es sich zwischen uns stellt. Außerdem spiele ich donnerstags Fußball, nicht mittwochs.«

»Warum soll sich deine Freundin zwischen uns stellen? Wir unterhalten uns doch nur. Es sind nur Wörter. Angenommen, ich wäre Schriftstellerin und arbeitete an einer Liebesszene zwischen Mann und Frau. Das hat doch nichts mit Untreue zu tun. Oder wenn ich Schauspielerin wäre ...«

»Das wäre etwas ganz anderes, weil es zu deinem Job gehört.«

»Du meinst, weil ich für unser Gespräch nicht bezahlt werde, hat es weniger Bedeutung?«

Trent sah verärgert aus, und ich war sicher, diese Runde gewonnen zu haben. Ich sah, dass er seine Hände in der Hose hatte. Waren sie die ganze Zeit schon dort gewesen?

»Wir sind zwei Menschen, die sich zufällig im Urlaub getroffen haben«, sagte ich.

Er saß da und schüttelte den Kopf. »Ich habe mich in dir geirrt, Abby. Ich dachte, du wärst eine tapfere Frau.«

Jetzt war es an mir, den Kopf zu schütteln. »Erinnerst du dich, dass du gesagt hast, Sex allein sei am besten?«

»Ich würde dich gern erforschen.«

»Du kennst mich doch schon in- und auswendig.«

»Falsch. Ich kenne dich von außen, aber ich würde dich gern von innen kennen lernen.«

»Ich fühle mich sehr geschmeichelt, Trent, aber du weißt, dass es nicht geht.«

Wir saßen schweigend da und hingen unseren Gedanken nach. Trent war ein attraktiver junger Mann, und es erfrischte mich, so offenherzig mit ihm zu reden.

Seine Augen waren grün mit braunen Lichtern. Wie eine Sonnenblume. Er sah sehr enttäuscht aus. Ich hasse es, wenn Menschen von mir enttäuscht sind. Ich weiß, dass sich das nicht immer vermeiden lässt, aber es beunruhigt mich trotzdem. Nie könnte ich einen Job antreten, bei dem ich schlechte Nachrichten verbreiten müsste.

»Ich habe auch ein Geheimnis«, sagte ich, um ihn aufzumuntern.

Trents Körper richtete sich auf, er beugte sich gespannt vor und legte das Kinn auf seine Hände. Er sah hinreißend aus. Zum Küssen. »Lass mich raten. Du hast gar keinen Freund. Du bist jung und frei.«

»Nein, so interessant ist es nicht.«

»Es ist kein Freund, sondern eine Freundin.«

»Was? Ach so, nein, auch nicht. Mein Freund ist verheiratet. Aber er wird seine Frau bald verlassen.«

»Mist«, stieß Trent hervor.

Seine Reaktion überraschte mich. Sein Mund klappte auf, und ich konnte den kleinen Diamanten auf seiner Zunge glitzern sehen. Er funkelte wie ein Stern.

»Liebst du ihn wirklich?«, fragte er dann.

Die Art, wie er diese Frage stellte, verriet mir, dass er selbst noch nie verliebt war.

»Ja, sehr.« Ich überlegte eine Weile und fügte hinzu: »Ich liebe ihn total und unsäglich.« Aber ohne Reiter fühlte sich Liebe seltsam an.

Ich hatte noch nie jemandem erzählt, dass Roger verheiratet war; ich hatte mich daran gewöhnt, Geheimnisse für mich zu behalten. Aber Trent würde es niemandem erzählen. Niemand kannte mich hier. Das war der große Vorteil, den man im Urlaub hatte. Du kannst sagen, was du willst, kannst dich benehmen, wie es dir gerade in den Sinn kommt.

Wir gaben uns die Hand, seltsam förmlich nach dem Austausch unserer intimen Geheimnisse.

»Bis später, Trent.«

»Bis später, Abigail.«

Ich hatte Prem gesagt, dass ich schlecht schlief. An diesem Abend, als ich mich von Trent verabschiedet hatte, tauchte Prem mit einem Ventilator auf, den ich zusätzlich zu dem, der schon im Zimmer lief, einschalten sollte. Ich wollte ihm nicht sagen, dass es nicht die Hitze war, die mich nachts nicht schlafen ließ, sondern die Geräusche von nebenan.

Als Prem neben mir in meinem Zimmer stand, begann ich zu zittern. Ich starrte betroffen zu Boden. Mein Gesicht stand in Flammen. Er würde nie etwas von mir wissen wollen, denn er hielt mich bestimmt für eine Närrin. Als er etwas sagte, hörte ich nur halb hin, aber ich sah auf seinen Mund und wünschte, ich könnte ihn küssen. Ich stellte mir vor, auf ihm zu liegen und meine Brüste an seinem Gesicht zu reiben.

Als er gegangen war, spulte mein Gehirn unsere kurze Unterhaltung ab, immer und immer wieder. Ich änderte meine Sätze, und seinen Worten gab ich romantische Wendungen. Ich hatte ihn umarmen und über seinen Brustkorb streicheln wollen. Zum Glück hatte ich es nicht getan. Er hätte mich wahrscheinlich für verrückt gehalten.

Ich hasste mich selbst wegen meiner Schwäche. Ich war nicht eine, die aus dem Flugzeug steigt und ihre Liebe dem ersten Mann – oder der ersten Frau – erklärt, der oder die mir begegnet. Ich war nicht wie Selma, und ich hatte auch nichts für Selma übrig.

Dass ich nicht aufhören konnte, an sie zu denken – sie beim Vögeln zu sehen –, nun, das war, also, das lag an unserer Nähe. Ich meine, sie war meine Nachbarin.

Aber ich war doch keine, die sich jedes Mal auszieht und die Beine breit macht, wenn es sie überkommt. Das Leben ist doch keine Party. So ein Mädchen war ich nicht. Nur weil ich England hinter mir gelassen hatte, hatte ich meine Moral doch nicht abgelegt. Wo würden wir denn sein, wenn wir uns nicht beherrschen können?

Roger, bitte, komm ganz schnell. Bevor es zu spät ist. Erinnerst du dich noch, wie wir uns auf dem Pier in Brighton geküsst haben? Der Wind wehte meine Haare in dein Gesicht, aber das störte dich nicht. Du hast mich auf das Geländer gehoben. Meine Knie zitterten, und ich dachte, ich müsste vor Glück sterben. Oh, wie ich dich vermisse. Ich wünschte, du würdest mich nur halb so sehr vermissen wie ich dich.

Ich lag auf dem Bett und schlang das Betttuch um mich. Ich schob ein Kissen zwischen meine Schenkel.

Wenn man untreu ist, weil man sich neu verliebt hat, lässt sich das ja noch verstehen, aber untreu zu sein, weil es einen juckt, weil man seine Geilheit nicht in den Griff bekommt, das ist etwas ganz anderes. Das ist billig.

Und lange würde ich nicht mehr zu warten brauchen.

Der Ventilator drehte sich, und die flirrenden Bewegungen der Flügel hatten etwas Hypnotisches an sich. Aber ich konnte doch erst einschlafen, als die Sonne den neuen Tag verkündete.

Neuntes Kapitel

Wieder ein heißer Nachmittag. Die Stille war so intensiv, dass ich dachte, irgendetwas stimmte nicht. Vielleicht waren die Bewohner und Touristen von Typhus oder Malaria dahingerafft. Oder vielleicht waren alle davongelaufen. Ich döste mehr, als dass ich in meinem Buch las. Ich gähnte über den Seiten.

Rund um die tropischen Inseln gibt es viele Haie, aber es war schon längere Zeit her, dass es zu gefährlichen Zwischenfällen gekommen war. Aber in meinem Führer wurde ausdrücklich vor Haien gewarnt. Besonders weibliche Taucher sollten vorsichtig sein.

Schwimmen Sie nicht zu weit hinaus. Haie können ihr Opfer aus meilenweiter Entfernung riechen.

Ich lag dösend auf meinem Bett, nackt wie Godiva. Meine einzigen Besucher waren Fliegen und Wespen. Ich wälzte mich von einer Seite auf die andere und durchlief eine Traumwelt nach der anderen. Die Matratze fühlte sich klumpig an. Winzige verbrannte Stellen von Zigarettenasche und eine Reihe von braunen Flecken hatte ich auf der Matratze gesehen. Auf dem Fußboden standen mehrere Gläser mit welken Teeblättern.

José und Selma begannen ihre Siestanummer. Ihre Lust ließ die Wände erschüttern und vertiefte meine Isolation. Niemand wollte mich. Ich war allein.

»Ja, Baby, ja«, feuerte Selma ihn an, und er schnaufte sich durch. Ich schloss die Arbeit und konnte ihn pumpen sehen, während er mit Nase und Mund über ihre Brüste schnüffelte. Wie ein Schwein auf Trüffelsuche.

»Mit deiner Zunge«, sagte sie laut. Es hörte sich so deutlich an, als lägen sie in meinem Zimmer.

»Ja, ja, genau so.«

»Beiß mir in die Ohren.«

Ich wurde immer nasser. Schuldbewusst – ich schwöre, ich wollte es nicht – schlich sich meine Hand zwischen meine Schenkel.

»Halt mich fester.«

Ich spielte eine Melodie mit meinen Fingern und nahm den Takt ihres Keuchens auf. Obwohl sie von meinem Lauschen nichts wussten, fühlte ich mich wie eine Diebin, die einen Teil ihres Spaßes stahl. Ich stöhnte mit ihnen.

»Ja, ja«, brüllte sie. »Komm tiefer, mach schon, schneller, tiefer, wilder!«

Wenn ich doch nur zuschauen könnte. Aber ich sah nur die weiße Decke meines Zimmers. Ich öffnete meine Pussy, entblößte meine rote Flamme. Ich fuhr mit einem Finger über die Klitoris und konnte meine eigene Erregung riechen. Auch unter den Armen roch es klamm.

Ich versuchte, Roger in mein Tun und Denken einzubeziehen. Roger, ja, bitte. Aber es war Prem, der sich in meine Gedanken drängte. Prem und ich im Flugzeug. Wir trieben es zusammen, und alle schauten zu. Prems dunkle Hände hielten meinen Po gepackt. Wir versuchten erst gar nicht, etwas von uns zu verstecken. Ich schrie meine Lust hinaus. Er stieß so heftig in mich hinein, dass ich mich mit beiden Händen am Vordersitz festhalten musste. Er zupfte an meinen harten Nippeln, zog sie lang, bis sie obszön aufgeblasen aussahen.

Roger schaute auch zu. »Weiter so, Mädchen«, feuerte er mich an. Ich mahnte mich, nicht zu hetzen, aber mir ging es wie einer Frau im Kaufrausch. Prem, Prem, gib's mir härter, und dann kam es mir.

Nebenan waren sie immer noch zugange.

Irgendwann ebbten die Geräusche ab, und mein Zittern hörte auf, aber trotzdem konnte ich keinen Schlaf finden. Ich hatte Roger betrogen. Wenn ich mich schon in Phantasien verlor, dann sollte er darin die Hauptrolle spielen. Und wenn ich schon über andere Männer phantasierte – so etwas passiert auch anderen Frauen, habe ich gehört –, dann sollte ich Roger nicht mit einer Nebenrolle abspeisen.

Schleifende, schabende Geräusche vor meiner Tür. Ich sprang ans Fenster und sah zwei junge Burschen, die sich feindselig gegenüber standen und sich belauerten. Einer sprang den anderen an und schlug ihm ins Gesicht, darauf trat ihm der andere in die Rippen.

Ich warf mir ein Handtuch um und stürmte hinaus. »Hört sofort auf! Was soll das denn?«, schrie ich.

Der kleine Tiger war stark. Er sprang wieder in den größeren Jungen hinein und schlug ihm erneut ins Gesicht. Beide ignorierten mich. Vielleicht verstanden sie mich nicht. Ich versuchte, den Kleinen zu packen, obwohl er der Giftigere war. Ich sah Prem aus den Augenwinkeln. Er feuerte die Jungen auch noch an! Die Veränderung meines Traum-Prems zu dem realen Prem war wie ein Schock für mich.

»Sie sollten sich nicht schlagen«, sagte ich kleinlaut.

»Sie spielen doch nur«, gab er zurück.

»Das ist nicht gut für sie.«

»Unsinn! Das sind Kinder.«

Er ging auf einen der Jungen zu und nahm die

Angriffsstellung eines Boxers ein. Prem schlug ein paar Luftlöcher. Der Junge hatte glänzende Augen, er liebte dieses Spiel mit Prem. Er wich Prems Scheinangriffen aus und attackierte selbst, aber Prem fing ihn ein, kitzelte ihn und hob sein T-Shirt hoch. Darunter sah ich einen Rücken, so braun wie Eiche.

Die beiden Jungen spielten mit Prem, und als er davonlief, hetzten sie ihm hinterher. Nach einer Weile hatte er genug, die Kinder liefen die Straße hinunter und winkten ihm zu.

Er streckte sich, machte Dehn- und Lockerungsübungen, joggte ein bisschen im Kreis und ließ die Fäuste fliegen wie ein Boxer vor dem Kampf.

José und Selma standen auf ihrem Balkon, wahrscheinlich wollten sie auch sehen, was der Lärm zu bedeuten hatte. Selma sah mich mit einem merkwürdigen Lächeln um die himbeerroten Lippen an. Ihr Gesicht war immer noch leicht gerötet. Selbst wenn ich sie nicht gehört hätte, könnte ich sehen, dass die beiden sich in der letzten Stunde gut unterhalten hatten.

»Warum bringst du den Kindern das Kämpfen bei?«, fragte ich wütend.

Prem sah mich fast verächtlich an. »Das hat etwas mit Disziplin und der Beherrschung des Körpers zu tun.«

Er dachte wohl, ich verstünde von beidem nichts. Vielleicht entsetzten ihn meine fleischigen Arme und wollte mir deshalb Thaiboxen empfehlen. Mein Badetuch, das ich in der Eile um mich geschlungen hatte, war nicht gerade vorteilhaft für meine Figur.

»Wenn etwas nicht in Ordnung ist, dann muss man das ansprechen«, sagte ich, aber ich wusste, dass ich auf verlorenem Posten stand.

»Ach, und dafür bist du da?«, fragte er ärgerlich. Ich wünschte, ich hätte mehr Kleider an.

»Ja, sonst ist doch keiner da.«

»Es ist natürlich«, sagte er. Er wischte eine Haarsträhne von seinen Schokoaugen. Ich konnte nicht aufhören, ihn anzusehen. Meine Brust hob und senkte sich bei jedem Atemzug.

»Viele Dinge sind natürlich, aber das bedeutet nicht, dass wir sie alle tun müssen«, murrte ich und wandte mich ab.

Die sengende Hitze war verantwortlich dafür, dass kleine Rinnsale über meinen Rücken liefen und in die Pokerbe drangen. Prem dagegen hatte nach all seinen Anstrengungen nicht einmal einen Schweißtropfen vergossen. Mein Badetuch rutschte und entblößte eine weiße Brust. Ich riss das Tuch nach oben und rannte ins Haus.

Am Abend rief ich Roger wieder an. Ich brauchte seine Stimme. Als ich die Hauptstraße hinunter ging, rutschte ich aus. Ich verlor das Gleichgewicht und streckte meine Hände aus, um mich irgendwo festzuhalten.

»Autsch!«

Ich grabschte den Busen einer Frau, die ich noch nie gesehen hatte. Schnell zog ich meine Hand zurück.

»Oh, Entschuldigung.«

Das T-Shirt der Frau war nass, und darunter konnte man ihre Brüste genau sehen. Ich wandte den Blick.

»Kein Problem.« Sie sprach mit dem wunderschönen Akzent der Thais und fuhr mit dem Handrücken tröstend über meine Wange. Es war kein Lächeln, das sie mir schenkte, es war der Himmel, der sich zwischen zwei olivfarbenen Wangen erstreckte, rubinfarbene Lippen und perlweiße Zähne.

»Wie schön.« Ich wich zurück und verbeugte mich. Sie war groß, bestimmt einsachtzig, und alles an ihr schien in die Länge gezogen. Lange Waden, schlanke Schenkel, elastische Arme. Ihr Gesicht war herzförmig geschnitten, und die großen Augen hätten von Bambi sein können. Sie schwankte auch im Nachhall meines überraschenden Überfalls, denn sie hielt zwei Drinks in den Händen, die sie geschickt balancierte.

Zwei Engländer flankierten sie. Jedenfalls hielt ich sie für Landsleute, weil sie Shorts mit der Union-Jack-Fahne trugen. Einen von ihnen kannte ich vom Strand.

»Alles in Ordnung bei dir, Darling? Willst du uns Gesellschaft leisten?«

Was hatte eine Frau wie sie mit Idioten wie ihnen zu tun?

»Du bist eine schöne Frau«, sagte sie zu mir. Sie schien es nicht eilig zu haben.

Ich versuchte mich in Thai. »*Kop kum cha*«, sagte ich, was, wie ich inzwischen weiß, die männliche Form von »danke« ist. Sie musste lachen. Ihre breiten und doch hageren Schultern wurden geschüttelt. Sie hatte die Schultern eines Schwimmers und schmale Hüften. Sie sagte, dass sie Lily hieß, und tatsächlich war sie schön wie eine Blume.

Die Hände der Männer tatschten an ihr herum, als sie weitergingen. Einer kniff ihr in die Hinterbacken, und der andere legte einen Arm um ihre Schulter. Lily drehte sich zu mir um und winkte.

Sie hätte beim Film sein müssen. Es ärgerte mich, dass so eine schöne Frau sich mit so billigen Typen abgab. Nicht, dass ich viel von ihnen wusste, aber man sah ihnen an, dass sie der Frau nicht das Wasser reichen konnten.

Ich ging zu dem Telefonladen, den ich schon kannte. Er liebt dich, er liebt dich nicht, er liebt dich. Nach dem fünften Läuten hob Roger ab. Er liebt dich. Das war alles, was ich wissen wollte!

»Doch, Abby, ich versuche ja, hier wegzukommen, aber du weißt doch, wie es ist«, sagte er schon, bevor ich gefragt hatte.

»Nein, weiß ich nicht. Du hast versprochen, du würdest sofort nachkommen. Warum hältst du dein Versprechen nicht?« Ich war wütend. Ich ließ mich von ihm nicht auf den Arm nehmen, nicht nach einem solchen Tag.

»Darling, hör zu. Warum kommst du nicht zurück nach England, dann können wir in Ruhe darüber reden.«

»Wir haben tausende Male darüber geredet und ...«

»Das ist nicht fair, Abbs«, protestierte er. »Die Umstände treffen die Entscheidung, nicht ich.«

»Es hört sich so an, dass du deine Entscheidung getroffen hast. Ich wollte nur wissen, was ich von dir noch zu erwarten habe.«

»Abby, ich liebe dich«, rief er entschieden, und mein Herz hüpfte. Oh, er liebte mich!

Dann veränderte sich seine Stimme, er wurde kühl und sehr geschäftsmäßig. »Ich danke Ihnen sehr für den Anruf. Ja, ich melde mich bei Ihnen.«

Ich wusste, was das bedeutete. Seine Frau war ins Zimmer gekommen.

»Du Wichser!«, schrie ich so laut ich konnte.

Im Nachhinein muss ich sagen, dass ich ihm das besser nicht an den Kopf geworfen hätte.

Wütend und mit rotem Kopf hastete ich zurück auf mein Zimmer. Plötzlich verstand ich, warum Kinder boxen lernen.

Danach wollte ich nicht mehr ausgehen. Trent hatte in den vergangenen Wochen viel Zeit mit mir verbracht, natürlich erpicht darauf, bei mir mehr zu erreichen, als ich zu geben bereit war. Ich wollte ihn nicht an der Nase herumführen. Auch an diesem Abend kam er wieder in den Bungalow, und da ich nach meinem unbefriedigenden Gespräch mit Roger noch sauer war, verhielt ich mich Trent gegenüber freundlicher, als ich eigentlich wollte.

Ich schaukelte in der Hängematte, während er unter mir saß. Ich spürte, wie seine Blicke über meinen Körper tasteten, und natürlich fühlte ich mich geschmeichelt und verlegen zugleich. Es war schwierig, mich bedeckt zu halten, wenn ich an einer Stelle zupfte, entblößte ich eine andere.

Es war eine idyllische Szene. Das Summen gedämpfter Stimmen um uns herum, das Klatschen der Wellen auf dem Sand. Selbst die Moskitos hielten sich fern. Trent trank Bier und schluckte laut. Ich sah seinen Adamsapfel hüpfen. Er erinnerte mich an eine Kuckucksuhr.

»Hast du von deinem Freund gehört?«

»Nein ... oder ja. Er kann noch nicht kommen.«

War das ein Lächeln auf Trents ausdruckslosem Gesicht?

»Ich schätze, er schreibt dir oft.«

»Nein. Aber wer braucht hier Briefe?«

»Ja, stimmt.«

Wir blieben noch eine Weile zusammen. Ich schaute zu den Sternen hoch, sie waren hier viel kräftiger und schöner. Ja, es mochten die Sterne sein, die man auch in

England sah, aber die hier waren phantastisch. Mit jedem anderen Mann wäre es ein romantischer Moment gewesen. Ich lauschte dem Zirpen der Grillen.

Trent hatte die Augen geschlossen. Er lag da, in der Welt zu Hause. »Erzähle mir von deiner neuesten Phantasie.«

»Von der neuesten?«

»Ja. Als du das letzte Mal masturbiert hast, woran hast du dann gedacht?«

Als ich das letzte Mal masturbiert habe? Das war erst vor ein paar Stunden im Meer. Niemand konnte mich sehen, jedenfalls hoffte ich das. Ich dachte an Selma und Prem.

Selma nötigt Prem, mit mir zu schlafen. Er will nicht. Ich schäme mich, obwohl ich auch nicht einverstanden bin.

»Ich kann nichts dafür, Prem.«

Selma ist gemein und streng. »Geh vor ihm auf die Knie«, sagt sie. Ich nehme ihn in den Mund. Er bleibt schlaff. Ich bewundere seine Willenskraft, aber dann spüre ich seinen Penis zucken, zuerst leicht wie ein Wimpernschlag, aber das reicht; ich weiß, dass ich seine empfindliche Stelle erwischt habe.

»Weiter, weiter«, ruft Selma, und natürlich wird er hart, was mir eine tiefe Befriedigung bringt.

»Bitte, Selma«, sage ich, »lass es damit genug sein.«

»Nein, du willst das doch.«

Sie wendet sich an Prem. »Sie will es«, sagt sie. Elende Verräterin.

»Nein, nicht so«, schreie ich. »Nicht so.«

»Nun mach doch«, beharrt sie. Der arme Prem windet sich, aber dann gehorcht er.

Das Wasser schwappt um meine Beine, die Wellen

bringen mich ein wenig aus dem Gleichgewicht. Meine Finger huschen immer schneller über die Klitoris.

Trent kicherte aufgeregt. »Ich kann es gar nicht abwarten, deine Phantasie zu hören. Du denkst gerade daran, nicht wahr?«

Er wollte hören, dass ich an ihn gedacht hatte, aber das stimmte nicht.

»Also, wenn ich phantasiere, dann ist es mit Roger. Er zuerst oben, aber danach übernehme ich die Kontrolle.«

»Und das war's?«

»Ja.« Puh, ich hatte eine gefährliche Klippe umschifft. »Aber jetzt musst du mir was von deinen Phantasien erzählen.«

»Der typische Männertraum«, antwortete er spontan. »Ich und zwei Frauen.«

»Aha! Einzelheiten, bitte.«

»Ach, ich weiß nicht ...«

»Trent!«

»Okay, okay. Ich bin ein Lifeguard, so eine Art Bademeister. Das ist der Typ, der oben auf seinem Stuhl sitzt, und alle Mädchen mögen ihn. Von da oben hat man tolle Ausblicke. Dieses eine Becken, über das ich die Aufsicht habe, ist besser als jedes andere, weil nur Frauen zugelassen sind.«

Ich sah ihn erwartungsvoll an, und er fuhr fort.

»Ich überzeuge das hübscheste Mädchen, mit mir in den Umkleideraum zu gehen. ›Ich will dir ein paar Figuren beibringen‹, sage ich. Sie löst die Schleife des Bikinis und sieht mich mit großen Augen an. Ich knie mich vor sie, streichle über ihre Schamhaare und spreize die Beine ein wenig. Ganz zärtlich gehe ich vor. Ich raune ihr zu, dass ich eine große Schwimmerin aus ihr machen werde.

Ich will ihr beibringen, sich im Wasser wohl zu fühlen. Ich befingere sie. ›Ah, du bist nass‹, flüstere ich und dringe mit der Zunge in sie ein. Ich verehre sie, lege meine Hände auf die kleinen zarten Brüste und murmele, was für eine gute Schwimmerin sie mal sein wird.

Dann kommt ein anderes Mädchen herein. Sie zuckt, als sie uns sieht. ›Keine Angst‹, sage ich, ›wir brauchen ein paar Extrastunden.‹ Ich sage ihr, sie soll ihren Taucheranzug ausziehen. Ich nasche weiter am ersten Mädchen. ›Hierher‹, sage ich der Neuen. ›Wir fangen mit Unterwassertraining an.‹ Sie kommt zu uns, und ich lasse sie meinen Platz einnehmen. Die beiden Mädchen erregen sich gegenseitig, und ich schaue fasziniert auf dieses Bild.

Nach einer Weile flüstert mir das erste Mädchen zu, sie würde sich gern auf mich setzen. Ich habe natürlich nichts dagegen. Sie versenkt meinen Schaft, während sich das andere Mädchen über mein Gesicht hockt. Sie sind beide großartig. Sie wechseln die Plätze, und ich labe mich an ihren spontanen Reaktionen und an der Schönheit ihrer Körper.«

»Sehr hübsch«, gab ich zu.

»Ich liebe oralen Sex«, gestand Trent. »Wenn ich die Wahl habe, entscheide ich mich immer für oral.«

»Warum?«, fragte ich heiser, mehr als nur ein bisschen erregt.

»Himmel, wie kannst du so etwas fragen? Gefällt es dir denn nicht, eine Zunge zu spüren, wo deine empfindlichsten Nerven zusammenlaufen?«

»Ja, doch, manchmal.«

»Erzähle mir von deinem ersten Erlebnis mit Oralsex.«

»Nein, erzähle du. Ich habe noch nie die Version eines Mannes gehört.«

»Ich glaube, es hat mit Instinkt zu tun«, sagte Trent. »Und mit Neugier. Wie wird es sich anfühlen, wenn ich sie da mit der Zunge berühre?«

»Und?«

»Nun, ich habe sie da mit der Zunge berührt, und es war so, wie es war, als das Flugzeug auf dem Koh Samui Airport aufsetzte: Ich war angekommen! Dies war mein Ding!«

»Wie fühlt es sich an?«, flüsterte ich.

»Weich, zart, offen, so verletzlich.«

»Wie eine Frucht?«

»Ja, eine menschliche Frucht. Wie Fleisch, wie Nässe, wie ein offener Mund. Und als sie zu rucken begann, ihre Hüften gegen mein Gesicht mahlte, da fand ich die Erfahrung unglaublich. Ich hörte ihr Stöhnen, ich spürte ihre Nässe – he, es war, als hätte die Regenzeit schon begonnen.«

»Ist es ihr gekommen?«

»Mein Schatz, du sprichst mit dem Großmeister der flinken Zunge.«

»Die Wahrheit, bitte.«

»Ich glaube, das ist eine sehr orgasmusorientierte Sicht der Welt«, sagte Trent, und ich musste lachen. »Ist es nicht so, dass Männer dafür kritisiert werden, wenn sie diese Frage stellen?«

»Ich wollte es nur wissen.«

»Du wirst mich hassen, aber ich weiß es nicht.« Trent schüttelte den Kopf. Sein Haar war von der Sonne gebleicht, obwohl es mich nicht gewundert hätte, wenn er ein bisschen nachhelfen würde.

»Typisch Mann.«

»Ja, ich bin ein typischer Mann. Es ist nicht so, dass ich nicht an der Lust der Frau interessiert bin, aber sie liegt so versteckt. Wie war das bei dir? Hat die Erde gebebt, als du das erste Mal oral verwöhnt worden bist?«

»Oral verwöhnt, das klingt wie eine Anpreisung auf der Speisenkarte eines guten Restaurants. Die Antwort ist nein. Ich konnte es nicht ertragen. Was willst du? Da unten? In dieser schlabbernden Gegend? Ich habe oralen Sex vor dem vaginalen Sex gehabt. Ich war so überrascht, dass ich nur denken konnte: Was will er denn jetzt? Er schob mich aufs Sofa, aber er war nicht da, wo ich ihn vermutet hatte. Er starrte auf meine Schamhaare, und dann stieß er das Gesicht dagegen. Zuerst dachte ich noch: Wie süß, er will mich überall küssen. Aber dann steckte er seine Zunge hinein und leckte auf und ab, wie man eine Briefmarke leckt. Was machst du denn da? Willst du mich verschicken? ›Ich will dich lecken‹, sagte er. Es war warm und angenehm, und ich hatte das Gefühl, dass er sich um mich bemühte. Dann setzten meine Gefühle ein, es kribbelte, ich wurde nass und stöhnte, wie gut es wäre.«

Was würde Roger denken, wenn er wüsste, dass ich mit einem fast wildfremden Mann über die Techniken seiner Vorgänger diskutierte? Aber Roger würde es nie erfahren. In mir schmerzte alles. Ich fühlte mich wieder wie sechzehn, ich spürte ein Sehnen in mir, aber ich wusste nicht, wonach ich mich sehnte. Aber ich war keine sechzehn mehr, und ich hätte genau wissen sollen, was mir fehlte.

»Selbst heute habe ich Hemmungen dabei.«

»Darling! Bei mir würdest du alle deine Hemmungen verlieren!«, rief Trent.

»Nun, ich kann mich an eine Gelegenheit erinnern ...«

»Ich wusste es doch!«

»Er hatte einen Bart und eine Brille mit dicken Gläsern. Fast so dick wie Marmeladengläser.«

»Dein Geschmack, was Männer angeht, hat Charme. Du lässt jeden hässlichen Kerl hoffen.«

»Es war wunderbar. Ein Typ für eine Nacht. Wir haben uns in einem Pub kennen gelernt, und er war mir auf Anhieb sympathisch. Er war überhaupt nicht so sexy, deshalb ging auch keine Gefahr von ihm aus. Nicht das Material, das man sich für einen One-Night-Stand wünscht. Aber es machte Spaß, ihn zu verführen. Roger war zurück zu seiner Frau gegangen, und ich litt noch unter dem Trennungsschmerz. Wie unbeabsichtigt legte ich meine Hand auf seinen Schenkel. Es war Sommer, und ich trug wirklich kurze Shorts, und dann führte eine Berührung zur nächsten und ...«

Ich verfing mich in meinen Erinnerungen. Ich sehe noch vor mir, wie er die Brille abnahm und kaum noch etwas erkennen konnte. Zudem war ich betrunken. Ich zeigte meine Schätze wie das Mädchen in *Oliver Twist*. Wer kauft meine wunderschönen Blumen?

Er legte sich hin und sagte, ich sollte mich auf ihn setzen. Auf sein Gesicht. Und ich hab's getan und fühlte mich wie ein Elefant im Porzellanladen. Ich dachte, ich mache ihn platt. Aber er liebte es. Er hielt meine Schenkel fest und stieß von unten in mich hinein. Immer und immer wieder bohrte die Zunge sich in mich hinein, und es war phantastisch.

Ich hörte auf. Trent sah mich amüsiert an. »Und die Tatsache, dass er kaum was sehen konnte, hat dir geholfen?«

»Oh, ja.«

Musste ich mich schämen, dass ich ihm die Geschichte

erzählt hatte? Ich sollte mich schrecklich fühlen, aber ich fühlte mich nur scharf. Meine Pussy zog sich begeistert zusammen, bereit, jedes fremde Teil willkommen zu heißen.

»Baby, ich täusche jede Behinderung vor, die du hören willst. Ist es dir gekommen?«

»Eh . . . ja.«

»Was ist mit deinem Freund?«

»Er ist sehr gut.«

Roger ging immer eifrig zu Werke, eifrig und ordentlich. Oh, Himmel. Roger, ich brauche dich jetzt, ich brauche dich mehr denn je. Einmal hat er mich vor dem Kamin überfallen; ich stützte mich mit den Händen am Sims ab, und er schob sich von hinten zwischen meine Schenkel und aß mich auf, und ich miaute wie eine Katze in den Kamin.

»Ich bin Spitze auf dem Gebiet«, sagte Trent.

Ich nahm seine Gegenwart mit allen Poren wahr, fühlte seinen Atem auf meiner prickelnden Haut, spürte seine heißen Blicke. Ich wollte, dass er mich umschlungen hielt, aber ich wollte nicht mit ihm schlafen.

Ob Männer das je verstehen?

»Willst du dich nicht zu mir setzen?«

»Nein, ich . . . eh, ich gehe jetzt hinein. Es wird mir zu kühl.«

Ich lud ihn nicht ein, aber er kam einfach mit. Es gab keinen anderen Platz, also setzte er sich zu mir aufs Bett. Ich fühlte die Wärme seines Körpers, und das Verlangen einer intimen Berührung nahm mir beinahe den Atem.

»Was ist mit Roger?«

»Er ist ein Bastard«, sagte ich und begann zu weinen. Es war seine Schuld, dass ich eine halbe Welt von ihm entfernt war.

Das Licht ging aus, und plötzlich saßen wir im Dunkeln.

»Mist«, knurrte Trent. Er tastete sich durchs Zimmer, zündete eine Kerze an und setzte sich wieder aufs Bett. Im Kerzenschein sah Trent sanfter aus. Ich konnte so tun, als wäre er ein anderer. Wir küssten uns, dann küssten wir uns noch einmal. Sein Piercing weckte meine Zunge auf, er kitzelte mich. Ich wollte mehr davon spüren.

Ich mied seinen Blick und schaute auf den flackernden Schatten an der Decke. Er küsste, und ich fühlte, wie meine Pussy tanzte. Wenn ich nicht zu intensiv nachdachte, fühlte ich mich gut. Es war nichts außer einer Erweiterung dessen, was wir bisher getan hatten. Sein Küssen fühlte sich gut an, so natürlich, so schmackhaft. Ein warmes, feuchtes Peitschen in meinem Mund. Oh, Roger, du fühlst dich so gut an.

Nein, nein, halt! Das war nicht Roger.

»Nein, warte.« Ich wich zurück, verdutzt, verdattert.

»Bitte, Abbs.«

»Ich kann nicht. Ich will nicht mehr.«

»Abbs ...«

»Also gut. Aber unter einer Bedingung. Nur küssen. Nichts außer küssen.«

Wir küssten uns wieder. Er war rau und dann wieder zärtlich. Ich fühlte das warme Schaben seines Kinns gegen meines. Sein Zeitgefühl war gut. Immer wenn ich glaubte, das zärtliche Lutschen nicht mehr ertragen zu können, erhöhte er das Saugen der Lippen und verstärkte das Stoßen der Zunge, und wenn ich glaubte, das wäre jetzt genug, wurde er ganz sanft, er leckte meine Lippen, unsere Zungen trafen sich außerhalb der Münder und begegneten sich wie im Schlangentanz.

Sein Piercing verstärkte die Gefühle ums Tausendfache. Ich konnte nicht genug davon haben. Selbst wenn das Piercing gegen meine Zähne anschlug, erregte es mich.

Bevor mir bewusst wurde, was ich tat, legte ich einen Arm um ihn und zog ihn näher. Sobald man richtigen Sex hat, legt man nicht mehr den großen Wert aufs Küssen, dabei ist Küssen manchmal besser als Sex. Trent zog mich fester an sich, und ich verstärkte den Druck meines Arms um ihn. Ich hatte keine Hintergedanken und keinen Plan, aber was wir mit uns anstellten, fühlte sich richtig gut an.

Das Juwel auf seiner Zungenspitze kitzelte, ich wollte mehr von ihm spüren, ich wollte es überall spüren. Er schien wirklich begeistert von mir zu sein, als wollte er mich am liebsten verschlingen.

»Ich weiß, was du willst.«

Er legte eine Hand auf mein Knie, als wollte er erforschen, ob die Waagschale noch mehr zu seinen Gunsten ausschlug. Was durchaus zutraf. Ich spürte heiße Pfeile durch meinen Körper schießen, so sehr erregte mich die Berührung seiner Hand auf meiner nackten Haut. Die Hand schob sich höher den Schenkel hinauf, wahnsinnig schnell, wie ein Autofahrer, der sicher ist, jeden Augenblick von der Polizei gestoppt zu werden. Er traf auf die feuchte Barriere meines Höschens. Der Stoff klebte auf meiner Haut. Die Hand war noch einen Zentimeter von der Spalte entfernt. Ich wurde immer nasser, nass und bereit, und ich hasste mich dafür.

Roger hatte mir das Höschen gekauft. Weihnachten vor zwei Jahren. Glaubte Roger, dass ich ihm nicht untreu sein würde, wenn ich die Wäsche trug, die er mir geschenkt hatte? Kaufte er mir Wäsche, um Macht über mich auszuüben?

Trent schob den Stoff zur Seite. Ich stieß einen Seufzer aus, und ich hörte selbst, dass es ein zustimmender Seufzer war.

Seine Finger bewegten sich geschickt. Er strich zuerst über meine getrimmten Haare und fuhr an den Labien entlang. Das Fahrzeug fuhr jetzt deutlich langsamer. Er wollte rückwärts in die Garage.

»Oh.« Ich sog scharf die Luft ein, und er schob sich tief in meine nasse Pussy hinein. Das glitschige, geschwollene Gewebe war ihm Ermutigung genug.

»Du bist nervös, nicht wahr?«

»Ja«, gestand ich. Niemand außer Roger – und der Brillenträger – hat sich seit fünf Jahren dort aufgehalten. Was ist, wenn ich nach all der Zeit feststelle, dass ich nicht normal bin? Was ist, wenn mein Körper ihn abstößt?

»Ah, du fühlst dich so gut an, so nass.«

»Nein«, sagte ich schwach. Nicht in meinem Roger Höschen. Zieh es mir aus, bevor du mich streichelst, dann kannst du mich reiben, bis ich sterbe. Oder zumindest, bis ich komme. Trent bearbeitete mich, als hätte er nie etwas anderes getan. Ich lechzte nach mehr.

»Ich will dich da küssen.«

»Nein.« Ich war verlegen. Aber seine Finger kletterten rein und raus, und andere Finger strichen über meine Klitoris. Oh, ja, er arbeitete gut, er verstand sein Handwerk. Dieser Mann, den ich nicht kenne, streichelt meine Pussy, dachte ich, ich lasse meine intimen Stellen von ihm befingern. Er konzentrierte sich auf meine Klitoris, wetzte dagegen, brachte mich zum Erschauern, als wäre es kalt im Zimmer.

»Ich möchte deine Labien lecken«, flüsterte er heiß in mein Ohr.

Musste er so deutlich sein? War das die amerikanische Art? Ich hatte von einer Universität in den Staaten gehört, wo man sich für jedes sexuelle Vorgehen die Erlaubnis einholen muss. »Darf ich deine Brüste berühren?«

Also, ich halte nichts davon. Leg los und mach es. Ich will nicht, dass du mich fragst, ob ich meine Klitoris stimuliert haben will, du musst wissen, ob ich es will. Ich will kein ausführliches Sachgespräch, bevor wir uns anfassen.

»Nein«, murmelte ich, »nein, danke.« Ich wusste selbst, wie seltsam ich mich anhörte.

»Darling, ich will doch nur, dass du dich gut fühlst.«

»Was ist mit meinem Freund?«, protestierte ich. Ich hätte wissen müssen, dass es ein schwacher Protest war. Wenn ein Mann solche Worte hört, nachdem er die feindlichen Linien durchbrochen hat, weiß er, dass der Feind zur Kapitulation bereit ist.

»Und was ist mit meiner Freundin?«, gab er zurück, und dann fügte er hinzu: »Er wird es nie erfahren. Außerdem tun wir ja nichts Schlimmes. Du wirst nur meine Zunge spüren.«

»Nur deine Zunge?«

War das der Ausweg? War es Untreue, auch wenn wir nicht richtig zusammen schliefen? Ich könnte einfach nur da liegen und an England denken. Ich meine, wenn man es in die richtige Relation stellt, dann war es doch kein Verbrechen gegen die Menschlichkeit. Es war eher wie der Termin beim Gynäkologen oder so.

»Bist du sicher, dass du das ehrlich meinst? Kein Sex, und dir ist das recht?«, vergewisserte ich mich.

»Nur meine Zunge«, versprach er.

»Okay«, stimmte ich zu. Mach es mir gut, damit ich

mich besser fühle, bitte. Bring wieder Ordnung in mein Leben.

Er hatte schon alles geplant, zog das Moskitonetz herunter, so dass wir in einem weißen Kokon geborgen schienen. Ich ließ mich zurücksinken und fühlte mich wie im Märchen: Ich war Schneewittchen, und er war mein Prinz, der mich in meinem weißen Haus besuchte.

Er öffnete mit sanftem Druck meine Schenkel. Ich sah sein Gesicht – das Gesicht eines Fremden – dicht über meinem Dreieck. Das Bett stöhnte unter uns. Wie ein dicker Mann. Der Stahlrahmen quietschte. Trent sagte, ich sollte den Sarong öffnen, aber ich hatte Schwierigkeiten mit dem Knoten. Ich wollte ihn fragen, für wen er sich hielt – Himmel, ja, wer war er eigentlich? –, aber das konnte ich nicht. Er sagte, ich sollte langsam mein Höschen abstreifen, »aber schön aufreizend«.

»Das machst du großartig«, lobte er.

»Ja, ich mache es auch jeden Abend«, gab ich trocken zurück.

Nimm es als eine funktionale Sache, die dein System durchpustet, redete ich mir zu. Gut für deine Gesundheit. Ein Treffen von Lippen und Lippen. Ein Austausch von Flüssigkeiten. Es ist wunderbar, verwöhnt zu werden. Ich brauchte nicht zu reden. Ich wollte mich nur gut fühlen.

Aber was für ein Mann ließ sich auf eine solche Situation ein? Ich ließ das Höschen zusammengeknüllt auf den Boden fallen und legte mich entspannt zurück. Heute Abend würden wir das Bett taufen. Zwar mit dem falschen Mann, aber ...

Ich spreizte meine Schenkel so weit ich konnte. Reisen weitet nicht nur deinen Horizont, Reisen kann auch Beine öffnen. Ich wollte Trents Gesicht mit meiner Pussy füttern. Ich fühlte mich als riesengroße Öffnung.

Seine Hände strichen über meine Hüften und Schenkel. Ich wusste, dass er mich betrachtete, meine Pussy studierte. Bei seiner Erfahrung musste er schon viele gesehen haben. Er widmete sich dem rosigen Schlitz und fuhr mit der Zunge über das geschwollene Gewebe. Ich drückte sein Gesicht fester gegen mich, er sollte mir nicht entkommen. Er mochte da unten ersticken oder ertrinken, egal, ich wollte meinen Höhepunkt erleben.

Trent wühlte mit Nase und Mund und saugte an meiner Klitoris. Er verwöhnte mich. Ich fing an, mich rhythmisch gegen ihn zu bewegen, und er folgte meinen Bewegungen mit Zunge und Fingern, er leckte und schlürfte und rieb. Ja, drück mich, leck mich, beiß mich. Vergiss meine Nippel nicht, ja, auch sie wollen geliebt werden, ebenso wie meine Lippen, meine Ohren, mein Po. Bitte, verwöhne mich, wer auch immer du bist.

Ich kam mir wie ein Autopilot vor. Ich war ungeheuer erregt und wippte auf dem Bett auf und ab. Es wird nicht mehr lange dauern, dann komme ich. Tiefer, stoße deine Zunge tiefer hinein, iss mich, schmecke meinen Orgasmus.

Seine Berührungen werden immer hektischer, und ich reagiere, indem ich mich wieder gegen ihn reibe. Oh, Mann, das ist wie ein Waldbrand, er breitet sich in meinem ganzen Körper aus. Er darf jetzt nicht aufhören. Seine Zunge tanzt über meine Klitoris und macht mich fertig. Er saugt weiter, vereinnahmt meine Klitoris und wetzt seine Zunge dagegen.

Dann setzte der unglaubliche Orgasmus ein. Ich hörte meine eigenen Geräusche und konnte nicht glauben, was ich alles von mir gab. Ich war verlegen. Selbst die wunderbare Selma kam nicht so gewaltig wie ich.

Zehntes Kapitel

Sechs, sieben, acht, neun, zehn. Der Beste war Nummer sieben. Wie es ihm gelungen war, ihre Hände zu befreien, würde sie nie begreifen, aber er hatte es geschafft, und nun legte er sie um seinen Schaft, und sie konnte gegen die Wurzel drücken, wann immer er dem Orgasmus nahe war. Sie wollte, dass er lange durchhielt. Die Höflinge verliefen sich. Die Tagesbesucher gingen, und die Abendbesucher waren nicht weniger gelangweilt als sie. Die verbliebenen Höflinge schwirrten um sie herum.

»Ist dir kalt?«

»Hast du Durst?«

Der Mann über ihr war stolz auf seine Ausdauer. Er schob ihr Trauben in den Mund und fütterte ihre Pussy mit seinem Honig. Schließlich sagte er, dass er gehen müsste; die Sonne versank. Ihre Haare waren zerzaust. Sie fühlte das Pulsieren in ihrem Körper.

Die restlichen Männer bediente sie an den folgenden Tagen. Es kam ihr schnell, und die Freundlichkeit der Männer trug dazu bei, dass alles in angenehmer Atmosphäre ablief.

Aber auch nach Nummer elf hatte sie es noch nicht überstanden.

»Nur eine Runde?«, fragten die Höflinge, und der Zeremonienmeister war enttäuscht. »Die Männer wollen noch eine Menge mehr.«

Man legte sie in eine Hängematte. Ihr Schoß befand sich auf der Höhe ihrer Münder. Sie spreizte die Beine.

Sie spürte die Gesichter zwischen ihren Schenkeln. Es war gut, aber es war zu oft, es waren zu viele. Sie heulte vor Lust, aber auch vor Frust, denn egal, wie lang ihre Zungen waren, sie erreichten sie nicht. Die Hängematte schaukelte von ihnen weg. Sie sah die Enttäuschung in den Augen der Männer. Selbst die Nummer sieben konnte den Zauber nicht wiederholen, und Nummer vier weinte vor Frustration.

»Himmel, Abby!« Trent sah mich von oben bis unten an. »Was hast du geträumt? Du hast dich im Bett gewälzt wie ein Schiff im Orkan. Und deine Schreie!«

Ich wurde knallrot.

»Was habe ich denn gesagt?«, fragte ich so gelassen wie möglich.

»Es ging um Könige, glaube ich.«

Beim Aufwachen hatten Trent und ich uns geküsst, aber das hatte nichts mit Sentimentalität zu tun. Zuerst hatte ich geglaubt, der Mann neben mir wäre Roger, aber dann setzte meine Erinnerung überfallartig ein.

Er fuhr durch meine Haare, gähnte und nieste, stolperte durchs Zimmer und suchte seine Klamotten. Ich wälzte mich unter der Decke herum und schlang die Arme um meinen Leib. Wie hatte ich das nur zulassen können? In diesem Moment nervte mich weniger meine Untreue, wichtiger war die Frage nach dem Warum. Wieso hatte ich mich gerade bei Trent so sehr daneben benommen?

Ich packte ein Kissen, versteckte mich dahinter und riss die Tür auf. Trent sollte nicht glauben, es könnte eine Wiederholung geben. Ich wartete an der weit geöffneten Tür. Geh, bitte.

»Sexy«, sagte Trent. Das Kissen bedeckte nur meine Brüste oder meine Scham, aber nicht beides. Ich hatte mich spontan entschieden, meine Brüste zu bedecken.

Trent stolperte die Treppe hinunter, Schuhe und Hemd in der Hand, und unten stieß er fast mit Prem zusammen, der verdutzt zur Tür und auf mich schaute.

»Das Handtuch stand dir besser«, sagte er kühl und ging rasch weiter, so rasch, dass er fast wie ein Sportgeher aussah. Nur, dass es bei Prem nichts gab, worüber man lachen konnte. Ich schimpfte über mich, dass ich Trent die Nacht über bei mir gelassen hatte. Das sollte nicht wieder geschehen.

An diesem Abend ließen Selma und José die Rollläden oben, und ich konnte in ihr schwach beleuchtetes Zimmer sehen. Ich lag schaukelnd in der Hängematte, hatte gerade geduscht, um mich abzukühlen, aber es war die falsche Tageszeit, deshalb hatte mir nicht viel Wasser zur Verfügung gestanden. Deshalb hatte ich auch nicht alle Sandkörner wegrubbeln können.

Sind alle Frauen so gespalten? Einerseits wollte ich so gern wieder zu Hause sein, andererseits wollte ich hier bleiben. Man kann nicht alles haben, denn entweder du hast eine Beziehung, oder du hast keine. Mir war, als würde ich in alle Richtungen gezerrt. Lag es an meiner Unreife, oder war ich schizophren? Ich spürte die Schuldgefühle wieder, aber ich scheuchte sie weg, wie man ein ungezogenes Kind verscheucht.

Das Summen der Insekten wurde übertönt von einer Disco weiter unten am Strand. Selma und José hatten sich bereits einmal an diesem Tag geliebt, ich hatte Selmas vertrauten orgasmischen Schreien gelauscht und Josés lautem Stöhnen, als er die Ziellinie überschritten hatte. Dann hatte ich ihn leise sprechen gehört, aber in einem befehlenden Ton. Selma hatte mit einem gequälten Wimmern reagiert. Manchmal wimmerte sie wie ein verängstigter Hund.

Selma lag auf dem Bett. Sie trug ihr kurzes gelbes Kleid; die Farbe betonte noch den warmen Ton ihrer Haut. Er stand hinter ihr. Ich wollte nicht zuschauen, aber ich musste. Es war, als verfolgte man einen Horrorfilm hinter der Sofaecke.

Er hob den Saum ihres Kleids, langsam und behutsam, als fürchtete er sich vor dem, was er entdecken könnte. Sie trug keinen Slip – sie hatte den Mann erwartet. Er schaute bewundernd auf ihre runden Backen, dann tätschelte er sie einige Male. Es waren perfekt geformte Halbkugeln. Ich steckte meine Hände zwischen meine Schenkel.

Träge zog ich kleine Kreise über meine Haut. Oh, verdammt, ihr zwei, müsst ihr es denn schon wieder tun? Und so schön, dass ich mich einfach nicht davon losreißen kann? Am liebsten hätte ich ihre Backen gespreizt und Selma zum Beben gebracht. Ich hätte José ohne ihr Wissen ausgeschaltet und seinen Platz eingenommen.

Ich schob eine Hand zu meiner überfluteten Pussy und drückte ein paar Finger hinein. Wie würden unsere verschlungenen Beine aussehen? Wie würde es sich anfühlen, wenn sich unsere Brüste aufeinander quetschten?

Bisher bestand der einzige Kontakt zwischen ihnen aus seinen Händen auf ihren Backen. Aber jetzt redete er wieder mit ihr. Er spreizte ihre Beine, bis sie auf dem Bett ein riesiges V bildeten. Sie sah wie eine Blume aus, die sich öffnete. Ihre langen Haare lagen ausgebreitet um ihren Kopf. Ein wunderschönes Bild.

Ich lief über. Es bedurfte nicht mehr viel, um mich auf Touren zu bringen. Zwei Finger. Dann drei – ich hatte mir eine Belohnung verdient, nicht wahr?

Josés Finger gingen in den Untergrund. Ich sah an den Bewegungen ihres Arms, wie kräftig und schnell er in sie hineinstieß. Er spaltete ihre Lippen und stieß die Finger in ihre Nässe, immer wieder. Selma lag still auf dem Bauch. Sie wandte den Kopf, um seine Position sehen zu können. Wahrscheinlich wartete sie darauf, dass er sie nahm, aber er spielte weiter mit den Fingern in ihr, während er eine Hand kreisend auf ihren Backen bewegte.

Ich quetschte meine Klitoris und ließ meine Hand zittern. Kurz darauf übertrug sich das Zittern auf meinen Körper.

Sie flehte ihn an. Ich konnte nicht hören, was sie sagte, aber der Ton war der Verzweiflung nahe. Seine Antwort war tief und flüsternd, und sie schmolz dahin. Ihr Gesicht war pink geworden. Auch sein Gesicht war gerötet, doch im Gegensatz zu ihrer Haut schien er zu glänzen. Das Gesicht, die Lippen, vor allem die Augen.

Er hob die Hand von ihren Backen und öffnete seinen Hosenstall. Er nahm sein prächtiges Glied heraus, perfekt in Größe und Kraft. Es war so, wie ich es im Flugzeug gesehen hatte, beeindruckend und kühn wie ein Kämpfer. Ich hätte ihn gern in den Mund genommen.

Er beugte sich vor und schob ihn hinein. Sie bewegte sich immer noch nicht. Er stieß in ihre Mitte, mitten hinein in ihren Kern. Noch einen weiteren Stoß, und er verschwand völlig. Jetzt begann er mit seinen rhythmischen Bewegungen, und sie stöhnte und schrie und feuerte ihn an.

Aber er behielt die Beherrschung. Ab und zu klatschte er die flache Hand auf ihre Flanken. Wenn er in sie hineinstieß, rieb er eine Hand über ihren seidigen Rücken. Ihr geschmeidiger Körper hob sich leicht an, um seinen Stößen zu begegnen, und dann krümmte sie voller Lust den Rücken.

Zwei Hände hatte ich in mir. Mein Körper begann sich zunächst nur schwach zu bewegen, aber ich wusste, dass meine Zuckungen bald einsetzen würden, die untrüglichen Zeichen waren schon da.

José hob den Kopf und starrte in die Ferne. Er steigerte sein Tempo, und ihre stöhnenden Laute kamen gehetzter, gepresster. Er stieß wilder zu, tiefer und härter. Jetzt sah er mir direkt in die Augen. Mit der freien Hand blies er mir einen Kuss zu.

Ich presste meine Augen zu, aber ich sah immer noch ihre wogenden Körper. Seufzend erhob ich mich aus der Hängematte und ging ins Haus.

Elftes Kapitel

Das Restaurant befand sich hoch in den Bäumen, ein Raum mit samtenen Kissen, studentischen Sitzsäcken und niedrigen Tischen; der typische Treff für gleich gesinnte Reisende. Ich rauchte keinen Stoff, ich wollte meine fünf Sinne zusammenhalten. Die Nacht mit Trent war dumm gewesen. Mein einziger Trost war, dass ich nicht wirklich etwas gemacht hatte; ich hatte ihn machen lassen.

Wir saßen in der Nähe von zwei Frauen mit matten Haaren und weiten Batikhosen. Sie spielten Karten. Andere Gruppen saßen fast reglos da, andere waren aktiver. Ein Mädchen zum Beispiel hatte seine Arme verführerisch um zwei Männer gelegt, die scheinbar gleich hoch in seiner Gunst standen.

»Erzähl mir eine Geschichte«, sagte Trent. »Eine Gutenachtgeschichte.«

»Nein. Zuerst du.«

Trent sprang darauf an, als hätte er nur auf diese Chance gewartet.

»Okay. Ich teilte mir ein Zimmer mit Paul, und Paul ging mit einem Mädchen namens Helen. Nach etwa sechs Wochen fand er heraus, dass wir ihn bespannten.«

»Oh, verdammt.«

»Aber er war gar nicht verärgert. Im Gegenteil, ihm gefiel die Vorstellung. ›Wie wär's mit diesem Freitag?‹, fragte er uns. ›Wenn sie das nächste Mal kommt, könnt ihr eine richtige Sexshow aktuell erleben.‹«

»Natürlich waren wir Feuer und Flamme. Wir trommelten noch einige Freunde zusammen. Insgesamt waren wir acht. Wir hatten uns Bier besorgt und warteten, dass die Party begann.«

»Das arme Mädchen. Es muss schrecklich für Helen gewesen sein.«

»Ich weiß. Paul sorgte dafür, dass Helen uns genau gegenüber saß, ohne dass sie uns natürlich sehen konnte. Er spreizte ihre Beine. Wir konnten es nicht glauben. Er leckte seine Finger und schob sie in sie hinein.«

»Himmel, wie erniedrigend.«

»Ja, aber jetzt kommt der Hammer – sie wusste, dass wir zuschauten. Offenbar hatte Paul ihr alles gesagt, und sie war einverstanden. Das Geheimnis lag darin, dass sie eine exhibitionistische Neigung hatte.«

»Nein!«

»Das ist noch nicht alles. Hinter Pauls Rücken fing ich an, mich mit ihr zu treffen. Sie war attraktiv und wusste es, und durch ihr Selbstbewusstsein sah sie noch besser aus. Die ersten paar Male hatten wir großartigen Sex. Es war nicht so, dass ich Paul nicht mochte, aber ich habe es trotzdem getan. Der uralte Konkurrenzkampf, schätze ich. Sie war wild im Bett, fiel über mich her, stieß mit dem Kopf gegen die Wand und kannte keine Hemmungen. Sie war eigentlich mein Ideal. Freitags sah ich ihr bei Paul zu, und samstags trieb sie es mit mir. Sie wollte ihn nicht fallenlassen. Sie sagte, ich könnte ja mit ihr Schluss machen, das wäre ihr egal. Schlimm war, dass ich niemandem von meiner Eroberung erzählen konnte. Schlimmer noch wurde es, als ich feststellte, dass ich besessen von ihr war. Ich zwang sie, dasselbe zu tun, was sie am Abend vorher mit Paul gemacht hatte. Wenn sie ihn am Freitag gesaugt hatte, wollte ich, dass sie mich am Samstag saugte. Wenn sie am Freitag oben gewesen war, musste sie am Samstag über mich grätschen. Alles war gleich, aber ich brachte sie dazu, bei mir besser zu sein. Als sie mit mir Schluss machte, sagte sie, Paul wäre zwar ein lausiger Liebhaber, aber wenigstens wäre er ein guter Mensch, während ich ein perverser Bastard wäre.«

»He, das war krass.«

»Ich war wirklich eine lange Zeit in sie verliebt. Sie war vollkommen. Nach ihr war ich für eine längere Zeit durch den Wind.«

Wir seufzten und nippten an unseren Getränken.

»Was ist mit dir? Was war deine beste Nummer überhaupt?«

Ich dachte darüber nach. Da gab es einige Dinge, die ich nicht einmal Roger gebeichtet hatte – nein, das beste Mal war nicht mit Roger gewesen. Was die Quantität angeht, lag Roger an erster Stelle, aber bei der Qualität? Mir fiel nur eine Begegnung ein, bei der man von der besten Nummer sprechen konnte.

»Nun?«, drängte Trent.

»Es war von hinten.«

»Ich will keinen herausgerissenen Satz aus einer Geschichte hören«, schimpfte er.

»Erinnerst du dich an den Kellner, der es mir so phantastisch oral besorgt hat? Nun, Jahre später ging ich noch mal dahin und suchte ihn.«

»Und der Kerl hat dich von hinten genommen?«

»Nein, warte. Am letzten Abend meiner frustrierenden Odyssee habe ich einen Studenten in einer Tapas Bar getroffen. Kennst du Tapas? Kleine Leckereien, gerade das, wonach dir der Sinn steht.«

»Und?«

Ich wollte es ihm nicht erzählen.

»Er besuchte die Uni und spielte Gitarre. Flamenco. Leider war mein Spanisch bescheiden, und sein Englisch ebenfalls.«

»Und?«

»Es war merkwürdig. Wir haben uns getrennt voneinander ausgezogen, wir waren beide verlegen. Er auf einer Seite des Zimmers, ich auf der anderen. Dann starrten wir uns an, und der erste Blick sagte mir schon, dass er phantastisch bestückt war. Mir kam es so vor, als hätten wir uns stundenlang angeschaut, aber es werden wohl nur ein paar Minuten gewesen sein. Der Brustkorb war ein schwarzer Pelz, der Bauch war kahl, aber darunter erstreckte sich wieder ein Laubwerk an Haaren. Meine Brüste waren schwer und geschwollen beim Anblick seines besten Stücks. Ein Esel hätte neidisch werden können.«

Ich lachte nervös.

»Er kam von hinten auf mich zu. Ich schmolz in seine Finger. Er blies in meinen Nacken und zwirbelte an meinen Nippeln, alles von hinten. Ich konnte ihn nicht sehen. Es war, als würde man von einem freundlichen Geist gestreichelt. Ich spürte seine Erektion, die gegen mich drückte.

›Ich glaube, das geht nicht‹, sagte ich leise.

›Es geht.‹

Wir standen da, und er weitete mich mit seinen Fingern. Er drückte meinen Oberkörper hinunter, bis ich über einem Stuhlrücken gebeugt stand. Ich protestierte, aber er redete beruhigend auf mich ein. Dann verschwand er, war aber kurz darauf wieder da. Er hatte irgendeine Lotion in der Hand, und damit rieb er mich ein – und dann seinen Schaft. Das allein schon zu sehen, war einen Orgasmus wert. Dann drang er ohne weiteres Wort in mich ein.«

»Und?«

»Es war phantastisch«, sagte ich. Ganz egal, wie ich es beschrieb, Worte wurden der Einzigartigkeit des Erlebnisses nicht gerecht. »Er ließ keine Sekunde von meinen Brüsten ab und auch nicht von meiner Klitoris. Ich beugte mich über den Holzstuhl und fühlte mich so bequem wie nie zuvor. Er stöhnte, zwängte sich in mich hinein, er musste um jeden Millimeter kämpfen, wie ein Korkenzieher, der es mit einem widerspenstigen Korken zu tun hat.«

»Oh, Mann«, ächzte Trent. Ich sah, wie sich seine Hose ausbeulte.

Ich wünschte, ich hätte nicht damit angefangen. Ich und mein großes Maul.

»Hast du es schon mal mit einer Frau getan?«, fragte Trent.

»Nein«, antwortete ich lachend. »Das ist nicht mein Ding.« Aber wenn Roger eine Frau wäre, bin ich sicher, dass ich mich auch in ihn verliebt hätte. Und wenn es keinen Roger gäbe, hätte ich Selma nicht so schnell einen Korb gegeben.

»Hast du es schon mal mit einem Mann getan?«

Trent lachte auch. »Nein. Analsex entsetzt mich.«

Das Mädchen mit den zwei Männern küsste den einen lange und hingebungsvoll, während der andere unsicher mit seinem Glas spielte. Dann wandte sich die junge Frau an ihn, während der erste zuschauen musste, ein breites Grinsen im Gesicht.

Trent ging mit mir zurück zum Bungalow. Die Kieselsteine knirschten unter unseren Schuhen. Ich versuchte nicht daran zu denken, aber meine Haut spürte seine kriechenden Finger. Es war wunderbar, von einem geliebt zu werden. Ich erkannte an seinem Geruch oder vielleicht auch nur an der Körpersprache, dass er darauf wartete, von mir in die Wohnung eingeladen zu werden.

»Ich kann nicht.«

»Warum?«

»Du weißt warum.«

Er lehnte sich gegen die Tür, legte seine Hand auf meine, die auf dem kalten Türgriff lag. »Du verzichtest wegen eines Kerls, der dich nicht liebt.«

»Natürlich liebt er mich.« Was wusste Trent denn schon?

»Er ist mit einer anderen verheiratet.«

»Das weiß ich, Trent.«

»Nur ein bisschen Zungeneinsatz«, murmelte er. Er stieß mich ab, aber ich wollte ihn haben. Jemanden. Ich brauchte einen. Ich lechzte danach.

»Bitte, lass mich zu dir, Honey. Ich will so lange mit dir spielen, bis es dir kommt.«

»Nein«, sagte ich leise. Es war schmutzig und albern, und so ein Mädchen war ich nicht. Ich war nach Thailand gekommen, um die großartigen Schönheiten des Landes zu sehen, uralte Monumente, exquisite Ansichten – und nicht meine Zimmerdecke.

»Das ist alles, was ich will«, raunte er mir zu. »Ich will dir Lust verschaffen.« Er streckte die Zunge heraus. Das Piercing glitzerte wie ein verborgener Schatz. Ich spürte, wie das Blut in meine Pussy schoss. Ich war fasziniert. Beinahe hätte ich ja gesagt, aber meine Willenskraft siegte.

Vielleicht konnte ich mir einreden, es wäre eine Urlaubsromanze. Aber sollten die nicht romantisch sein?

Er berührte meine Hand, und ich fühlte feuchte Erregung in meinem Schoß. Trent hatte sich bisher gut benommen, er hatte sich nicht aufgezwungen. Nicht Trent war das Problem, sondern ich. Ich wollte mehr. Auch ich liebte den oralen Sex, aber in den letzten Momenten vor der Explosion sehnte ich mich nach einer kräftigen Füllung. Ich wünschte, ich hätte gar nicht erst damit angefangen.

Ich zog meine Hand weg und stieß den Schlüssel ins Loch.

Er hob von hinten meinen Rock hoch und drückte mich gegen die Tür.

»Ich warne dich«, sagte ich ohne große Überzeugung. Seine Hand strich um meine Schenkel. Ich stand still da, erstarrt vor Lust. Er drückte mich noch fester gegen die Tür.

»Hör auf, bitte. Du weißt, dass es nicht geht.«

Er stieß mit den Fingern gegen meinen Slip. Weißer Satin, erstmals getragen im Four Seasons Hotel. Trent machte nicht viel Federlesens. Er rieb den Stoff gegen meine Haut und massierte mich durch den Satin hindurch. Meine Klitoris wurde im Saft gebadet. Er massierte mich gut.

Also gut, berühre mich, fummle ein bisschen. Vor der Tür, nicht drinnen. Es war ein Spiel, nichts Ernstes. Wenn ich Schauspielerin wäre, hätte ich vielleicht eine solche Szene zu spielen. Wenn ich Patientin wäre, könnte ich auch so abgetastet werden. Dagegen konnte Roger doch nichts einzuwenden haben, oder? Wir küssten uns ja nicht einmal.

Trents Finger führten den Doppelangriff aus. Mit dem Daumen rieb er die Klitoris, und zwei Finger stießen in mich hinein. Ich stand bebend vor der Tür, drehte mich um und öffnete Trents Hose.

Sein Schaft sprang mir sofort in die Hand. Ich fuhr langsam auf und ab und sah, wie er sich streckte und noch härter wurde. So standen wir vor meiner Haustür, über uns die Sterne, und rieben uns gegenseitig. Seine Arme vibrierten, und ich fühlte seine Finger in meinem Schoß zittern. Oh, Roger, Roger, wenn du wüsstest, wie gut sich das anfühlt, würdest du mir diese Lust nicht versagen. Du willst doch nur das Beste für mich. Wenn du wüsstest, wie erregt ich bin und wie schuldbeladen. Ich bin zu schmutzig für dich. Ich bin eine Schlampe. Ich will, dass dieser Fremde es mir besorgt. Ich brauche es.

Trents Finger pumpten in mich hinein und machten mich fertig. Ich konnte kaum noch auf den Beinen stehen. Zitternd lag ich in seinen Armen und hielt ihn umschlungen.

»Oh, verdammt.«

»Ja, ja.«

Ich schmiegte mich fester an ihn und wollte mehr, mehr, mehr. Mir fielen Julia und Carol und Helen ein, alle Mädchen, die er schon gehabt hatte. Wenn sie ihn genießen durften, dann stand mir das doch auch zu, nicht wahr?

»Ja, ja, Trent. Hör nicht auf. Hör nicht auf.«

Oh, Mann. Ich atmete stoßweise, pulsierte gegen ihn und stolperte gegen die Tür. Der Schlüssel drückte sich in meinen Rücken, dann hörte ich, wie er zu Boden fiel.

Ich bückte mich nach dem Schlüssel, und dabei stieß ich mit dem Gesicht gegen seinen zuckenden Schaft. Ich hörte Trent stöhnen und nahm ihn in den Mund. Meine Zunge huschte über seine Eichel und über die blauen Flüsse seiner Adern. Ich bin gut, ich gebe die besten Blowjobs der Stadt.

Er griff in meine Haare. Er wollte in meinen Schlund. Sollte er haben. Ich schluckte und schluckte, bis die Spitze gegen meine Mandeln stieß.

Ich saugte weiter und spürte das mächtige Zucken. Jetzt würde er zu spucken beginnen, dachte ich, schob die Vorhaut zurück und wartete auf seinen Saft. Jede untreue Frau, die den Mann nicht in ihre Pussy lässt, muss eben schlucken.

Er sprudelte wie der Brunnen am Trafalgar Square.

»Bis später, Trent.«

»Bis später, Abigail.«

Nachdem er um die Ecke gebogen war, spuckte ich aus.

Ich war erst ein paar Minuten in meinem Zimmer, als Selma hereinstürmte und sich auf mein Bett warf.

»Ich verstecke mich vor José.«

Sie war außer Atem, streifte die Sandalen ab und rieb den Sand von ihren Füßen auf meinen Boden.

»Warum?«

»Er ist so schrecklich besitzergreifend. Und manchmal ist er so verdammt langweilig, sage ich dir.«

Sie blinzelte aus dem Fenster, als José unten vorbeiging und ihren Namen rief. Er war ein bulliger Typ, und ich wollte ihm nicht in die Quere kommen.

»Du weißt, was ich gesagt habe über meine Art, einen Urlaub zu verbringen«, sagte Selma kichernd, »aber manchmal gibt er mir das Gefühl, in einem Käfig zu sitzen. Er hat die zwei englischen Jungen zusammengeschlagen.«

»Aber warum?«

»Nun ja, ich habe sie ein bisschen geneckt.«

»Ein bisschen geneckt?«

Selma kicherte wieder. »Der Dunkelhaarige hat so

hübsche Augen. Graublau mit langen Wimpern. Ich bin ganz weg, wenn ich ihm in die Augen sehe. So romantisch. Die beiden Jungs hatten sich ein Auto gemietet, und dann sind wir zum Wasserfall gefahren.«

Ah, der Wasserfall. Ich hatte schon davon gehört.

»Auf dem Rückweg hatten wir eine Panne, jedenfalls blieb das Auto stehen. Es stellte sich heraus, dass der Tank leer war. Einer der Jungs schnappte sich den Reservekanister und stapfte davon, während ich mit dem Dunkelhaarigen zurückblieb. Ich stieg aus und beugte mich weit über die Kühlerhaube.« Sie sah mich grinsend an. »Es war so heiß, deshalb zog ich mein Kleid aus. Der nette Junge wartete nicht, bis ich ihn einlud. Er streichelte mich und leckte meine Brüste. Gespannt wartete ich auf die Rückkehr des anderen Jungen. Ehrlich, zwei Männer, das ist meine zweitliebste Phantasie.«

»Und deine liebste?«, fragte ich leise.

»Ein Mann und eine Frau. Dann hast du das Harte und das Sanfte. Penis und Pussy. Ah, das ist durch nichts zu übertreffen.«

Draußen gab es gefährlich klingende Geräusche. José schritt um meinen Bungalow herum und trat aggressiv gegen alles, was ihm im Weg stand. Er ahnte wohl, dass Selma bei mir war.

»Er ist verrückt.« Selma schüttelte den Kopf. »Und wie geht es dir?« Sie sah mich kritisch an. »Die Bräune steht dir gut.«

»Danke.«

Sie hob meinen Satinslip vom Boden auf, zog ihn in die Länge und ließ ihn wieder fallen. Ich überlegte, wie ihr das Höschen stehen würde.

»Sehr hübsch«, sagte sie und nahm den Slip wieder in

die Hand. Ihre Finger strichen über das Mittelteil, getränkt von meinen Säften. »Prem wird seinen Spaß damit gehabt haben«, fügte sie hinzu.

»Prem?«, wiederholte ich überrascht. »Er hat es noch nie gesehen.«

»Ist denn zwischen euch noch nichts geschehen?«

»Natürlich nicht.« Hatte sie etwas gehört? Wer hatte ihr was gesagt?, fragte ich mich verzweifelt.

»Es ist doch nicht zu übersehen, dass du ihn magst«, sagte Selma. Sie setzte sich neben mich und hielt immer noch meinen Slip in der Hand. »Und der amerikanische Junge, der immer hier herumschnüffelt?«

»Kanadier«, stellte ich richtig. Mir gefiel ihre Wortwahl nicht.

»Was ist denn mit ihm gelaufen?«

»Gar nichts.«

»Es sah so aus, als wärt ihr euch ziemlich nahe gekommen.«

»Nun, sind wir nicht.«

Lieber Gott, lass meine Nase nicht länger wachsen. Es ist doch nur eine kleine weiße Notlüge.

»Ich habe nichts mit ihm gehabt.« Das war doch fast die Wahrheit. Schließlich hatte ich bisher noch nicht mit ihm geschlafen.

»Aber du hast dich von ihm berühren lassen?«

Sie legte ihre Hände auf meine Brüste, und ich lag willfährig da, wie unter Schock. Eine Frau hatte ihre Hände auf meiner Brust. Es fühlte sich angenehm an, nicht anders wie bei einem Mann. Ich fühlte ihren Atem auf meiner Wange, und erst jetzt realisierte ich, dass ich die Luft angehalten hatte. Ich hätte längst ausatmen müssen.

Sie umkreiste einen Nippel mit dem Zeigefinger. Ich wollte, dass sie ihre glänzenden roten Fingernägel in mein Fleisch grub. Erregte ich sie so sehr, wie sie mich erregte? Ich traute mich gar nicht, den Gedanken weiter zu spinnen.

»Du riechst nach Sex«, sagte sie und barg ihr Gesicht in meine Halsbeuge. Sie küsste mich da, und ich spürte, wie die Lippen meines Schoßes zuckten. Ich stand kurz vor einem neuen Orgasmus. Sie brauchte nicht mehr viel dazu zu tun. Bleib einfach nur da. Ich könnte mich selbst ein bisschen reiben, damit sie sieht, wie sehr sie mich antörnt. Eine kleine Eigenmassage, was ist schon dabei? Sie duftete so gut wie frisch gemähtes Gras oder wie Blumen zu Muttertag.

»Du tust nichts, aber andere können was für dich tun«, sagte sie. Im nächsten Moment klopfte es laut und heftig gegen die Haustür. Ich atmete leise aus.

»Bleib hier.«

Sie zog mich näher an sich. Ihr Haar duftete nach Meer. Ihr Geruch war gefährlich. Wir hielten uns fest umarmt. Niemand konnte uns trennen. Die Erregung zuckte wieder in meiner Pussy. Ich hatte Angst, dass sie die Nässe durch meine Kleidung fühlte.

»Ich sollte ihm sagen, dass du hier bist.« Aber meine Stimme wurde von ihren Brüsten gedämpft. Ich wollte sie ausziehen, wollte ihre Brüste in den Mund nehmen und mich an ihnen laben, wie José es immer tat.

»Nein, er wird mich umbringen.«

Das Klopfen hielt an. Dann hörten wir Stimmen. José redete mit Trent. Er wollte wissen, wo Selma war.

»Warum bleibst du denn bei ihm?«, fragte ich. Weil Trent auch da war, würde nichts Schlimmes geschehen, und weil José da war, würde auch zwischen Selma und mir nichts Schlimmes geschehen. Das ist auch besser so, dachte ich und war enttäuscht.

»Nun, ich bin schließlich im Urlaub. Sage ihm nicht, dass du mich gesehen hast«, warnte sie mich, dann verschwand sie durch das Fenster auf der Rückseite des Bungalows.

Zwölftes Kapitel

Am anderen Morgen fielen die Ameisen bei mir ein. Eine von Trents Dosen hatte sie angelockt, und nun marschierte eine Armee dieser süßen Ungeheuer über meinen Balkon. Sie liefen mir sogar über die Füße, wenn es sein musste. Ich hätte Trent erwürgen können.

Ich ging zum Restaurant, um Prem zu suchen. Die Ameisen störten mich sehr. Es schien, dass ich über nichts mehr Kontrolle hatte. Prem wischte mit großen, kräftigen, kreisenden Bewegungen die Tische sauber. Die Shorts spannten sich über seine knackigen Backen.

»Ich habe ein Problem.«

Prem richtete sich auf und wischte sich die schwarzen Haare aus dem Gesicht. Wenn ich neben ihm stand, fing ich an zu zittern. Ich erzählte ihm von den Ameisen. Er ging in die Küche, und ich hörte ihn mit den Mädchen scherzen. Wahrscheinlich lachten sie über mich.

»Worüber habt ihr gesprochen?«, fragte ich, als er zurückkam.

»Über deine Ameisen«, sagte er und lachte wieder.

»Es sind nicht meine Ameisen.«

»Wir finden das lustig.«

»Ich nicht.«

Er kochte Wasser und trug es in einem Topf auf meinen Balkon.

»Warum findet ihr das so lustig?«, wollte ich wissen.

»Ausländer regen sich immer über Insekten auf. Sie

sagen, dass sie schmutzig sind. Es sind aber nicht die Insekten, die schmutzig sind.«

Ich schaute stumm zu, wie die Ameisen hilflos mit dem heißen Wasser weggeschwemmt wurden.

Immer noch kein Wort von Roger.

Am Abend legte Trent seine kräftige Hand auf meinen Arm und drückte sanft zu. Ich fühlte, wie mein alberner Körper bei der Berührung eines anderen Menschen aufhüpfte. Ja, ich mag Berührungen. Vielleicht leide ich unter einem Berührungsmangelsyndrom. Ich brauche den Kontakt. Ich lechze danach. Ich wurde schon feucht, wenn er eine Hand auf meinen Rücken legte. Er zog mich in die warme Dunkelheit und massierte meine Brüste über dem T-Shirt, das er unauffällig hochschieben wollte.

Ich fühlte den Schock seiner Finger auf meinem BH. Ich atmete langsam aus. Das erinnerte mich an ein Silvester, als ich noch ein Teenager war, und in meiner Trunkenheit gestattete ich den Jungen, mal schnell meinen Busen zu grabschen. Die Jungs glaubten, es wäre schon wieder Weihnachten. Sie drückten mich wie Obstpflücker. Andere waren zärtlicher und streichelten, und ein Junge quetschte die Brüste zusammen und rieb seine Erektion gegen meinen Bauch.

Trents Finger kreisten sofort das Ziel ein, sie rieben meine Nippel und rieben meinen Widerstand weg.

Ich erinnerte mich an das erste Mal, dass ein Junge meine Brüste gesaugt hat. Wir trafen uns während einer Party auf der Toilette. Draußen tranken unsere Freunde Apfelwein, bis sie sich übergeben mussten und gegen die Toilettentür klopften. Der Junge drückte mich gegen das

Waschbecken, stahl ein paar Küsse, und weil ich mich nicht genug gesträubt hatte, glaubte er, die Ampel stünde auf Grün. Er fiel über mich her, schob den BH hoch und küsste und saugte meine Brüste. Ich wusste von anderen Mädchen, dass sie sich schon fingern ließen, aber so weit war ich noch nicht. Er war lieb und freundlich und glaubte, dass ich ihm einen großen Gefallen erwies, aber sein Saugen ließ meine Haut am ganzen Körper kribbeln. Flammen leckten an meiner Pussy. Niemand hatte mir gesagt, dass es eine direkte Verbindung von meinen Nippeln zur Klitoris gibt.

Wenn er mir an dem Abend die Unschuld hätte holen wollen – ich hätte ihn gelassen. Der Junge bemühte sich um mich, er wollte, dass ich Lust aus seinem Streicheln und Saugen zog. Aber nach zehn Minuten oder so saugte er immer noch, und das wurde auf die Dauer langweilig. Meine Nippel waren wieder geschrumpft wie sonst, wenn ich zu lange in der Badewanne liege. Dies führte zu nichts.

Ich drückte auf die Spülung, um unsere Aktivitäten zu verschleiern, wusch meine Hände und sagte dem Jungen, er sollte vorgehen. Meine Freundinnen fragten mich, wo ich denn so lange gewesen wäre, und sie wollten auch wissen, ob er mich gefingert hätte. Ich log und sagte ja.

Trent bereitete sich auf den Angriff vor. Ich sah an mir hinunter. Meine Brüste standen stolz vom Körper ab, voll und saftig. Er senkte den Kopf und drückte die Nippel. Sie waren hart und gespannt, bereit für seinen Mund. Seine Zunge, von der ich wusste, wie gut sie meiner Klit tat, stieß durch die Lippen wie bei einer Schlange.

»Nein, Trent«, sagte ich und zog mein T-Shirt nach unten.

»Also gut, dann reden wir nur.«

Aber ich hatte keine Lust zum Reden, denn Reden war nur ein schwacher Ersatz. Außerdem hatte ich schon viel zu viel geredet.

»Es geht mir nicht gut.«

»Ich weiß, wie du dich besser fühlst.«

»Nein.«

Er starrte mich weiter an. Die Luft zwischen uns schien zu frieren. Wo war der lässige Volleyballspieler geblieben?

»Es ist ... ich habe meine Periode.«

Ich wollte Roger behalten, das war es, was mir im Kopf herumspukte.

»Nun gut, wenn das so ist«, sagte er achselzuckend. »Es gibt genug andere Frauen hier.«

Abrupt ließ ich ihn stehen und ging allein zurück zu meinem Bungalow, froh über meine Standfestigkeit. Nach wenigen Metern sah ich Lily mit drei Männern auf der Straße.

»Hier ist das schöne Mädchen!«, rief sie mir zu.

Ihr Kompliment machte mich verlegen. Sie war eine Schönheit, ich nicht. Ich war ganz gewöhnlich.

»Diese«, sagte sie und tätschelte meine Hüften. »Schön.« Sie sagte es mit dem Brustton der Überzeugung.

Sie blickte mir forschend ins Gesicht. »Was ist los?«

Einer der Männer in ihrer Begleitung, der bestaussehende von ihnen, trug mehrere Pflaster und zwei Verbände. Ich lächelte ihm voller Mitgefühl zu. Er war es, von dem Selma erzählt hatte. Er hatte mit der falschen Frau angebändelt und sich dabei die Finger verbrannt. Selma hatte schon einen guten Geschmack, was Männer anging.

Die Männer prosteten uns zu und hoben ihr Bier. Die arme Lily würde überall, wo sie auftauchte, im Mittelpunkt stehen. Sie erinnerte mich an einen exotischen Vogel im Käfig, der wegen des leuchtenden Gefieders geschätzt wird.

»Warum du traurig?«, fragte sie mich.

»Probleme …«

Was sie dann tat, hätte ich kaum für möglich gehalten. Sie ließ die Männer stehen und ging mit mir zum Strand. Ich fühlte mich, als könnte ich über Wasser gehen. Sie hatte spontan beschlossen, mich zu trösten.

»Erzähle Lily davon«, sagte sie.

Ich antwortete verschämt: »Ich vermisse meinen Freund so sehr.«

»Er vermisst dich auch.«

»Aber ich fühle mich so schmutzig, und ich sehne mich die ganze Zeit nach Sex.« Ich konnte ihr nicht in die Augen sehen. Ahnte sie, dass ich sie in mein Sehnen einbezog? Statt entsetzt zu sein, lächelte Lily mich an.

»Ich fühle mich so einsam«, fügte ich hinzu.

»Aber du nicht einsam, du bei Lily.« Sie drückte meine Hand und hielt sie fest. Dann legte sie einen Arm um mich, und ich kuschelte mich an sie.

»Ich wünschte, er hätte nie geheiratet.«

Sie überlegte einen Moment. »Du bist seine Mätresse?«

»Nein, nein. Er ist bereit, seine Frau zu verlassen und dann zu mir zu kommen.«

»Dann muss er reicher Mann sein.«

»Du verstehst das nicht. Ich liebe ihn. Wir lieben uns.«

»Ein schwieriges Leben«, sagte sie. Dann lächelte sie wieder. »Ich mag Männer aus dem Westen«, sagte sie. »Und Frauen.«

»Du bist so feminin«, murmelte ich. Ihre langen Wimpern flatterten.

»Ich möchte sein wie Julia Roberts. Ich will nach Amerika gehen.«

Roger und ich hätten an diesem Strand sitzen sollen. Aber ich saß mit Lily hier, einer der schönsten Frauen, die ich je gesehen habe. Ich wollte das Beste daraus machen.

»Willst du mit mir ins Meer? Ein bisschen schwimmen?«

»Nein. Ich nicht schwimmen.«

Sie kuschelte sich zusammen wie eine Auster, eine köstliche Auster, mit Champagner zu schlürfen.

»Es gibt immer einen Ausweg«, sagte sie, und dann küsste sie mich, und ich erwiderte den Kuss sofort.

Sie war keine normale Frau, sie war auch nicht das Mädchen von nebenan. Eine solche Schönheit hätte jeder und jede geküsst. Sie hatte die Augen geschlossen. Ich fand, das bewies ihr Vertrauen in mich. Als Untreue war das nicht auszulegen. Überhaupt, mit einer Frau konnte es gar keine Untreue sein, nicht wahr?

Ihr gefiel meine Unterwäsche. Sie hatte noch nie einen BH mit Vorderverschluss gesehen. Sie hakte ihn auf, und meine Brüste hüpften heraus wie zwei erschrockene Mäuse.

»Sie sehen so echt aus, so natürlich«, sagte sie verwundert, streichelte mit den Händen darüber und schien sich an ihnen nicht satt sehen zu können. Sie blickte mir wieder in die Augen und fuhr mit der Zunge über meine Lippen. »Oh, Himmel«, murmelte ich. »Hast du es schon mal mit einer Frau gemacht?«

»Und du?«

»Nein.«

Als sie mein Höschen nach unten zog, zog sie meine Hemmungen mit. Hier am Strand würden wir uns lieben. Wen störte es schon, ob uns jemand sah?

»Ich kann nicht«, sagten wir beide wie aus einem Mund.

»Große Geister denken gleich«, sagte ich.

Jetzt mussten wir lachen, und wir konnten gar nicht mehr aufhören. Als wir uns endlich wieder beruhigt hatten, sagte ich: »Ich bin zu verwirrt. Danke, dass du dir Zeit für mich genommen hast.«

»Warte auf deinen Mann, dann wird alles gut.«

Ja, das wäre schön.

Dreizehntes Kapitel

Die Masseuse schritt über den Sand auf mich zu. Ich schüttelte ablehnend den Kopf und floh in die sichere Welt meines Reiseführers.

»Der Hummer häutet sich einmal im Jahr. Er zittert, schüttelt sich und reibt vor und zurück, bis er unter großer Kraftanstrengung seine alte Haut abgestreift hat. Es dauert etwa zehn Minuten, bis die neue Haut gewachsen ist. In diesen wenigen Minuten ist der Hummer am verwundbarsten.«

Die Masseuse hockte sich neben mich. Ich warf einen Blick auf die braunen muskulösen Waden. Sie hatte dicke Beine und nichts von Lilys Eleganz, durchtrainiert vom endlosen Wandern entlang des Strands. Sie war nicht die Frau, die mich schon einmal massiert hatte. Diese hier war etwa in meinem Alter, hatte aber eine ältere Haut. Sie trug einen kleinen geflochtenen Korb, was mich an Rotkäppchen erinnerte. Tücher, Flaschen mit Öl und Tuben mit Lotion lagen im Korb.

»Du wollen Massage?«

»Wie teuer?«, fragte ich, drauf und dran, wieder schwach zu werden. An diesem Morgen waren nicht viele Leute am Strand. Ich redete mir ein, dass ich für das Einkommen der Frau sorgen müsste.

»Ist gute Massage, sehr gut und in Hütte, wo keiner kann sehen«, sagte sie, was nicht die Antwort auf meine Frage war. Mit ihrer Fähigkeit, wichtigen Fragen auszuweichen, hätte sie auch britische Häusermaklerin sein können.

»Willst du anders Mädchen?«

»Anderes Mädchen? Warum?«

»Zwei Mädchen kosten fünfhundert Baht.«

Ich überlegte.

»Für jede«, fügte sie spät hinzu.

Ich schaute hinüber zu dem Schwarm der Masseusen. Sie hockten nicht weit entfernt im Sand und unterhielten sich leise. Eine schaute zu uns herüber, eine zierliche junge Frau mit einem warmen Lächeln. Auch sie war keine Lily, aber auf ihre Art auch eine Blume. Sie sprang auf und kam auf uns zu. Ich sah, dass ein Auge von einem hängenden Lid halb bedeckt wurde. Das hielt ich für einen Vorteil, dann waren wenigstens nicht vier Augen gleichzeitig auf mich gerichtet.

»Sie ist meine Cousine«, sagte die Masseuse.

Vier Hände rieben gleichzeitig über meinen Rücken. Zwanzig Finger, zwanzig streichelnde, kosende, glättende Finger, alle in Harmonie miteinander. Sie drückten die Wirbelsäule, kitzelten mich an den Seiten, kneteten meine Schultern. Sie massierten meinen Stress weg.

Meine Bedenken lösten sich so unbeschwert auf wie die harten Knoten der Muskeln. Wer sollte sich darüber aufregen, dass ich mich von zwei Frauen massieren lasse? Dies war ein Moment zum Genießen. Ich schnurrte und krümmte mich wie eine Katze in der Sonne.

»Das macht ihr aber auch nicht das erste Mal.« Etwas weniger Dummes fiel mir nicht ein.

»Woher?«, fragte Masseuse B.

»England.«

»Sehr schön.«

Ich war anonym, niemand kannte mich, niemand würde später noch einen Gedanken daran verschwenden. Es gab keinen Grund, warum ich mich zurückhalten sollte.

»Es tut gut, massiert zu werden«, sagte ich. »In England gibt es kaum Möglichkeiten der Massage.«

»Aber du hast Freund.«

»Ja.«

»Du bist sehr schön.«

»Nein.«

Sie kitzelten mich, und ich richtete mich auf. Ich hörte das sanfte Rauschen des Meeres. Ich legte mich wieder hin, und sie setzten ihre Arbeit fort.

Ich barg mein Gesicht ins Kissen und fühlte mich weit weg von ihnen. Sie haben ihre eigene Sprache, und ich habe meine. Ich lockerte mich, ich streckte die Arme aus und berührte die eisernen Bettpfosten. Es war der pure Luxus, sich auf diese Weise verwöhnen zu lassen. Ich hatte gar nicht gewusst, dass ich mich so gehen lassen konnte und war froh, dass wir unsere Privatsphäre hatten. Ich hatte auch nicht gewusst, dass es sich so gut anfühlen konnte. Die Mädchen bearbeiteten meinen Körper.

Masseuse A presste tiefer auf meinen Rücken, knetete meine Backen mit den Fäusten. Ich war verblüfft, wie verspannt mein Fleisch da war. Das Kissen, auf dem mein Schoß lag, drückte sich fester gegen meinen Leib, und die Troddel kitzelten mich. Ich müsste mich kratzen, aber ich bewegte mich nicht.

Ich stellte mir vor, sie wären Lily und Selma.

Sie hielt ihre Fäuste auf meinen Po gedrückt.

»Das gefallen?«

»Mhm.«

Ihnen war egal, wer ich war, und mir war egal, wer sie waren. Mir ging es nur darum, ihre Hände auf mir zu spüren und welche Gefühle sie in mir auslösten.

»Du wollen mehr?«

Ich wollte nicht ja sagen. Ich konnte nicht ja sagen. Ich lag auf dem Bauch und gurgelte etwas ins Kissen. Erlaubnis durch Duldung nennt man so etwas. Ja, natürlich wollte ich mehr. Fragt nicht. Gebt es mir.

Ich fühlte, wie sie meine Schenkel spreizten, und ich sagte ihnen nicht, sie sollten aufhören.

Ich fühlte, wie ihre Finger in mich eindrangen, und ich sagte ihnen nicht, sie sollten aufhören.

Ich fühlte, wie etwas anderes in mich eindrang, und ich sagte ihnen nicht, sie sollten aufhören.

Die mit Öl eingeriebene Ölflasche glitt in mich hinein. Himmel, konnte man mich mit so schlichten Mitteln so verrückt machten? Ich floss davon.

Sie fuhren ein und aus damit, ganz bestimmt verdutzt, dass es mit mir so schnell geschah.

»Das gefallen dir sehr«, sagte eine, und beide lachten über das Ausmaß meiner Erregung.

»Ja, es tut gut.«

»Er guter Junge«, sagte sie lachend.

Ich kletterte auf den schmierigen Plastikpfahl. Ich biss ins Kissen. Du darfst nicht kommen, du unanständiges Mädchen. Schlampe.

Je mehr ich mir befahl, nicht zu kommen, desto erregter wurde mein Körper. Ich hob den Po an, er hob und senkte sich rhythmisch, ich kniff die Backen zusammen und schwamm in meinen Säften.

Ich wälzte mich auf den Rücken, und sie beugten sich über mich und fütterten und zähmten meine Möse. Ich stieß gegen die Ölflasche, suchte die Reibung und konnte nicht genug haben von den köstlichen Gefühlen, die sie in mir auslöste.

Masseuse B beugte sich tiefer und koste meine Klitoris, fuhr mit dem Finger darüber, kreiste um den glitschigen Fleischknubbel und streichelte mich so, wie ich es selber tat – und wie noch niemand sonst es getan hatte, nicht Trent und nicht Roger. Woher wussten sie, wie ich es liebte?

Roger – ich gurgelte seinen Namen heraus. Ich dachte an ihn, ausgerechnet jetzt, denn diese Szene würde er nicht gutheißen. Prem, ich wünschte, du wärst da. Oh, Himmel! Da war's, da kam's, und ich konnte mich nicht länger wehren. Mein Körper hob sich an, ich stemmte mich hoch, stieß mich mit den Füßen ab und wurde am ganzen Körper geschüttelt. Ich stöhnte laut und rief ja, ja, da hatten die beiden sich schon zurückgezogen, damit ich mein Geld sortieren konnte.

Ich griff nach meiner Börse. Die jüngere Masseuse kam zurück und lehnte sich gegen die Tür.

»Du wollen mehr?« Ihre Wangen waren gerötet.

Ich schüttelte den Kopf und reichte ihr die tausend Baht. Sie legte sie auf den Tisch.

»Noch vierhundert.«

»Wieso denn das?«

»Wegen Orgasmus.«

Vierzehntes Kapitel

»Ich möchte abreisen«, sagte ich zu Prem am anderen Morgen in seinem Büro. »Kannst du mir ein Ticket besorgen? Nach Bangkok und von dort weiter nach England.«

Ich hatte Roger noch mehrere Male anzurufen versucht aber immer nur den Anrufbeantworter gehört, und den durfte ich mit meiner Stimme nicht beflecken. Warum hatte er nicht geschrieben? Warum ging er nicht ans Telefon? Deshalb beschloss ich, nach Hause zu fliegen. Ich konnte mich hier nicht amüsieren, wenn ich immer an ihn denken musste, ohne wirklich an ihn zu denken. Es gab so viele Möglichkeiten, Spaß zu haben, aber ich durfte mich nicht daran beteiligen. Ich fühlte mich wie jemand, die im Feinschmeckerladen eine Diät einhalten muss oder wie eine, die in einer Zigarettenfabrik arbeitet und sich das Rauchen abgewöhnen will. Nein, ich musste zurück.

Prem gab die Daten in den Computer ein. Seine Zunge fuhr über die glänzenden Lippen. »Wann willst du los?«

»So bald wie möglich.«

In meinen Träumen antwortet er: »Geh nicht.« Er zieht mich an sich, wirft mich über seine Schulter und bringt mich in seine Hütte, wo er mich langsam auszieht. Ich trage meinen gestreiften Bikini. Er zieht die schmalen Bändchen auf und löst die Dreiecke von meiner Haut, die darunter weiß leuchtet, ein heller Kontrast zum Rest, der eine tiefe Bräune angenommen hat.

Die Wirklichkeit sah so aus: Er starrte auf den Bildschirm, kratzte sich am Kopf und sah nachdenklich oder angesäuert aus, das konnte ich nicht genau erkennen.

»Vor der Vollmondparty?«, fragte er überrascht. Bei jedem Vollmond gab es am Strand eine Riesenparty, zu der eigens viele Touristen anreisen. Mein Reiseführer schrieb, diese Partys müsste man unbedingt erlebt haben.

»Ja.«

»Es gibt keine Flüge bis nächste Woche«, sagte Prem. »Absolut nichts.« Er schob mir einen Papierstapel zu.

Auf dem Weg zurück zum Bungalow sah ich Selma. Sie sagte mir, sie hätte ein Ticket. In ein paar Tagen wollte sie nach Hause.

»Woher hast du das Ticket?«, fragte ich aufgeregt. Vielleicht gab es ja noch andere Möglichkeiten.

»Von Prem.«

»Was? Wann hat er dir das Ticket gegeben?«

»Vor einer halben Stunde.«

»Ein Einzelticket?«

»Ja, José fliegt woanders hin.« So ein Bastard. Wieso hatte sie ein Ticket erhalten und ich nicht?

»Du solltest dich um Prem kümmern«, riet Selma. »Er sieht gut aus.«

Sie lud mich auf einen Schwatz ein, und ohne große Begeisterung stimmte ich zu. Für den Strand war es zu heiß. Wir suchten den Schatten in ihrer Wohnung.

»Abigail, was törnt dich an?«, fragte sie unvermittelt. Sie schlug erfolglos nach einer Fliege. »Was macht dich richtig scharf?«

Die Frage allein erregte mich schon. »Wie meinst du das?«

Sie seufzte. »José ist mir zu eifrig. Manchmal, meine

ich. Immer steif, immer bereit. Bei ihm finde ich keine Herausforderung.«

Ich lächelte und sagte nichts. Ich stellte mir vor, wenn Prem so wäre. Jedes Mal, wenn ich das Restaurant betrat, würde er mich in Halb-Acht-Stellung begrüßen. Ich würde das Zelt in seiner Hose sehen, wenn er mit der Speisenkarte kam, und zusätzlich zum Menu bot er seinen Schaft an, an dem ich mich laben würde.

»Ich mag ein bisschen Widerstand«, fuhr Selma fort. »Ich will Leute bezwingen.«

»Bezwingen?«

»Ja, ich möchte es mit jemandem treiben, der eigentlich nicht will.«

»Oh. Und das ist bei José nicht möglich.«

»Ja, genau.«

»Ich verstehe.«

Ich stand auf. Ich überlegte, was Selma mir sagen wollte, aber sie schaute aus dem Fenster.

»Hast du schöne Träume, Abigail?«, fragte sie, und ich erschauerte. Konnte sie Gedanken lesen?

»Manchmal ja«, antwortete ich zögernd und musste an den König denken, der mich zwang, mit gespreizten Beinen auf dem Tisch zu liegen.

Sie sagte, in Thailand würde sie immer von seltsamen Träumen heimgesucht, sie wären einer der Gründe, warum sie so oft hier Urlaub machte. Nirgendwo sonst hätte sie im Wachen so viel Spaß wie im Schlaf.

José näherte sich vom Strand.

»Komm, wir machen ihn eifersüchtig«, flüsterte sie.

José kam die Stufen hoch. Warum sollte ich José wehtun? Ich weiß, dass Eifersucht schmerzt, und wer darunter leidet, sollte in Therapie gehen und nicht zusätzlich gereizt werden.

»Nein, das ist grausam.«

»Aber es törnt mich an«, murmelte sie.

»Was?«

»Heimlichkeiten.«

Sie küsste mich. Ich fühlte, wie sich ihre Lippen auf meine drückten. Es begann als leichte, kaum wahrnehmbare Berührung, dann wurde es ernster, ein sinnlicher Kuss zwischen Geliebten. Ich hatte keine Chance, ihr auszuweichen. Ihr Mund ritt über meinen, und mir schien es so natürlich zu sein wie die Wellen des Meeres, die über den Sand ritten.

»Ich glaube, die Massage hat dir gefallen.« Sie strich mit einer Hand über meine Wange. »Ich habe zugeschaut«, sagte sie. »Du kannst dir gar nicht vorstellen, wie geil du ausgesehen hast. Ich habe noch nie eine Frau gesehen, die so erregt war wie du. Du hast es gewollt, du hast es gebraucht. Ich war sehr beeindruckt. Aber Baby, ein Mädchen wie du braucht nicht dafür zu bezahlen. Ich hätte es dir umsonst besorgt.«

»José, was für eine Überraschung!«, rief Selma und löste sich von mir.

José sah uns an. Ich sah keine Emotion in seinen Augen, keine Überraschung. Er nickte langsam.

Später, als die Sonne am höchsten stand und die Fischer mit ihren vollen Netzen zurückkehrten, fragte Prem mich, ob ich eine Fahrt über die Insel machen wollte. Natürlich wollte ich. Ich saß neben ihm im Jeep. Unsere Schenkel waren sehr nahe. Ich spielte mit ihm – wer zuerst ein Bein zurückzieht, hat verloren. Er verlor, aber er wusste ja auch nichts von meinem Spiel. Unterwegs hielt er bei einem seiner Freunde an, der mich misstrauisch anschaute. Sie unterhielten sich, aber ich verstand nicht, wovon sie redeten.

Als der Mann gegangen war, sagte Prem, die Fische hätten an diesem Tag gut angebissen.

»Ich möchte gern wissen, wie das geht mit dem Fischen«, log ich.

»Man muss Geduld haben«, sagte er. Seine Augen glitzerten. Ich hatte das Gefühl, dass er mich auslachte.

Ich würde gern deine Rute halten, dachte ich und stellte mir vor, neben ihm zu knien und ihn in den Mund zu nehmen. Ja, ich wollte ihn schlucken. In meiner Phantasie waren seine Hoden glatt und unbehaart. Ich würde sie lecken und mich an seinem staunenden Ausdruck laben.

Ich starrte aus dem Fenster und versuchte, die unanständigen Gedanken auszuschalten. Was war mit mir los? Ich hatte den Teufel eingeladen, und nun hatte er die Kontrolle übernommen. Mein ganzer Gedankenprozess jagte dem nächsten Orgasmus entgegen – während ich mir gleichzeitig meiner Treue zu Roger bewusst war.

Die Scham über die letzten Tage lastete schwer auf mir. Was war aus mir geworden? Ich hatte für Sex gezahlt, auch wenn es kein richtiger Sex gewesen war. Eine tiefe Röte legte sich auf meine Wangen. Ja, irgendwas stimmte nicht mit mir. Vielleicht lag es an der schwülen Hitze. Ich hatte gehört, dass Reisende diese tropische Gegend die ›erogene Zone‹ genannt hatten.

Ich fragte Prem, wie er auf die Insel gekommen war. Er antwortete, sein Vater hätte Sunita Complex gegen den Rat der Familie gekauft. Prem hatte Ingenieurwissenschaften studiert, aber als der Vater gestorben war, musste Prem die Geschäfte führen. Sein älterer Bruder arbeitete als Arzt im Norden, und seine Schwester studierte Pharmazie und wollte sich in Bangkok niederlassen.

»Du bist Ingenieur«, murmelte ich beeindruckt. Ich weiß nichts über das Ingenieurwesen, aber ich stellte mir Macht und Einfluss vor und Männer mit leuchtenden Schutzhelmen.

»Ja, ich habe gern als Ingenieur gearbeitet.«

Prem schien alle Leute auf dem Marktplatz zu kennen. Sie klopften ihm auf den Rücken und begrüßten ihn wie einen alten Freund. Wir gingen zwischen den Reihen der Marktbuden durch, fassten Schmuck, Sarongs und Bikinis an. Bei einem Secondhandstand interessierte ich mich für ein T-Shirt mit thailändischer Schrift über der Brust.

»Probier es doch mal an«, sagte Prem.

Hinter dem Vorhang sah ich mein Bild im Spiegel, die Wangen gerötet, die Augen ein bisschen zu glänzend. Ich zog das T-Shirt über, es gefiel mir, aber darunter war deutlich die Linie meines BHs zu sehen.

Ich hakte ihn auf und stopfte ihn in meine Tasche. Ich öffnete meinen Pferdeschwanz, und mit meiner tiefen Bräune sah ich wie eine aus, die sich schon lange auf der Insel aufhält. Wenn ich zurück an England dachte, sah ich alles in Schwarzweiß, während wir auf der Insel in einer Welt in Multicolor lebten.

Prem bestand darauf, dass er für das T-Shirt zahlte. Er und der Verkäufer waren gute Freunde, sagte er mir, während der Verkäufer in mein Dekolleté grinste. Ich wusste nicht, ob er sah, dass ich den BH ausgezogen hatte.

»Wo ist deine Uhr?«, fragte ich, um von meiner Verlegenheit abzulenken.

»Ein Tourist hat sie mir gestohlen.« Er spuckte fast aus, als er ›Tourist‹ aussprach.

»Nicht alle Touristen sind Diebe.«

»Einige sind sehr schlechte Menschen.«

»Thailand hat noch nie eine Invasion erdulden müssen«, sagte ich. »Das stand im Reiseführer.«

Er war einen Moment verdutzt, dann sagte er stolz: »Ja, stimmt. Aber dafür erleben wir sie jetzt.«

»Du meinst die ausländischen Touristen?«

Er lächelte säuerlich.

»Sie bringen wenigstens Geld«, erinnerte ich ihn.

»Und allen anderen Scheiß.« Ich hörte die Verachtung in seiner Stimme.

Ich kaufte einen Marmorelefanten für Roger und zahlte den vollen Preis. Prem fragte, ob ich ihn für den amerikanischen Burschen gekauft hätte.

»Er ist Kanadier«, sagte ich. »Nein, ihm kaufe ich keine Geschenke. Er ist nur ein Bekannter.«

»Ich dachte ...«

»Nein, nein«, unterbrach ich ihn. »Eigentlich mag ich ihn nicht.«

Aus irgendeinem Grund sagte ich ihm nicht, dass ich einen richtigen Freund in England hätte. Stattdessen sagte ich: »Dein Freund hat mir gesagt, dass du mit ausländischen Mädchen nicht ausgehst.«

»Ja, stimmt.«

Ich fuhr unsicher fort: »Er sagt auch, dass du die Männer aus dem Westen hasst, die mit Thaimädchen ausgehen. Warum?«

Prem errötete. »Es gefällt mir nicht. Es ist Ausbeutung.«

Er sah mich an, und ich ahnte das erste Mal, dass Prem irgendein Problem hatte.

»Trifft das nicht auch für Thais zu, die mit ausländischen Frauen ausgehen?«

Prem mied meinen Blick.

Wir fuhren schweigend zurück, als hätte es ihn überanstrengt, sich so lange mit mir zu unterhalten. Aber als wir uns dem Sunita Complex näherten, war er wieder guter Laune und versprach, sich um einen früheren Flug für mich zu bemühen. Ich war völlig verdutzt, weil ich den Flug schon vergessen hatte. Eigentlich wollte ich gar nicht weg.

Fünfzehntes Kapitel

Am anderen Tag zog ich drei Kilometer durch den Dschungel zu einer geschützt gelegenen Bucht auf der anderen Seite der Insel. Meine hohen Erwartungen wurden nicht enttäuscht. Der Strand war ein Traum aus weißem Sand, und die anderen Leute waren so weit weg, dass sie glaubten, allein zu sein. Ich glaube, einige waren nackt. Obwohl ich den schlichten schwarzen Bikini anbehielt, den Roger mir gekauft hatte, spürte ich ein erhabenes Gefühl von Freiheit.

Lässig schwamm ich mit lockeren Zügen und bemühte mich, mein Gesicht über Wasser zu halten. Kleine Fische wirbelten um meine Füße. Ich kurvte herum und genoss den Tag. Dass Roger sich nicht gemeldet hatte, sollte mich nicht beunruhigen. Ich hatte Vertrauen zu ihm.

Ich drehte mich um und sah Selma mit einer orangen Luftmatratze, die sie hinter sich her zog. Alles an ihr strahlte in Orange. Ihre langen Haare wippten auf dem Rücken, und die Sommersprossen im Gesicht tanzten im Sonnenlicht.

»Allein?«

»Ja.« Ich paddelte weiter, denn es war mir egal, ob Selma da war oder nicht. Ich amüsierte mich auch ohne sie.

»Fein«, log ich.

Selmas Augenbrauen hätten die Titanic heben können. Sie bespritzte mich mit Wasser, und ich sah, dass sie topless war. Ich spritzte zurück, aber sie war geschickter als ich, und weil ich kein Wasser in den Augen vertragen konnte, gab ich auf.

»Ich weiß, dass du uns zuschaust«, sagte Selma triumphierend. »Nachts, wenn wir zugange sind, habe ich das Gefühl, dass du uns beobachtest.«

Sie schwamm um mich herum, gierig wie ein Hai. Ich wusste nicht, was ich sagen sollte.

»Nein, das stimmt nicht«, ächzte ich und trat Wasser, um Zeit zu gewinnen.

»Auf wen bist du am meisten eifersüchtig? Auf José oder auf mich?«

»Ich bin auf keinen von euch eifersüchtig«, rief ich trotzig und meinte es auch. Vielleicht war ich es mal, aber jetzt nicht mehr. Ich schwamm Richtung Strand.

»Ah, Thailand«, summte Selma und stieg auf ihre Luftmatratze, und dabei konnte ich sehen, dass sie auch kein Höschen trug. Ihre Pobacken waren ein bisschen heller als ihre Schenkel.

»Bist du immer noch nicht mit Prem zusammen?«, fragte sie.

Ich schwamm hinüber zur Luftmatratze und zog sie mit zum Strand.

»Ich weiß doch, wie sehr er dir gefällt«, sagte Selma. »Ich werde es ihm sagen.«

»Nein, bitte nicht.« Wir grinsten uns an. »Untersteh dich«, warnte ich sie.

Ich schwamm unter die Luftmatratze und stieß von unten so heftig wie möglich dagegen. Die Luftmatratze wölbte sich, und Selma rutschte vom Plastik und purzelte ins Meer. Sie quetschte meinen Nippel, und ich quetschte ihren. Selma war unberechenbar, eine entschlossene Wildkatze. Unter Wasser versuchte sie, meine Hose nach unten zu ziehen.

»Komm, wir tanzen.«

Wir tanzten wie die Verrückten. Unsere Brüste rieben sich aneinander, bis ich außer Atem war.

»Mit dir macht es Spaß«, prustete sie. »Zuerst dachte ich, du wärst auch nur ein langweiliges englisches Mädchen.«

»Oh, danke.«

»Du siehst gar nicht englisch aus. Ich dachte, alle englischen Mädchen wären schlank wie Bohnenstangen, aber du hast diese schweren Brüste. Ich wette, Prem würde gern an diesen Babys nuckeln.«

Ich hetzte sie durchs Wasser, und sie zeigte mir, wie man unter Wasser Cancan tanzt.

»Nein, so nicht«, sagte sie und legte die Hände auf meine Hüften. Es fühlte sich seltsam an, von ihr angefasst zu werden. Ich legte meine Hände auf ihre Hüften. Sie tauchte unter, suchte eine Muschel, kam wieder hoch und rang nach Luft.

»Hör mal.«

Sie hielt die Muschel an mein Ohr. Kleine Schauer flitzten durch mein Gehirn. In der zauberhaften Muschel hörte ich Jahrhunderte von Wellen, die Geräusche des unendlichen Ozeans, ein Rauschen, das mir sagte, wie unbedeutend ich war – und wie unbedeutend die meisten Dinge waren, die ich tat.

»Lege dich auf die Luftmatratze«, befahl Selma.

»Nein.«

Ich wusste, sie würde mich dann ins Wasser kippen, aber mir stand nicht der Sinn nach kindischen Spielen.

»Ich kippe dich auch nicht runter«, versprach sie und hob die Finger zum Schwur.

Ich ließ mich auf die Matratze fallen und lag ausgestreckt in der Sonne, deren Strahlen mich streichelten.

Wo war Selma? Ich war sicher, sie würde mich in dem Moment ins Wasser kippen, in dem ich es am wenigsten vermutete. Ich traute ihr nicht. Dann tauchte sie prustend zu meinen Füßen auf.

»Hallo.«

Ich winkte ihr träge zu. Sie beugte sich über mich, aber nicht zu nahe. Sie achtete darauf, mich nicht umzukippen, und ich fragte mich, ob es hier Haie oder nur Selmas gab. Sie tat so, als wäre sie ein Hai, setzte ihre Hand als Schwanzflosse ein und kam immer näher.

»Öffne deine Beine.«

Ich hätte gern gewusst, welches Spiel sie jetzt im Sinn hatte.

»Noch ein bisschen weiter auseinander, und rutsch mir ein wenig entgegen.«

Vorsichtig kam sie auf die Matratze und kniete sich zwischen meine Beine. Das Kopfende stülpte sich hoch, aber ich hielt es fest und nach unten gedrückt. Ich hatte Angst, dass wir beide ins Wasser kippen. Selma lachte, machte aber ein ernstes Gesicht. Sie fasste an mein Bikinihöschen, und als ich nichts sagte, zog sie es langsam aus. Meine Schamhaare waren entblößt, aber dies war ein Strand, und es schien das Natürlichste der Welt, hier nackt zu sein.

Sie richtete sich auf, und die Haare lagen wir ein Vorhang auf ihrem Rücken. Ihre schönen Brüste hüpften auf dem Wasser. Ich stellte sie mir als Schwimmweste vor. He, wenn jemand Schwimmwesten mit diesen Formen herstellen könnte, wäre er Millionär.

Sie bückte sich und drückte ihren Mund auf meinen Venusberg.

»Selma, was ist mit José?«

Ich sah eine Gestalt in der flimmernden Ferne, dunkle

Umrisse, so weit entfernt, dass sie auch Vergangenheit hätten sein können.

»Pst.«

Sie fuhr mit zwei Fingern an meinen Labien entlang, und ich spürte, wie Nässe aus mir rann.

»Abigail«, schimpfte sie, »du bist ja schon nass.«

Ich drückte meine Beine zusammen. Ich hatte keine Lust, von ihr ausgelacht zu werden.

»Bitte«, gurrte sie und presste ihr Gesicht gegen mein Dreieck. »Bitte, öffne sie wieder. Ich werde dir nicht wehtun.«

Aber José könnte mir wehtun. José würde durchdrehen, und er stand irgendwo da hinten. Ich erinnere mich an den Engländer, den José fast zu Brei geschlagen hat, weil er in seinem Revier gewildert hatte. Würde er mich auch zusammenschlagen?

Sie schmuste ihr Gesicht zwischen meine Schenkel, und ihre gierige Zunge fädelte sich durch meinen Spalt. Ich spürte, wie meine inneren Muskeln zuckten. Meiner Pussy war es egal, ob Mann oder Frau, sie wollte nur verwöhnt werden. Selma war überraschend zärtlich; ihre Zunge kreiste in mir, ihre Finger stießen forschend vor. Meine Arme wurden schwer, ich ließ sie matt ins warme Wasser fallen.

Es war wie ein Traum, eine der wenigen Erlebnisse, die alle deine Erwartungen übertreffen.

Ihr Saugen wurde kräftiger, und ich mühte mich, meinen Orgasmus zurückzuhalten. Diese Zunge, diese herrliche Zunge fuhr ein und aus, sie tauchte in die feuchte Tiefe, und ich wusste, ich brauchte mich nur gehen zu lassen, dann würde ich vor Lust zerschmelzen.

Ich war jetzt da, hör nicht auf, Selma. Hör nicht auf.

Nur noch ein paar Striche deiner Zunge. Alles in mir zog sich zusammen, konzentrierte sich auf den Moment der Ekstase – und dann, von einer Sekunde zur nächsten – war ich allein und trieb auf der Luftmatratze. Die Wellen schaukelten mich hin und her. Ich riss die Augen auf und fürchtete, ich würde aufs offene Meer getrieben, aber dann erkannte ich, dass ich mich kaum von der Stelle bewegt hatte.

José schwamm neben mir.

»Wo ist Selma?«

»Ich glaube, sie schwimmt irgendwo«, sagte ich nervös. Ich war eine schlechte Lügnerin. Ich tastete mit den Händen die Luftmatratze ab, weil ich meinen Bikini suchte.

Sie schwamm nur zehn Meter von mir entfernt, kräftige Brustzüge, Kopf oben, Kopf unten, einatmen, auf und unten. Wir sahen ihr zu, wie sie durchs Wasser schnitt. José sah sie an, wie man ein schönes Gemälde betrachtet oder sonst etwas, von dem man weiß, dass man es sich nie leisten kann.

»Diese Insel verändert die Menschen«, sagte er geheimnisvoll. Ich fragte mich, ob José klüger war, als Selma vermutete. Er kraulte ihr hinterher.

Später saß ich im kühlen Schatten des Cafés. Zwei Hunde hatten sich unter meinem Tisch ausgestreckt. Prem stellte einen Milkshake vor mich und setzte sich mir gegenüber. Ich streckte die Beine aus, achtete auf die Hunde und auf seine Knie. Dabei hätte ich ihn gern berührt. Er sah mich lächelnd an und zeigte mir eine Ansichtskarte von Westminster Abbey.

»Kommt dein Name daher? Abbey?«

Ich lachte. »Nein, nein, Abbey ist eine Abtei. Aber Abby hat keine Bedeutung.«

»*A bee*«, sagte er grinsend. »Eine Biene.« Er summte dazu.

»Nein, außerdem lautet der volle Name Abigail.«

»*A big Gail*«, mutmaßte er.

Er war richtig süß. Am liebsten hätte ich ihn in die Arme genommen. Stattdessen stieß ich ihm einen ausgestreckten Finger zwischen die Rippen und sah ihn lächelnd an.

»Geh Billard spielen«, sagte er, und als ich ihm ins Gesicht schaute, fiel mir auf, dass sein Blick fast so sentimental wie meiner war. »Ich leiste dir Gesellschaft, wenn ich hier fertig bin.«

Ich schoss ein paar Übungskugeln ab und bewunderte meine eigene Geschicklichkeit. Weit über den Tisch gebückt, ging ich die einzelnen Positionen der Farben durch. Meine Finger waren voller Kreide. Zwischen Daumen und Zeigefinger hatte sich schon eine tiefe Delle gebildet. Ich liebte das Spiel, ich hörte gern das Klacken, wenn die Kugel vom Tisch ins Netz fiel.

Jemand stand hinter mir, dicht hinter mir. Seine Hände glitten meinen Arm entlang. Unwillkürlich spürte ich meine Pussy pulsieren. Prem, hör nicht auf. Ich beugte mich vor, bereitete mich auf den nächsten Stoß vor und fuhr mit meinen Backen gegen den Schoß des Mannes hinter mir. Ich konnte so nicht richtig hinter die Kugel kommen, aber ich wollte meine Position noch ein bisschen auskosten.

Ich stellte mir vor, wie Prem mich hier von hinten auf dem Billardtisch nahm. Ich konnte mich an den Seiten festhalten, konnte mich ausstrecken, wie ich wollte. Er ist der Boss, dachte ich, und ich bin die unterwürfige

Dienerin. Er sollte mir lieber eine Hand auf den Mund pressen, sonst hören sie mich alle schreien.

Der Mann hinter mir hielt einen sehr dicken Queue in der Hand – oder einen harten Penis. Er drückte ihn – was immer es war – gegen den dünnen Stoff des Sarongs. Ich fühlte den Stoß, oh, ja, und wie. Heb den Rock hoch und gib's mir. Prem, du gehst mir unter die Haut, jetzt kannst du auch unter mein Höschen.

»Du siehst unheimlich geil aus.«

»Roger!«, schrie ich und warf mich herum.

Da stand er und strahlte mich an. Seine Haare waren dunkler, als ich sie in Erinnerung hatte. Er streckte die Arme aus. Er war viel stämmiger und behaarter als Prem, ich weiß gar nicht, wie ich sie hatte verwechseln können. Roger trug Jeans und T-Shirt, und seinen leichten Pullover hatte er um die Taille gebunden. Eine Tasche hatte er neben sich auf den Boden gestellt. Er war nicht der Mann, der dir ins Auge fällt, wenn du ein Zimmer betrittst, aber wenn du ihn dann wahrgenommen hast, wirst du bemerken, dass er gut aussieht.

»Was machst du hier?«, kreischte ich. »Ich habe nicht mehr daran geglaubt, dass du kommst! Warum hast du mir nichts gesagt?«

»Würde ich dich je im Stich lassen?«

Roger nahm mich in die Arme, und wir drehten uns im Kreis. Meine Füße verloren den Halt zum Boden. Roger ist hier! Roger ist hier! Die anderen Gäste sahen uns verständnislos an. Ich sah einen Thai, der schnell hinausging. Ich nahm an, er würde zu Prem gehen und ihm berichten.

»Roger!« Ich wollte ihn küssen, aber er zeigte auf den Tisch.

»Spiel weiter, Baby, ich will dir zusehen.«

»Nein«, sagte ich leise.

Da ich jetzt wusste, dass ich beobachtet wurde, fühlte ich mich zu spärlich angezogen. Die Dreiecke des Bikinitops waren zu klein, der Rock klebte an meinen Backen und überließ so gut wie nichts der Phantasie. Nicht, dass Roger seine Phantasie hätte einsetzen müssen. Er kannte diese Region besser als ich.

Roger unterbrach meine verrückten Vorstellungen.

»Bring ihn ins Loch, Abby.«

»Ich kann nicht.«

Ich sah Prem mit seinem Freund aus der Küche kommen. Wahrscheinlich wollten sie sich den Neuankömmling mal aus der Nähe ansehen. Ich winkte und war bereit, sie miteinander bekannt zu machen, aber sie blieben in gehörigem Abstand bei einer kleinen Gruppe stehen. Es sah so aus, als hielten sie ein Palaver.

Roger lachte lauthals.

»Komm schon, Baby, gib ihm den Stoß und versenk ihn endlich.«

»Hör auf damit, du bringst mich aus dem Konzept.«

Ich habe es trotzdem getan. Ich hätte meine Pose gern gesehen, den Arsch hoch, der Oberkörper über dem Tisch, meine Möpse drauf und an, aus den kleinen Stoffdreiecken zu purzeln. He, Roger war hier! Ich wollte, dass er mich an den Hüften festhielt, dass er von hinten in mich eindrang. Er sah mich an, als wäre er gekommen, um genau das zu tun.

Sechzehntes Kapitel

»Wow!«, rief Roger.

Ich legte eine Hand über seinen Mund, meine Finger über seine Lippen. Ich wollte nicht, dass er etwas sagte, das hätte den Zauber des Moments verdorben. Ich wollte ohne Konversation genommen werden. Ich zitterte noch vom Schock seines unerwarteten Auftritts. Er schien hier so fehl am Platz, so aus seiner Welt gerissen, als wäre ein Teil der Londoner City an den Strand geschwemmt worden.

»Freust du dich, mich zu sehen?«

Was für ein Schatz! Er war sich meiner Reaktion nicht sicher; ungewiss, ob mein Ausdruck Freude oder Verärgerung verhieß. Was für ein sensibler Schatz!

»Ich freue mich unheimlich. Ich habe an nichts anderes denken können.«

(Nun ja, an fast nichts anderes).

Ich setzte mich aufs Bett, hob die Beine an, streckte sie aus und legte mich hin. Während Roger zuschaute, öffnete ich langsam meine Beine und streichelte über die Innenseiten. Die Fingerspitzen strichen sanft über die Schamhaare. Der Tag war das Vorspiel gewesen, am Abend fand das Match statt. Roger war hart, als er mir zusah, wahrscheinlich war er hart seit meinem Billardspiel. Er öffnete seine Hose, und sein Penis sprang heraus, steif und stark.

»Oh, ich habe dich vermisst«, stöhnte ich, wusste aber nicht, ob ich ihn oder sein bestes Stück meinte. Es war ein prächtiges Exemplar. Beeindruckende Länge mit einem noch beeindruckenderen Umfang. Ich liebte die Ernsthaftigkeit seines Schwanzes, die Intensität seines Verhaltens. Ich streckte mich aus, und Roger sah mich bewundernd an. Ich schmolz dahin. Seine Hände streichelten mich. Ich hob die Hände über den Kopf, und dabei rutschte mein T-Shirt höher und enthüllte die Unterseiten meiner Brüste.

Er öffnete meine Beine weiter, und ich erfreute mich an seinen Blicken. Es war, als wollten seine Augen von mir Besitz nehmen. Wie gefalle ich Ihnen, Sir? Ist mein Körper gut genug für Sie, Sir? Ich wusste, dass es langsam aus mir rann. Meine geschwollenen Labien glitzerten feucht.

»Spreize deine Beine weiter«, sagte er. Er wusste, wie man eine Lady behandelte. Seit er eingetroffen war, hatten wir vielleicht zehn Worte gewechselt, und schon waren wir bei dem angelangt, was wirklich zählte.

Ich gehorchte.

»Oh, ja, Baby, oh, ja.«

Sieht man eigentlich, dass ein anderer da gewesen war? Hinterließ jeder seine Spur auf meiner Haut? Dann sieh genau hin, Geliebter, damit du erkennst, wie unschuldig ich bin.

»Komm, Baby.«

Roger beugte sich vor und glitt zwischen meine Schenkel. Er setzte den Schaft vorsichtig an den Eingang, und ich hörte mich hysterisch grunzen.

Roger, es tut mir Leid, eh ... ich muss dir was erzählen ...

Aber dann spürte ich, wie sein Penis mich füllte, wie er meine Ängste blockierte. Ich werde alles wieder gutmachen. Heute Abend soll es wieder so sein wie immer. Mein Schatz, von nun an gehöre ich nur noch dir.

»Ja.«

Er grunzte seine Reaktion. »Ja.«

Als ich einmal damit angefangen hatte, konnte ich nicht mehr aufhören.

»Hör nicht auf. Komm tiefer in mich rein, oh, ja, komm tiefer, Baby.«

Ich hielt ihn fest umschlungen, ließ eine Hand auf seine Pobacken klatschen und zog ihn tiefer in mich hinein.

Einer seiner Finger drückte die kleine Erhebung meiner Klitoris. Ich wusste nicht, was ich wollte – jetzt kommen oder warten? Wollte ich mich von seinem Finger fertig machen lassen oder von seinen kräftigen Stößen? Sollte ich auf ihn steigen, oder wollte ich seine Zunge spüren, während ich ihn in den Mund nahm?

Ich wusste es nicht und mochte mich auch nicht entscheiden, aber mein Körper schrie, dass mir nicht mehr viel Zeit blieb. Die Vergangenheit war vergessen. Roger war der einzige Mann auf der Welt für mich.

»Baby, du bist ja so heiß.«

Ich rührte mich nicht; ich konnte mich nicht rühren. Es war zu spät, die Position zu verändern, denn ich spürte sein erstes Zucken, das plötzliche Anschwellen seines Schafts, die hektischer werdenden Stöße, die gepressten Seufzer, die der Vollendung vorausgehen. Aber ich hörte nicht auf, ich trieb ihn an, rieb die Klitoris gegen seinen Schaft, der immer noch starr war. Ich beutete ihn aus, ruckte auf und ab und kam und kam und platzte in tausend Einzelteile.

»Oh, Mann, Roger, ich liebe dich mehr als alles andere.«

»Du bist heiß, Baby.«

Er wurde wieder steif. Er hatte immer schon eine beneidenswerte Ausdauer gehabt und dazu eine verdammt kurze Erholungsphase. Ich stieg auf ihn, wollte ihn pumpen, reiten, den Saft aus ihm herausholen, jeden einzelnen Tropfen von ihm haben. Ich war gern oben, konnte mein eigenes Ding tun nach meinem eigenen Gusto. Mir war egal, wie er zurechtkam, es ging mir nur um mich. Ich hob und senkte mich auf ihm.

Ich drückte ihn aufs Bett und presste meine Brüste gegen ihn. Er sollte mir nicht entkommen. Ich wollte, dass Selma und José uns hören konnten, aber das war nur ein Nebeneffekt. Ich wollte Roger beweisen, dass ich auch den Ton angeben konnte. Er war der Nagel, der in die Wand geschlagen wurde, aber ich war der Hammer, der uns trieb. Ich war der Herr, er war der Hund.

Je wilder ich auf ihm ritt, desto mehr vergaß ich meinen Unsinn der vergangenen Wochen. Je mehr ich die Zuckungen in meinem Leib spürte, desto leichter konnte ich die anderen Erlebnisse auswischen, die namenlose Masseuse am Strand, Selma und José und Trent. Sie würden aus meinem Gedächtnis gestrichen, wenn ich Roger glücklich machte.

Seine Finger drückten auf meine Klitoris. Nein, lass mich das tun. Ich reibe mich selbst, zeige ihm, dass ich es kann. Ich bin der Champion. Meine Brüste hüpften, und das Moskitonetz schwankte. Ich quälte mich auf seinem dicken Schaft, runter, rauf, runter, immer härter, immer schneller, bis ich in Schweiß gebadet war und nicht mehr die Kontrolle hatte. Ich warf mich über ihn, zuckte und zitterte und spürte den nahenden Orgasmus.

Mit einiger Verlegenheit realisierte ich, dass es ihm noch nicht gekommen war. Er lag auf dem Rücken da und sah verzückt aus. Er liebte es, wenn ich oben war.

»Liebling«, sagte ich schmalzig. Er war immer noch hart, und ich fragte mich, woher er seine Selbstbeherrschung bezog.

»Ich bin ja so froh, dass du hier bist.«

»Ich freue mich auch.«

Er schob seinen Finger wieder in mich hinein, und ich ruckte dagegen. Es war, als ginge ein Blitz durch mich hindurch. Ich fühlte mich wie ein Fisch am Haken.

»Du hast mich vermisst, ich kann es fühlen«, murmelte er.

Oh, Gott, er ist ja so sexy. Ich ging zu ihm hinunter, tiefer, noch ein bisschen tiefer, und dann saugte ich meinen Saft von ihm. Ich schmeckte komisch, wie saure Sahne. Während ich schleckte, zog er mich herum, und – was für eine Lust – ich saß plötzlich auf seinem Gesicht. Oh, Roger. Er könnte unter mir ersticken, aber Roger war kein Anfänger. Seine Hände hoben mich hoch, und ich spürte, wie seine Nase gegen mich rieb. Er übernahm jetzt die Kontrolle. Neunundsechzig. Was für eine Nummer. Was für ein Bild. Es gibt nichts Vergleichbares. Absolut nichts. Es kitzelte, und ungeduldig wippte ich auf und ab. Ich verlor einen Moment lang seinen Penis, aber schnell schnappte ich wieder danach.

»Gott sei Dank, dass du da bist.«

Ich zitterte am ganzen Leib. Ich hatte so lange darauf gewartet, aber es war noch schöner, als ich es mir vorgestellt hatte.

»Das habe ich mehr gebraucht als alles andere auf der Welt.«

Am anderen Morgen lächelte Selma wissend.

»Willst du heute mit mir zum Strand gehen?«, fragte

sie unschuldig. Auf ihrer zierlichen Nase prangten ein paar neue Sommersprossen.

»Mein Freund ist endlich eingetroffen«, sagte ich und zeigte stolz auf meinen Bungalow, in dem Roger wegen der Zeitumstellung im Tiefschlaf lag. Was für ein köstliches Gefühl, am Morgen neben jemandem aufzuwachen, den du liebst. Ich hatte die Decke zurückgeschlagen, das Fenster geöffnet und der Sonne ein leises Danke zugeflüstert.

»Ach, so. Aber er ist ...« Sie rümpfte die Nase, und ich sah sie argwöhnisch an. Wie ist er denn, mein Roger, und woher wollte sie das wissen?

»Ich glaube, er ist nicht so sexy«, sagte sie dann. Ich mochte meinen Ohren kaum trauen. Wie konnte sie es wagen, so was Lächerliches zu behaupten?

»Ich finde, du solltest mit Prem schlafen«, sagte sie. »Oder mit mir«, fügte sie rasch hinzu.

»Was weißt du denn schon?«, fragte ich wütend.

»Ich weiß es eben«, sagte sie und lächelte dieses überhebliche Lächeln, das mir überhaupt nicht gefiel. »Ich kenne dich. Du glaubst, du liebst ihn, aber du liebst ihn nicht wirklich.«

Ich senkte den Blick. Die Intensität ihrer Aussage verdutzte mich. Selma war nicht die schönste Frau, die ich je gesehen hatte, aber ihre Gefühle waren die leidenschaftlichsten.

»Und er ist verheiratet«, fügte sie gehässig hinzu.

»Woher weißt du das?«, fauchte ich sie an. Roger trug keinen Ring, und eigentlich konnte sie nichts über ihn wissen.

Sie streckte mir die Zunge heraus, dann drehte sie die Zungenspitze anzüglich – wie jemand, den ich in den letzten Wochen kennen gelernt hatte. »Was glaubst du wohl, woher ich das weiß?«

Ich starrte sie sprachlos an. Sie ließ sich auf ihrer Haustürtreppe nieder und rückte zur Seite, damit ich Platz hatte, mich neben sie zu setzen. Aber ich blieb stehen. Ich brauchte den Vorteil, jetzt größer als sie zu sein.

»Trent hat mir alles über dich erzählt. Was du magst und was du nicht magst. Er ist ein guter Junge, dieser Trent; mir gefällt er gut. Seine Zunge ist – nun, wie soll ich es ausdrücken – sehr anpassungsfähig, nicht wahr? Kaum zu glauben. Er hat mich aufgegabelt, und ohne viele Umstände hat er mich ausgesaugt wie eine Ananas. Er hielt mich hoch über seinen Kopf, kannst du dir das vorstellen? Die Kraft, die er in den Armen haben muss! Die hat er bestimmt vom Volleyball. Dieses Bild hättest du sehen müssen, ich hoch über seinem Kopf, sein Gesicht fast in mir drin. Das Piercing ist phantastisch. Ich glaube, mir ist es noch nie so schnell gekommen. Er ist ein Schatz, dieser Trent. Das Juwel auf der Zunge rieb ständig gegen meinen Kitzler, und als ich es das erste Mal spürte, wollte ich es gar nicht glauben. Mein Saft lief sein Kinn hinunter.«

Sie redete sich in Rage, als könnte sie es nicht erwarten, die nächste Session mit Trent zu erleben.

»Ich glaube, seine Arme schlafften irgendwann ab, sonst hätte er bestimmt weiter gemacht. Der arme José, er muss noch eine Menge an seiner Technik feilen, aber ich habe schon mit dem Training angefangen. Aber Trent ist nicht so gut bestückt wie er. Man kann eben nicht alles haben, was? Dabei bin ich gar nicht so weit gebaut, eher wie ein junges Mädchen. Ich habe Trent gesagt, er müsste sich was einfallen lassen.«

Mir war schlecht. Ich fühlte mich schmutzig. Sie wusste von Trent und mir. Und sie wusste, dass Roger verheiratet war.

»Ich habe immer noch die Phantasie mit einer Frau«, sagte sie und starrte mir in die Augen. »Ich träume nachts davon. Zuerst ist die Frau verängstigt, aber allmählich baut sie Vertrauen zu mir auf, denn in Wirklichkeit will sie es auch, sie weiß es nur noch nicht.«

Ich versuchte, gar nicht hinzuhören, aber das gelang mir nicht. Selma kannte mich besser als ich mich selbst.

»Ich kann ihr helfen«, fuhr Selma fort. »Die Frau kommt zu mir, und ich weiß, wie ich sie trösten kann. Nimm José zum Beispiel. Er ist eifersüchtig, aber ich werde ihn davon heilen.«

Sie erhob sich und stellte sich dicht vor mich. Ich fürchtete, sie würde mich wieder küssen. Aber sie drehte sich abrupt um und verschwand im Haus.

Siebzehntes Kapitel

Roger mochte die Insel nicht. Er liebte das Meer und sah sich gern die attraktiven Menschen an, aber alles andere hasste er. Die Unterkünfte und das ganze Leben hier waren ihm zu schlicht. Ich ersparte es mir, ihn an die Dinge zu erinnern, die er mir vor der Abreise eingebläut hatte. »Du musst das Gefühl für das ursprüngliche Reisen entwickeln, und das kann man nicht in Vier-Sterne-Hotels, Abby.« Oder: »Du musst offen sein für das, was das Land dir bietet.« Nun, ich war offen gewesen. Er war es, der sich beklagte.

»Aber wir müssen ja nicht die ganze Zeit auf der Insel bleiben«, sagte er jetzt. »Wichtig ist nur, dass wir zusammen sind, ob hier oder zu Hause.«

»Wie lange bleiben wir denn?«

»Ich weiß es nicht. Aber wo immer wir hingehen, wir bleiben zusammen.«

Als ich Trent das nächste Mal sah, kam er schwankend aus einer Bar, ein hageres Thai Mädchen mit Beinen wie Tabascoflaschen in seiner Begleitung. Ich versuchte, ihm auszuweichen und hielt den Kopf gesenkt, aber er rief, ich sollte auf ihn warten. Das Mädchen grinste und blieb abseits stehen, damit wir uns unterhalten konnten. Ich war froh, dass Roger nicht bei mir war, denn wer konnte schon wissen, was Trent alles ausplauderte?

»Liebling!«, brüllte er.

Ich wollte im Boden versinken oder wenigstens unsichtbar werden.

»Baby, bist du für ein heißes Gespräch bereit?«, flüsterte er mir ins Ohr. »Es ist ein Jammer, dass sie kein Englisch spricht. Ich muss noch oft an deine Geschichten denken.«

»Mein Freund ist gekommen.«

»Er ist da? Verdammt, damit habe ich nicht gerechnet.«

»Ja, er ist da«, sagte ich protzig.

»Liebling, ich kann nicht vergessen, wie du dich über den Stuhl gebeugt und darauf gewartet hast, dass der Riese dich von hinten ...«

Ich winkte ab und ging weiter. Trent lief mir nach und hielt mich fest.

»Bereust du die Sache mit uns?«

»Nein. Oder vielleicht ja.«

»Kein Bedauern, Abby. Nur Verlierer bedauern.«

Er kaufte einen Burger für sich und sein Mädchen. Ich sah, wie er gierig in das Fleisch biss. Der Saft lief von seinen Lippen übers Kinn, und ich musste an unsere letzte Begegnung denken. Mir wurde schlecht.

Nach einem Tag, den wir nutzten, um uns wieder aneinander zu gewöhnen, gingen Roger und ich zum Essen ins Sunita Lodge Café. Aber Roger war ruhelos. Je länger das Essen auf sich warten ließ, desto häufiger schaute er auf seine Uhr.

»Verdammt, wie lange dauert das denn?«

Ich legte eine Hand auf seine Schulter. »Wir haben doch Zeit, Roger. Hier läuft alles ein wenig langsamer ab, daran solltest du dich gewöhnen.«

Aber Roger trommelte mit den Fingern auf den Tisch und stierte den Kellnerinnen hinterher. Prem unterhielt sich mit seinem Kumpel.

»He, Kellner!«, rief Roger.

Prem schlurfte lässig heran. »Ja.«

»Wir warten schon seit einer Stunde auf unser Essen.«

»Ist jemand hinter dir her?«, fragte Prem.

Roger wurde wütend. »Wenn ich ein Essen bestelle, erwarte ich, dass es noch am selben Tag serviert wird.«

»Wir bereiten es gerade zu.«

»Lege dich nicht mit ihm an«, riet ich und zupfte an Rogers Ärmel.

»Ich könnte ihn aus seinem Anzug hauen«, sagte er düster. Ich hielt das eher für unwahrscheinlich, denn Prem war Lehrer im Kickboxen, und Roger – nun, sagen wir, er war es nicht.

»Kein Wunder, dass Thai-Frauen ausländische Männer lieben. Von denen werden sie wenigstens mit Respekt behandelt.«

»Prem hat mich immer mit Respekt behandelt«, verteidigte ich ihn.

»Aber man sieht doch, hinter was er her ist!«

»Das ist nicht fair!«, rief ich.

Roger legte eine Hand auf meinen Schenkel, als wollte er mich auf diese Weise besänftigen. Ich legte meine Hand auf seinen Schenkel. Unter dem Tisch spielten wir mit uns. Wir kratzten und schabten und rieben uns, und es dauerte nicht lange, bis ich seine Erektion spürte. Ich tat so, als wäre ich auch scharf, aber in Wirklichkeit saß ich wie auf heißen Kohlen.

»Gehen wir«, sagte Roger.

Ich wollte nicht. Es dauerte eben eine Weile, bis das Essen zubereitet war, und wer klug war, nahm sich Zeit fürs Essen. Aber es war keinen Streit wert. Schon vor langer Zeit hatte ich gelernt, Ungerechtigkeiten hinzunehmen. Wir gingen also zurück, Hand in Hand. Ich sah noch, wie Prem mit unseren Tellern aus der Küche kam und dann wütend zurück in die Küche lief.

Roger hielt an einem Kiosk an und kaufte ein Eis.

»Ich werde das Sahneeis von deinem Körper lecken«, versprach er. Ich erinnerte mich an eine Szene mit Selma und José und war sofort erregt. Wusste Roger, wie faszinierend ich unsere Nachbarn fand? Ich konnte Selmas Beschreibung nicht vergessen, wie Trent sie beglückt hatte.

Ich war viel zu geil, um darauf zu warten, bis wir unsere Wohnung erreicht hatten, deshalb zerrte ich Roger zum Strand. Wir lehnten uns gegen die Felsen und schmiegten uns aneinander. Durch seine Jeans spürte ich den harten Schaft. He, den solltest du mal fühlen, Selma!

Am liebsten hätte ich ihr sein Prachtstück gezeigt. Mir war Roger gut genug; er wollte seine Frau verlassen, und er hatte einen gigantischen Schwanz, der mir alles gab, was ich brauchte.

Er streifte seine Laufschuhe ab, während ich meine Schuhe anbehielt. Ich liebte es, ganz nah am Wasser zu lieben, und noch mehr liebte ich die Nähe zu ihm. Ich wollte seinen Steifen in mir spüren.

»Also, legst du nun los oder nicht?«, fragte ich ungeduldig.

»Aber hier kann man uns sehen.«

»Nein.« Der Strand lag verlassen da. Die meisten Touris hielten sich in ihren Wohnungen auf, oder sie saßen in den Bars und Restaurants.

»Leck mich.«

Er sah mich überrascht an, weil er so eine direkte Sprache von mir nicht gewohnt war. Er liebte es blumiger.

»Bitte«, raunte ich. »Ich will es.«

»Wie?«, fragte er leise.

»Reibe das Eis über meine Klitoris und lecke es langsam ab.«

Ich schlug meinen Sarong auf, als wollte ich einen schwarzen Vorhang zurückziehen. Ich spürte Sand zwischen meinen Schenkeln.

»Verwöhne mich mit deiner Zunge.«

Zuerst zog er meinen Slip nach unten.

Ich lag offen da, und er konnte mich aus nächster Nähe betrachten. »Schau mich an«, flüsterte ich. »Sieh genau hin, wie ich mich selbst streichle.«

Ich bereitete mich für ihn vor. Ich liebte das Gefühl meiner eigenen Berührungen. Samten, feucht, glitschig. Meine Finger erforschten den ganzen vergessenen Kontinent, und Roger schaute fasziniert zu.

»Jetzt kannst du das Eis auf meine Pussy legen.«

Er hielt das Eis über dem Spalt. Es würde jeden Moment zu schmelzen beginnen und auf meine Pussy tropfen. Ich wartete gespannt.

Meine Spalte pochte heiß. Ich wollte stimuliert werden. Jetzt müsste nur noch Selma da sein und zuschauen. Vielleicht sah sie ja zu, irgendwo versteckt mit dem Fernglas vor den Augen, eine Hand zwischen den Schenkeln. Ich hoffte, dass sie mich so sehr begehrte wie ich sie. Sah sie, wie weit ich die Beine gespreizt hatte? Ich war heiß und offen für ihn. Sieh mich an, Selma, schau hin, José. Jetzt habe ich auch einen Freund, der mit mir schläft. José, du legst das Eis nur auf Selmas Brüste, jetzt schau mal zu, wo ich es haben will.

Es dauerte uns zu lange, bis das Eis flüssig wurde. Roger schüttelte das Hörnchen in seiner Hand, und jetzt tropfte die geschmolzene Sahne, aber nicht auf mich, sondern daneben. Roger fing das Rinnsal mit den Fingern auf.

»Kalt«, sagte er. Ich zitterte vor Anspannung, aber statt den Rest des Bällchens auf mich fallen zu lassen, steckte er es in den Mund, dann tauchte er hinab zu meiner pulsierenden Spalte und wischte das Eis mit der Zunge über Labien und Klitoris.

»Ah ...«

Verdammt kalt. Ich fühlte mich in zwei Hälften geteilt, oben heiß, unten kalt. Mein Schoß ruckte hoch.

»Leck mich«, ächzte ich. »Mehr, mehr. Ich will auf deiner Zunge kommen.« Ich spreizte mich so weit ich konnte. »Oh, verdammt. Leck schneller, härter. Ich will deine Zunge viel tiefer in mir spüren.«

Ich schlang meine Arme um seinen Nacken. Mein ganzes Sein war auf mein Geschlecht konzentriert. Der Rest meines Körpers trat hinter die Kraft meiner Genitalien zurück. Ich war nichts als ein flammendes Inferno.

»Mehr«, bettelte ich.

Er stieß den Rest des Eisbällchens in mich hinein, und ich heulte in die dunkle Nacht hinein, hinaus aufs Meer. Dann war seine Zunge wieder da, und die forschenden Finger löschten die Kälte und fachten die Lust neu an. Meine Beine schwankten, und meine Finger gruben sich tief in seine Haut.

»Ich habe noch nie so phantastisch schmeckendes Eis gegessen.«

»Jetzt bin ich dran«, ächzte ich, drückte ihn auf den Rücken und spreizte mich über ihn.

Er drückte die Augen fest zu und ließ seinen Penis sprechen. Ich hob mich leicht an, und schon schob sich seine Länge in meine Nässe. Ich wollte ihm zeigen, wie gut ich war, denn ich hatte Angst, ihn zu verlieren. Wenn er erfuhr, was ich alles getan hatte ... Ich wollte mich beweisen und zeigte ihm, wie er mich zur Ekstase bringen konnte.

»Reib mich da.« Ja, reibe mich, hör nicht auf, ganz egal, was du über mich erfährst. Hör bloß nicht auf.«

»Du bist scharf auf die Thai-Boys, nicht wahr?«, schnaufte er. »Du willst, dass sie es dir besorgen. Gib es ruhig zu. Aber ich bin der Einzige, der es darf, stimmt's?«

Ich nickte. Er begleitete jeden Satz mit heftigen, rücksichtslosen Stößen. Seine Brutalität verwirrte mich, aber ich begehrte ihn, ich liebte ihn.

»Himmel, Abby, du hast dich verändert.«

»Wie meinst du das?«

»Ich meine, du bist unanständiger geworden. Du hast dich vorher nie so weit geöffnet.«

Als wir zurück auf dem Zimmer waren, lagen wir auf den zerknautschten Laken, Seite an Seite, unschuldig wie fröhliche Schulkinder, die eine Nacht zusammen verbringen.

»Angela hätte das nie getan.«

Ich empfand eine Mischung aus Triumph und Schamgefühl – wie immer, wenn er mich mit seiner Frau verglich. Ich wollte ihr nicht überlegen sein.

»Du meinst mit dem Eis?«

»Nein, das meine ich nicht. Das haben wir schon mal gemacht. Aber sie würde sich nie getraut haben, es im Freien zu tun.« Wir sahen beide zur Decke. Ich fühlte mich immer noch nass und stolz. In mir spürte ich noch den Erguss seiner Lust, und das gefiel mir.

»Niemand sonst kann dich haben so wie ich«, sagte er und umarmte mich. »Du gehörst mir.«

Ich sagte Roger, ich hätte Hunger und wollte mir schnell einen Burger holen. »Ich meine, schließlich habe ich nichts vom Eis gehabt.«

»Okay«, sagte er, und ich hasste mich fürs Lügen.

Ich brauchte frische Luft, denn ich glaubte auf dem Zimmer zu ersticken. Ich fühlte mich von seiner Liebe eingeschnürt. Warum nahm ich ihn nicht mit hinaus? Wieso ließ ich mich so leicht verführen?

Wieder war es Lily, die mich rettete. Sie stolzierte auf ihren Giraffenbeinen durch den Sand, sah mich und kam auf mich zu.

»Was ist los?«

»Ich habe Roger belogen.«

Sie sah mich prüfend an. »Über was?«

»Über alles. Über ...« Ich wusste nicht, wie ich anfangen sollte. »Also, ich habe ihm zum Beispiel nicht gesagt, dass ich dich geküsst habe.«

»Das war doch nicht so wichtig.«

»Aber ich habe das Gefühl, dass es wichtig ist«, widersprach ich. »Als ich ihm sagte: ›Ich liebe dich, es gibt keinen anderen‹, stimmte es einfach nicht, denn ich hatte eine Frau kennen gelernt, die mir gut gefallen hat. Wenn man Treue schwört, darf es keine Ausnahme geben, auch nicht mit Menschen desselben Geschlechts, nicht wahr?«

»Hat es auch andere gegeben?«

»Ja«, gab ich zu und traute mich kaum, in ihr schönes Gesicht zu sehen. »Ja, es hat andere gegeben. Nicht mit richtigem Sex, aber mit Fühlen und Streicheln und Küssen, verstehst du?«

Sie streichelte über meine Haare; es war, als wollte sie

mir nachträglich ihren Segen geben. Die große Lily sagte, es wäre alles in Ordnung. Kein Grund zur Besorgnis.

»Sei ehrlich zu ihm.«

»Soll ich es ihm sagen?«

»Ja. Wenn du unglücklich bist, es für dich zu behalten, musst du es ihm sagen. Ich bin sicher, er wird nicht wütend sein. Es ist normal, wenn man in einer solchen Gegend bei diesem Klima ein wenig stromert. Wir sind wie Tiere, nicht wahr? Wir wollen uns alle paaren.«

Ich wollte nur, dass Roger mir verzieh. Dann könnten wir vielleicht nach Hause fliegen, weg von hier, weg aus dieser Hitze, raus aus dieser Verrücktheit, aus diesem Sexasyl. Und dann nur er und ich.

Er schlief, als ich zurück aufs Zimmer kam. Ich legte mich neben ihn und wusste, was ich zu tun hatte.

Achtzehntes Kapitel

Ich hatte beschlossen, Roger sofort reinen Wein einzuschenken, aber ich konnte es nicht. Der Traum war so beunruhigend, dass ich heiß und erregt aufwachte.

Sie wusste nicht, wie viele an diesem Abend zu ihr kamen. Sie sorgte sich zunehmend, dass der Penis nicht passte. Die anderen hatten auch nicht gepasst, gut, sie erledigten ihre Aufgabe, aber so richtig passten sie alle nicht.

Es wird spät, und die Höflinge geraten in Panik. Selbst die Eunuchen schnattern durcheinander. Dann ist er da und dringt in sie ein, ächzend und stöhnend. Er dringt ein, und nichts bleibt unausgefüllt, und fast sofort kommt es ihr. Um sie herum stehen die Höflinge und Eunuchen, blasiert und leidenschaftslos.

Jemand ruft: »Ja, er ist es, er kann es.«

Sie knirscht mit den Zähnen, und Tränen schießen aus ihren Augen. Er bringt ihr die Vollendung, er braucht sich gar nicht anzustrengen; es reicht, dass er da ist, dass er so perfekt passt. Es kommt ihr ganz gewaltig, und sie ist froh, dass Seidentücher sie fesseln, sonst würde sie wild um sich schlagen und vielleicht jemanden verletzen.

»Wer war es?«

Sie nehmen ihr die Augenbinde ab, doch sie sagen ihr nicht, wer er ist. Sie rennt von einem zum anderen, und schließlich steht sie vor dem König.

»Wart Ihr es, Mylord?«

Sie blickt zu ihm auf, und sie sieht die Tränen in seinen Augen.

Roger schlang seine Arme um mich, und ich löste mich allmählich von meinem verrückten Traum.

»Erinnerst du dich an das erste Mal, als wir miteinander gesprochen haben?«, fragte er.

Ich lächelte. »Natürlich.«

Nach der Arbeit trafen wir uns in einem Pub. Ich hatte Roger schon mal gesehen und er mich auch, aber wir arbeiteten auf verschiedenen Etagen. An diesem Abend hatte er eine Erkältung, und meine Mutterinstinkte fühlten sich angesprochen. Ich wollte seine Schmerzen nehmen, wollte sie wegküssen. Ich empfahl ihm ein Mittel, von dem ich gehört hatte, und zwischen seinen Niesanfällen lächelten wir uns an.

Ich traute mich kaum, ihm in die Augen zu sehen, aber als ich es tat, war ich betört. Braune, tiefe Augen. Er berührte meine Hand und sagte, ich wäre seine Krankenschwester, und wie wäre es, wenn ich ihm ein Gesundheitsbad zubereite? Ich hätte am liebsten »Ja, gern« gesagt, aber ich gab vor, nur eine besorgte Kollegin zu sein.

Mit meinen Schuldgefühlen konnte ich nicht lange leben. Sie brannten auf meiner Haut wie starke Sonnenstrahlen. Den Tag über verbrachten wir am Strand. Wir rieben uns gegenseitig den Rücken ein. Am späten Nachmittag kehrten wir in den Bungalow zurück. Das Zimmer kam mir ganz anders vor, eine Kabine des Heimlichen, ein Hort der weißen Lügen.

»Roger, ich bin nicht ganz ehrlich zu dir gewesen.«

»Wie meinst du das?« Er sah mich neugierig an. »Was willst du mir damit sagen, Abigail?«

»Ich weiß selbst nicht genau, was ich damit meine«, gab ich zu und ging im Zimmer auf und ab. Ich zerfloss vor Selbstmitleid, und auch dafür fühlte ich mich schuldig, weil ich kein Mitleid verdiente.

»Komm und setz dich auf meinen Schoß.«

Ich sah ihn unsicher an.

»Komm und erzähle Daddy alles«, sagte er und klopfte auf seine Knie.

Ich sagte ihm alles. Ich begann mit der Erregung im Flugzeug, fuhr fort mit den Geräuschen, die Selma und José beim Sex von sich gaben, und wie mich diese Geräusche erhitzt hatten. Wenn ich andere Paare knutschen oder küssen sah, fühlte ich mich nicht einsam, sondern geil. Ich sagte ihm, solche Gefühle hätte ich vorher in solchen Situationen nie gehabt.

Zuerst gestand ich die Küsse mit Lily, und wie wir uns berührt hatten. Dann schloss sich das Erlebnis mit Selma auf der Luftmatratze an, und erst dann erzählte ich von Trent und von der Massage am Strand.

»Es war kein richtiger Sex, ich meine, sie haben mich nicht penetriert, es waren ja Frauen, aber ...«

Ich schwadronierte drauflos.

Was ich ihm nicht erzählte war meine Schwäche für Prem. Ich meine, da gab es ja auch nicht viel zu erzählen, es war ja nichts Ehrenrühriges passiert.

Als ich mit meinen Erzählungen abgeschlossen hatte, wischte ich mir die Augen trocken und schnäuzte mich kräftig. Ich sah ihm ins Gesicht. Rogers Ausdruck war nicht zu deuten. Ich hatte keine Ahnung, ob er wütend oder schockiert war. Er war wie das Bild eines Gesichts, bevor man den Mund malt.

»Sage etwas.«

Er schüttelte den Kopf.

»Sage etwas, bitte.« Ich nahm seine Hände in meine und führte sie an meine Lippen. Ich küsste die Knöchel einzeln. Er zog seine Hände zurück.

»Bitte.« Ich kniete mich vor ihn, legte mein Gesicht auf seinen Schenkel, gab mich unterwürfig und reuevoll. »Bitte.«

Schließlich hob er mein Kinn und sah mir in die Augen.

»Abby, begreifst du, was du getan hast?«, fragte er ernst und sah mich finster an.

»Ja, ich weiß. Es tut mir Leid.« Ich hatte ihn wirklich verletzt. Meine Entschuldigung hatte nicht geholfen. Vielleicht zeigte sie den gewünschten Effekt, wenn ich sie tausendmal wiederholte.

»Nein. Verstehst du, was du mir angetan hast?«, fragte er langsam. »Ich habe alles aufgegeben, um bei dir zu sein, und jetzt erzählst du mir diese Geschichten.«

Ich wollte mir die Ohren zuhalten. Ich wollte überall sein, nur nicht hier, um mir das anhören zu müssen. Er zwang mich, auf den Boden zu knien.

»Nein, Roger, lass uns darüber reden.«

»Es gibt nichts zu bereden«, fauchte er.

Ich lehnte mich über ihn und flüsterte: »Es tut mir Leid, Roger.« Alles schien aus den Proportionen geraten zu sein. Roger kommandierte mich und hatte die Kontrolle übernommen. In mir zog sich alles zusammen, auch vor Angst. Ich wusste nicht, was als nächstes geschehen würde; ich wusste nur, dass Roger plötzlich sagte, wo es lang ging.

Er hob meinen Rock an und riss mir wütend den Slip hinunter. Ich murmelte leise seinen Namen und fragte scheu, was er mit mir anstellen wollte. Seine Hand klatschte auf meine Pobacke. Schockiert kippte ich auf eine Seite.

»Roger?« So hatte er mich noch nie behandelt, und noch nie hatte ich ihn so wütend gesehen.

»Sprich mich nie wieder an«, zischte er.

Ich fühlte, wie sich die Erregung in mir ausbreitete. Seine Kraft erregte mich, sogar seine Wut. Ich wollte ihm sagen, wie sehr ich es genoss, aber als ich den Kopf hoch, erkannte ich, dass es ihm egal war.

Er schlug wieder mit der flachen Hand auf meine Backen. Mein Arsch leuchtete rot, und meine Klitoris brannte. Sie wollte beachtet werden.

Es fiel mir schwer, mein Gleichgewicht zu halten. Ich erinnerte mich an meine Schultage und wollte wie ein unanständiges Mädchen gezüchtigt werden.

»Roger …«

»Wenn du dich nicht mucksmäuschenstill verhältst, werde ich noch viel härter zuschlagen«, warnte er. Ich konnte mir nicht vorstellen, wie er noch härter zuschlagen konnte, aber ich wollte es nicht darauf ankommen lassen.

Meine Nippel wurden hart. Ich war eben ein unanständiges Mädchen.

Wieder klatschte er auf meinen Po. Gib mir deinen Schwanz, Roger. Füll mich mit ihm. Soll ich den Schuldirektor um Erlaubnis bitten? Bitte, Sir, darf ich kommen? Verdient hätte ich es.

Noch ein Klatscher. Ich war eine Schlampe, ich hatte meine Strafe verdient.

»Roger.« Ich drehte mich zu ihm um.

Roger schnallte den Hosengurt ab. Er ließ ihn einige Male durch die Luft sirren, dann stand er hinter mir, und ich erwartete seine Züchtigung.

Klatsch. Gott, hilf mir. Meine Nippel sehnten sich nach einem Mund, nach seinem Mund. Aber er war der Boss, und ich wollte ihm zeigen, dass ich das akzeptierte.

»Ist es dir bei ihnen gekommen?«

»Nein.«

»Du lügst. Ist es dir bei ihnen gekommen?«

»Manchmal«, wimmerte ich.

»Fangen wir von vorn an. Wer war zuerst dran? Die Nachbarin, wie heißt sie auch noch?«

»Selma. Bei ihr ist es mir nicht gekommen.«

Klatsch. Ein Schlag mit dem Gürtel, quer über meine Backen, die höllisch brannten.

»Lügnerin!«

»Nein!«, heulte ich. »Wir sind unterbrochen worden.«

»Und der mit dem Zungenpiercing?«

»Trent.«

»Lauter!« Klatsch. Der Lederriemen versengte meine Backen. Er schlug ein paar Mal hintereinander zu. Zwischen den Schlägen hielt ich die Luft an, aber dann schlug er nicht mehr. Erst als ich erleichtert ausatmete, klatschte es wieder. Er neckte mich mit einem Ledergurt.

»TRENT!«, brüllte ich. Tränen rannen über mein Gesicht, und meine Nase rann auch. Ich wischte sie an meinem Handgelenk ab. Meine Haut fühlte sich roh an, als ob man die oberste Schicht abziehen könnte.

»Hände runter!«, bellte er, und gleich folgte der nächste Schlag. Sein Bellen war nicht so schlimm wie der beißende Schmerz des harten Leders.

»Habe ich gesagt, dass du dich bewegen kannst?«

Ich schüttelte den Kopf. Ich dachte plötzlich, was geschähe, wenn mich jemand so sah. Ich musste wie ein malträtiertes Opfer aussehen. Und trotzdem war ich erregt. Ich wollte, dass er mich jetzt nahm.

»Ist es dir bei ihm gekommen?«

»Ich habe die ganze Zeit an dich gedacht.«

Klatsch! Der Ledergurt riss einen Striemen auf der rundesten Stelle meines Pos. Ich wand mich in Schmerz und Scham. Morgen würde ich schwarz und blau sein.

»Wie viele Male?«

»Einmal hatten wir oralen Sex, und einmal hat er mich mit den Fingern befriedigt.«

»Hast du ihn geblasen?«

»Ja.«

Klatsch! Ist es nicht eigenartig, dass man sich nicht an solche Schläge gewöhnt? Man sollte glauben, der Körper könnte sich darauf einstellen. Nach vier oder fünf Schlägen sollte er gegen die Folter gewappnet sein. Aber jeder Schlag überraschte mich mehr als der davor.

Ich dachte an die Schalentiere des Meeres. Stell dir vor, einen solchen Panzer um dich zu haben, redete ich mir zu. Dann spürst du nichts.

»Und die Masseusen?«

»Ja«, flüsterte ich.

»Mit ihren Zungen?«

»Nein.«

Er erlaubte mir, dass ich mir die Nase putzte und das Gesicht trocken rieb. Dann musste ich mich wieder in die Position begeben wie zuvor. Seine Stimme – und meine auch – klang jetzt kontrolliert. Wenn man uns jetzt draußen hörte, würde man meinen, wir führten eine ganz normale Unterhaltung.

»Wie denn? Mit den Fingern?«

»Ja. Und mit einer Sonnencremeflasche.«

Roger fing an zu lachen. Er warf den Kopf in den

Nacken und lachte. Als ich über die Schulter sah, bemerkte ich die Metallfüllungen in den Zähnen. Dann versetzte er mir völlig unerwartet einen Schlag, dass ich beinahe auf den Kopf gefallen wäre.

Ich musste mich auf alle Viere begeben. Seine Finger tasteten und zwickten überall. Wie eine Krake. Wie viele Hände hatte er? Er war zwischen meinen Beinen, auf meinen Pobacken, in der Kerbe, an der kleinen runzligen Öffnung, drückend, reibend, gierig.

»Nein.« Ich schüttelte vehement den Kopf. Ein Finger drückte sich in die Öffnung.

Ein einziges Mal, viele Monde zurück, hatte ich es ihm gestattet. Er hatte mich übers Sofa gedrückt, tief gebeugt und weit gespreizt, mich mit Vaseline eingeschmiert und meine Proteste missachtet.

»Das klappt nicht«, hatte ich immer wieder gemurmelt, aber eigentlich war es mir egal, denn ich wusste, dass sie, seine Frau, sich weigerte. Es konnte nicht schlecht sein, ihr etwas voraus zu haben. Aber es war die Hölle. Als wollte man eine Brühwurst in eine Streichholzschachtel quetschen. Selbst heute ist die Erinnerung an den Schmerz noch in mir lebendig.

»Ich verpasse dir einen von hinten.«

»Nein.« Ich sprang auf, aber mit einem geschickten Judogriff warf er mich aufs Bett.

»Du bist eine Schlampe.«

»Nein.«

»Du bist ein unanständiges Mädchen. Ich wusste gar nicht, wie unanständig.«

Er zwang meine Beine über seine Schultern. Einen Moment lang war ich abgelenkt, und meine Wachsamkeit ließ nach; wir würden es auf die gute alte Missionarsart treiben, das war ja fast schon romantisch.

Aber dann spürte ich seine Finger an der anderen Öffnung, als wollte er Löcher in den Sand bohren. Er schien genau zu wissen, was er suchte, und dann war er fündig geworden.

»Nein!«

Ich wand mich in seinem Griff und entkam ihm für einen kurzen Augenblick.

»Roger, hör auf!«

Er hörte nicht auf. Er drang zwischen die Backen. Er wusste, dass ich es hasse, dass ich es hasse und liebe zugleich, zwei Seiten einer Medaille.

»Roger!«, gurgelte ich.

Mir wurde schwarz vor Augen, aber nach seinen ersten Bewegungen war es keine Bestrafung mehr, ich fühlte mich auch nicht mehr ausgebeutet. Ich liebte es. Ich hatte ihn doch so schrecklich vermisst.

Sein Gesicht verzerrte sich in Agonie, Schweiß lief ihm von der Stirn, seine Augen schwammen in Tränen. Es kam ihm, es schoss tief in mich hinein, und Himmel, ich hasste mich dafür, aber ich schrie auf, als der Höhepunkt mich verriet.

Er hatte mir vergeben. Ich biss ins Kissen und jubelte innerlich.

Neunzehntes Kapitel

»Du glaubst doch nicht, dass ich dir schon vergeben habe?«, fragte Roger.

»Was?« Ich sah ihn überrascht an. Ich saß vorm Spiegel und bürstete meine Haare. Die Elektrizität sprühte Funken. Der Balkon wurde von der Sonne beschienen. Ich wollte mich in die Hängematte legen oder vielleicht zum Café spazieren.

»Du glaubst doch nicht, dass du in einer Nacht alles wieder gutmachen kannst?«

»Nein, ich …«

»Willst du, dass ich gehe?«

»Nein«, antwortete ich ohne zu zögern. »Ich will dich haben. Ich habe dich immer schon gewollt.«

»Na, bitte. Dann werden die Bestrafungsaktionen weitergehen.«

Ich lächelte, aber er lächelte nicht zurück. Seine Lippen waren wie ein Strich. Ich konnte mich nicht erinnern, wann er mich zuletzt angelächelt hatte.

»Ich werde dich fesseln.«

Ich lag auf dem Bett, erregt und nass vom Schweiß. Ich durfte nicht duschen. Er sah mich an und sagte laut, obwohl ich nicht glaubte, dass es eine Frage an mich war: »Soll ich dich auch noch knebeln? Nein, ich glaube nicht. Noch nicht.«

Er ließ mir nur eine Hand frei.

»Warum das denn?«, fragte ich.

»Ich will, dass du an dir spielst.«

Ich fing versuchsweise damit an. Er beobachtete mich. Wie sah ich aus? Gespreizt auf dem Bett, offen und eine leichte Beute.

»Ja«, murmelte er, »streichle dich.«

Ich strich über die feinen krausen Härchen, spürte meine eigene Körperhitze und drang in meine Höhle ein. Ich hätte alles für ihn getan. Ich krümmte den Rücken und hob den Po an. Meine Beine knickten ein. Die andere Hand war hinter meinem Kopf festgebunden.

»Sage mir, was du denkst ... Du denkst an all die anderen Männer, nicht wahr, du kleine Schlampe?«

»Nein.«

Ich dachte an ihn, wie er mich beobachtete. Und an sein hartes Gesicht, als er den Ledergürtel auf meine Pobacken geklatscht hatte. Ich dachte an seinen Schaft, an die Stimulierung, die Ekstase, die Befriedigung. Während mein Orgasmus abflachte, musste ich plötzlich an Lily denken. Warum hatte sie mich abgewiesen? Fand sie mich nicht attraktiv?

Roger band meine freie Hand auf den Rücken, dann drehte er sich um und ging aus dem Zimmer.

Die ersten paar Minuten dachte ich, er drückte sich draußen herum und beobachtete mich heimlich. Vielleicht redete er mit Selma oder schaute zu, wie sie ihre Wäsche wrang.

Dann nahm ich an, dass er ins Café gegangen war. Vielleicht wollte er sich mit einem Shake abkühlen. Ich schluckte, als saugte ich selbst den köstlichen Drink durch den Strohhalm. Oder er war an den Strand gegangen und schaute den Touris beim Volleyball zu. Er wartete auf Trent, wartete darauf, ihn verprügeln zu können, bevor er ihm sagte, was für eine läufige Hündin ich war.

Nach einer halben Stunde zog sich die Zeit unheimlich in die Länge. Ich konnte nur ahnen, dass es Nachmittag war. Die Hitze stand im Raum. Die Sonne drückte durch einen Schlitz im Vorhang und schuf hübsche Muster auf dem Boden. Ich roch Fleisch, das im Café gebraten wurde, und plötzlich spürte ich meinen Hunger. Meine Lippen fühlten sich wie Karton an, und in meinem Kopf bildete sich dichter Dunst. Wenn ich wenigstens den Ventilator einschalten könnte.

Selma und José kehrten in den Bungalow zurück. Zuerst stritten sie, aber ich konnte nicht hören worüber, dann war deutlich zu vernehmen, wie sie sich versöhnten. Ich fühlte, wie ich ganz feucht wurde, aber ich konnte nichts tun. Ich hob den Po an, ließ die Muskeln spielen, doch das alles half nicht wirklich.

Wenn Selma einen Seufzer ausstieß, seufzte ich mit. Nach einiger Zeit wurde es ruhig im Nachbarhaus, nahm ich erleichtert wahr. So erleichtert wie eine Mutter, wenn ihr Baby aufhört zu schreien.

Ich schätze, es war inzwischen früher Abend; ich wurde müde. Im trüben Licht betrachtete ich meinen ausgestreckten Körper. Die gespreizten Schenkel sahen wie Fleisch auf einem Fleischerhaken aus, und meine Brüste waren blass und lagen wie obszöne Teller auf mir.

Armer Roger. Der arme, arme Roger. Er liebte mich. Er war um die halbe Welt gereist, um dann zu erfahren, dass die Frau, die er liebte, nicht hatte warten können. Warum hatte ich nicht durchgehalten? Aber dann dachte ich an Lilys Hände auf meinen Brüsten, an Selmas Beine und ihre Zunge, an Trent, und als ich dann noch an Prem dachte...

Ich war froh, dass ich Roger alles gebeichtet hatte, denn ich wusste, dass wir nur durch Leiden zu einem neuen Verständnis finden konnten.

Ich hielt es aus, so lange es ging. Mein Bauch quoll auf. Die Blase schwoll an. Ich versuchte, alles zu ignorieren. Ich dachte an all die anderen armen Leute, die so vieles aushalten mussten. Folter war schlimmer. Was mir widerfuhr, geschah aus Liebe. Ah, wenigstens er liebte mich.

Es ging nicht mehr. Ich entspannte mich, und dann entleerte sich meine Blase. Es war ein erniedrigendes Gefühl. Seit ich neun war, hatte ich nicht mehr in die Hose gemacht, und damals auch nur, weil der Reißverschluss geklemmt hatte.

Was würde aus mir werden, wenn Roger etwas Schlimmes widerfahren war? Auf der tropischen Insel waren schon unheimlichere Dinge geschehen, und kaum jemand kümmerte sich darum.

Roger kam zurück, als es schon dunkel war. Den ganzen Tag war ich Gefangene im Bungalow gewesen. Er roch nach Whisky und sah ziemlich ramponiert aus.

»Ich habe ins Bett gemacht«, sagte ich.

Als er mich losband, schlug ich nach ihm, aber er war viel zu stark für mich.

»Benimm dich, sonst muss ich dich wieder fesseln.«

»Was willst du von mir?«, fragte ich und war den Tränen nahe, aber fest entschlossen, mir diese Blöße nicht zu geben.

»Viele Dinge«, antwortete er und wechselte das Thema. »Baby, du musst hungrig sein.«

In der Sunita Lodge aßen wir zu Abend. Zum Glück wurde das Essen prompt serviert. Prem sagte kein Wort.

Ich war zu verlegen, um in sein Gesicht zu sehen. Ob er Bescheid wusste? Wenn ja, würde er sagen, dass ich alles verdient hatte, was Roger mit mir angestellt hatte. Ausländische Frauen waren eben Schlampen; er hatte es immer schon gewusst.

Wir aßen eine scharfe Suppe und Nudeln. Rogers Nase war rot und schälte sich schon. Als ich sie berührte, wurde mir ganz anders. Mir war, als hätte ich ein intimes Teil von ihm berührt.

Wir sprachen davon, ob wir nicht irgendwann zu den Wasserfällen gehen sollten. Roger sagte, die Meeresluft täte ihm gut.

»Ich wäre heute auch gern schwimmen gegangen«, sagte ich.

Er hob eine Augenbraue. »Aber Abigail, das ist so etwas wie eine Belohnung, und du bist zu böse, um belohnt zu werden.«

»Was hast du denn den ganzen Tag lang gemacht?«, flüsterte ich.

»Ich habe mir das Mädchen in der Bar angesehen.«

Ich sagte nichts. Ich glaubte, dass er log.

Auf dem Weg zurück zum Bungalow blieb Roger unter einigen Bäumen stehen. Ich sah glitzernde Spinnennetze und winzige Insekten beim Paaren. Genau danach stand auch Rogers Sinn, und ich war nur allzu bereit. Er liebte mich. Sehr.

Ich konnte nicht sprechen. Ich hatte kaum Luft, um ihn zu küssen. Oh, ja, er hatte Kontrolle über mich. Meine inneren Muskeln zuckten und hörten nicht auf damit, und ich küsste ihn feucht, schlabberte seinen Mund zu mit meinem Speichel. Ich war besser als jedes Barmädchen.

Er hielt einen Schenkel in seiner Hand, und ich hob das Bein noch ein wenig höher und drückte den Fuß in seinen

Rücken. Auf diese Weise hatten wir es noch nie geschafft, aber an diesem Abend würde es gelingen. Die Luft war schwer, und ich hatte eine Ahnung drohenden Unheils.

Meine Hände lagen auf seinen Backen, ich zog sie näher heran, damit er tiefer eindringen konnte. Er sollte mich pfählen, spalten, rammen. Immer und immer wieder. Ich antwortete auf jeden seiner Stöße.

»Hör nicht auf«, keuchte ich. »Ich will, dass es ewig so weitergeht.«

Er kontrollierte sein Pumpen.

»Oh, Mann, bewege dich nicht.« Ich hüllte ihn ein, er war das Geschenk und ich die Hülle, das hübsche Papier. »Es fühlt sich wunderbar an, Roger. Hör nicht auf, es ist phantastisch. Du bist phantastisch.«

Ich wisperte ihm alle möglichen Dinge zu, Dinge, die ich ihm noch nie gesagt hatte. Ich gab mich ihm total hin. Ich war kein Mensch mehr, vielmehr eine Fickmaschine, sein Spielzeug. Ich wollte, dass er mich wie eine Gummipuppe benutzte, er konnte sich bedienen und mich abfüllen.

Ich erinnerte mich daran, was Randy über geräuschvolle Mädchen gesagt hatte und über Melinda. »Ja, ja«, schrie ich in Rogers Ohr. »Ich komme ...«

Er wusste das ohnehin, aber ich musste es ihm trotzdem sagen, um die Wirkung meiner Worte zu spüren. Was ist ein Weihnachtsbaum ohne Dekoration, und was ist ein Orgasmus ohne Deklaration?

»Ich komme.«

Er ächzte zwischen zusammengebissenen Zähnen, und ich hielt ihn fest umschlungen. Pochend ergoss er sich in mir, köstlich wie nie. Ja! Ja! Ja!

Am folgenden Nachmittag hangelte sich Prem durch die Äste einer Baumspitze. Ich hatte gesehen, wie er in den Baum geklettert war. Er schwang sich hinauf und kletterte immer höher. Dann folgte sein Kumpel, und die beiden führten sich wie Affenjunge auf und warfen Kokosnüsse auf den Boden. Eine rollte zu mir. Ich hob sie auf und legte sie in den Weidenkorb, den die Kinder schon fast gefüllt hatten.

Bald scharten sich mehr Zuschauer um den Baum herum, angelockt vom Spektakel. Trent gesellte sich mit zwei Mädchen dazu, Touris in Bikinis.

Ich sagte hallo, aber er hörte mich nicht oder wollte mich nicht hören.

»Das ist die zweithäufigste Todesursache auf der Insel«, sagte er seinen Begleiterinnen.

»Was denn?«, fragte eines der Mädchen mit einem breiten Sonnenhut.

»Erschlagen von einer Kokosnuss.«

Einige der Umstehenden lachten nervös und schlichen sich aus der direkten Gefahrenzone.

Ich blieb und bewunderte Prems pralle Armmuskeln, wenn er sich nach der nächsten Kokosnuss streckte.

»Nein, ehrlich, das stimmt«, bekräftigte Trent.

»Und was ist die häufigste Todesursache?«

»Motorradunfälle.«

Mit großen Augen starrte ich zum Baum hoch. Mein Herz schlug schneller, aber ich dachte nicht an Tod, als ich Prem beobachtete.

»Abby, komm her«, rief Roger. Er stand in der Haustür wie ein Mann, der seinen stromernden Hund zurückpfiff.

Das nächste Mal fesselte er mich mit einer Wäscheleine an einen Holzbalken im Zimmer.

»Wo hast du die Wäscheleine her?«

»Der Kerl aus der Sunita Lodge hat sie mir gegeben. Dein Freund.«

Roger hatte sich noch nicht bemüht, irgendwelche Namen zu lernen.

Ich stand leicht gespreizt da, noch fester gefesselt als beim letzten Mal. Völlig fruchtlos stemmte ich mich gegen die Schnüre und Knoten.

»Die Schnüre sind ein bisschen zu stramm«, jammerte ich, das Gesicht rot vor Erregung.

»Sie sind genau richtig.«

In Büchern und Filmen ist es immer so, dass man sich in seinen Fesseln noch ein wenig bewegen kann, oft auch deshalb, damit Befreiungsversuche gelingen, aber Roger ließ mir diese Hoffnung nicht. Ich atmete schwer, und mein Herz klopfte schmerzend gegen die Rippen.

Nebenan konnte ich das Quietschen der Hängematte hören. Ich nahm an, Selma lag in der Matte, die langen gebräunten Schenkel weit gespreizt, offen für die Welt.

»Du bleibst die ganze Nacht so stehen«, sagte Roger und zog den Strick um meinen Fuß fest.

»Du machst Witze, oder?«

»Nein.« Er legte sich aufs Bett und blätterte durch meinen Reiseführer. Mich ignorierte er völlig.

Die Schnüre um meine Brust schnitten mir in die Haut. Meine Nippel waren hart geschwollen, aber schon jetzt war mir kalt. Und ich fühlte mich äußerst unbehaglich. Ich war verschnürt wie eine Mumie.

»Roger.« Ich wollte keine Panik in meine Stimme einfließen lassen, aber ein leichtes Zittern konnte ich nicht vermeiden. »Ich kann nicht die ganze Nacht so bleiben.«

»Ja, gut.« Einen Arm hatte er hinter dem Kopf. Sein dicker *schlong* erwachte zwischen den Fingern der anderen Hand zu neuem Leben. Ich starrte hungrig hin. Er schob die Vorhaut zurück, und die pralle Eichel schien mich triumphierend anzulächeln.

Roger schien gar nicht darauf aus zu sein, sich wirklich zu befriedigen. Er fing zu reiben an, hörte gleich aber wieder auf, als hätte er von Schokoplätzchen genascht, die zwar köstlich waren, aber dick machten. Ich bin anders – wenn ich mal mit dem Streicheln anfange, muss ich weitermachen, bis ich mein Ziel erreicht habe.

»Ich kann dich saugen«, bot ich ihm an.

Mein Mund fühlte sich trocken an, aber der Schaft sah verlockend aus, köstlich, arrogant und kontrolliert. Ich war verrückt und nass. Er rieb wieder kurz über den Schaft und stöhnte, als hätte er Schmerzen. Unter der kräftigen Stange zog sich der Hodensack zusammen, voll von Sperma, das ich sehen wollte.

»Ja, du kannst was für mich tun«, sagte er lässig. »Um es wieder gutzumachen.«

Ich seufzte vor Furcht und Lust. Atme tief durch, Abby. Er kam lauernd auf mich zu und hatte plötzlich eine Gurke in der Hand.

»Wo hast du die denn her?«

»Von deinem Freund.«

»Was hast du ihm denn gesagt?« Ich fühlte mich ganz schlecht. Was musste Prem von mir denken? Gurken und Wäscheleine. Meine Pobacken schmerzten noch von den Bestrafungen der letzten Tage. Außerdem musste ich dringend zur Toilette. Ich hätte alles getan, um mich endlich wieder frei bewegen zu können. Alles.

»Öffne deine Beine weiter, Liebling. Ich kann ja gar nichts von dir sehen.«

Er lehnte sich gegen die Wand, starrte auf meine Mitte, öffnete meine Schenkel weiter und spürte nicht einmal, dass ich zu zittern begonnen hatte. Er fuhr mit den Händen an den Innenseiten meiner Schenkel auf und ab, als modellierte er Ton.

»Du hast eine wunderbar weiche Haut«, sagte er, und ich lächelte glücklich über das unerwartete Kompliment. Seine Hände streichelten meine Pussy. Ich wollte mich sträuben, aber er war ganz lieb und zärtlich, teilte die Labien und fuhr mit dem Zeigefinger an den geschwollenen Lippen entlang.

»Bitte«, murmelte ich.

»Himmel, du läufst ja schon aus.«

»Ja, ja, komm, tu was.«

Ich brauchte was Festes. Mein Unterleib ruckte vor und zurück. Ich brauchte mehr, viel mehr als nur seinen Zeigefinger. Ich war offen wie eine Blume. Ich kam mir klein und bescheiden vor. Er neckte mich mit der verdammten Gurke.

Ich stöhnte laut. Staunend schaute ich auf meine erigierten Brustwarzen. Roger zwickte sie, quetschte sie und zog sie in die Länge.

»Quäl mich nicht«, sagte ich. »Du bist es, den ich brauche. Binde mich los«, bettelte ich.

»Zuerst musst du ja sagen.«

»Zu was?«

»Zwei Dinge.«

»Okay. Welche?«

»He, eins muss dir klar sein, wenn du einmal zugestimmt hast, kannst du dein Wort nicht mehr zurücknehmen, okay?«

»Ja, gut, versprochen.«

Verdammt, ich hätte ihm in diesem Moment alles versprochen. Er knotete mich auf und befreite mich von meiner Folter. Ich sackte erschöpft auf den Boden.

Zwanzigstes Kapitel

Sie werden sich wundern, warum ich überhaupt zustimmte. Ich nehme an, Sie halten mich für eine dumme Kuh. Ich weiß, wenn die Situation anders herum wäre, und ich erführe von einer Frau, die sich so verhielt wie ich, hätte ich kaum Sympathie für sie. Wie beim Kasperltheater, wenn alle rufen: »Er ist hinter dir«, so murmeln Sie mir die ganze Zeit zu: »Er ist verheiratet.« Ja, war er, das muss ich zugeben.

Ich könnte zu erklären versuchen, dass ich das alles nur getan habe, weil ich ihn liebte. Ich fühlte mich schuldig und wollte Buße tun. Aber obwohl das alles zutraf, war es nicht die ganze Wahrheit.

Die Insel hatte mich verändert. Ich fühlte die Hitze unter meiner Haut, das Feuer im Herzen, die Freiheit und die Anonymität. Ich brauchte keine Sicherheit, keinen Beschützer. Ich war ja so cool. Was mich früher besorgt oder verängstigt hatte, spielte nun keine Rolle mehr. Ich wollte nur meine Grundbedürfnisse erfüllen.

He, nun sagen Sie nicht, dieser Verlockung wären Sie nicht erlegen. Wenn Sie die Gelegenheit hätten, erstens mit einer Frau zu schlafen und zweitens eine Nacht lang Ihren Körper zu verkaufen – wollen Sie mir weismachen, Sie wären nicht wenigstens ein bisschen neugierig gewesen?

An diesem Abend richtete mich Roger her, als wäre ich sein Baby Doll. Er legte mich behutsam aufs Bett. Ich fühlte Tränen der Freude und des Schmerzes, und ich zitterte am ganzen Leib. Mein Herz zersprang vor Liebe zu ihm.

Ich konnte ihn glücklich machen! Er war zu mir gekommen. Ich drückte ihn an meinen Busen und griff in seine dunklen Haare. Er schob sich hinunter zu meiner feuchten Stelle und seufzte vor Lust, als er sie erreicht hatte. Ich ließ mich von ihm lieben, und seine Küsse wuschen den Schmerz weg.

Ich liebe dich, ich liebe dich.

Ich fügte mich in alles. Mir war heiß, und ich fühlte mich benommen. Er sorgte sich und fürchtete, ich könnte ausgetrocknet sein, aber ich sagte ihm, ich wäre in Ordnung. Er entschuldigte sich für alles, was er mir angetan hatte.

»Nein, nein, ich muss mich entschuldigen«, sagte ich, legte meine Hände auf seine Wangen und zwang ihn, mich anzusehen. Er entschuldigte sich wieder und sagte, er hätte die Kontrolle über sich verloren, aber mir hätte es doch auch gefallen, oder nicht? Ja, gab ich zu, aber die Art, wie er es getan hatte, schmerzte mich. Er hatte nicht auf meine Zustimmung gewartet. Er sagte, das Gegenteil von Liebe sei Gleichgültigkeit. Ich erregte ihn zu sehr, sagte er.

Ich erregte meinen Roger zu sehr!

Er sagte, ich müsste in Dunkelheit liegen und warten. Er würde Selma zu mir schicken. Ja, sie wusste alles über meine Bestrafung. Sie wollte helfen und Teil der Bestrafung sein. Roger wollte nur zuschauen. Er wollte mir nicht sagen, von wo aus er zuschauen würde, aber ich könnte mich darauf verlassen, dass er alles sehen würde.

Wir zerrten an unseren Kleidern. Sie fuhr mit den Händen unter mein Kleid, aber ich hatte Probleme mit ihrem; es war so eng. Ihre Haut war so durchsichtig, und als ich mit einer Hand über ihren Rücken fuhr, war es, als streichelte ich Alabaster.

Wir küssten uns, und ich fühlte den Schock unseres Kontakts von Mund zu Mund. Ich ahnte, dass sie es eilig hatte, zu den wichtigen Dingen vorzustoßen, was mir gar nicht behagte. Ich war nervös und wollte sie hinhalten. Sie küsste gut, was mich nicht überraschte. Sie nahm meinen Mund in Besitz, und so sehr ich auch versuchte, es ihr gleichzutun – sie war es, die Kontrolle ausübte.

Sie zog den Spiegel zu uns herunter. Wir öffneten uns auf dem Bett und betrachteten uns gegenseitig im Spiegel. Zwei hungrige Ovale, die nach Stimulierung lechzten, nach Befriedigung.

Ich hatte Selma so oft mit José gesehen, aber bei mir war sie anders. Wenn sie mit ihm zusammen war, ließ sie ihn vorangehen, bei mir war sie die Aktive, und obwohl ich nicht passiv war, gab sie vor, wie sich die Schau entwickelte.

Selma öffnete die Schenkel weit und brachte mich dazu, sie zu streicheln. Nicht, dass ich es nicht gern getan hätte, aber sie warf sich mir entgegen, und meine Finger glitten tief in sie hinein. Selma stieß leise Stöhnlaute aus und begann sich zu bewegen. Sie lag halb auf dem Rücken, halb saß sie da, und so ruckte sie mir entgegen, ruckte vor und zurück, begleitet von lustvollem Stöhnen, die Augen dunkel und halb geschlossen. Sie stöhnte lauter und sagte, ich sollte einen Finger mehr nehmen.

Sie umfing meine Schultern, strich über meine Haare und sagte mir, wie schön ich wäre. Ich glaubte ihr. Ich war anders als sie, schwerer, voller, weicher, vielleicht sogar unanständiger. Vielleicht gefiel ihr diese Seite an mir. Wir küssten und kosten uns. Sie befühlte meine Backen, und als ihre Fingerspitzen über die Striemen glitten, schien sie das noch zusätzlich zu erregen. Sie sagte, sie wüsste, dass ich ein verdorbenes Mädchen wäre, das gern gezüchtigt würde. Ich hielt sie fest an mich gepresst, biss ihr in den Nacken und rieb meine Nippel fest gegen ihre.

Ich konnte im Spiegel verfolgen, welches Bild wir abgaben und fragte mich, von wo aus Roger uns beobachtete. Ich bemühte mich, meine Erregung nicht allzu deutlich zu zeigen, schließlich sollte dies Teil meiner Bestrafung sein.

Zu wissen, dass ich beobachtet wurde, fügte meinem Zusammensein mit Selma eine zusätzliche Dimension hinzu. Zur Intimität kam die Darstellung. Sahen wir wie zwei aneinander klammernde Tiere aus, geschmeidig wie Wildkatzen? Ich liebte Roger so sehr, dass ich mich für ihn darauf einließ. Ich bewegte mich für ihn. Er sollte es genießen.

»Ist das gut für dich? Gefällt es dir so?«

Sie sagte, ich sollte aufhören zu fragen und das tun, was mir gerade in den Sinn kam.

Sie schob einen Finger in mich hinein. »Puh, du bist ja klatschnass! Wie an dem Tag in der Bucht, erinnerst du dich an die Luftmatratze?«

Die Erinnerung heizte uns noch mehr ein. Wir drehten uns dem Spiegel zu und lagen Seite an Seite, bis sie mich auf den Rücken drückte und sich auf mich legte. Ich sah wild aus, mein Gesicht so ekstatisch wie Selmas im Flugzeug, die Lippen rot wie Erdbeeren, die Augen weit geöffnet, die Haut so braun wie Toffeebonbons.

Selma schwang sich herum und schob ihren Schoß auf mein Gesicht, während ich fühlte, wie sie meine Labien mit den Fingern öffnete und ihre Zunge in mich hinein trieb. Ich stöhnte auf und gab ihr einen Klaps auf die gespannten Backen. Sie pumpte mit dem Schoß, und ich drückte sie auf mein Gesicht und stieß in ihre glitschige Nässe. Ich hoffte inständig, dass sie nicht aufhörte, mich zu lecken.

»Mehr, bitte, mehr.«

»Ja?« Ich wurde immer besser. Ja, ich kannte mich mit dem Körper einer Frau aus, wusste, wo die Massage besonders gut tat. Alles für Roger. Siehst du, wie sie sich windet?

»Oh, ja, ja, genau so.«

Sie arbeitete an mir, setzte Finger und Lippen ein, und ihre Zunge streichelte meine verwundbarsten Stellen. Meine ganze Welt geriet ins Wanken, mein Körper implodierte. Ich wurde geschüttelt, dann breitete sich eine wohlige, beruhigende Wärme in mir aus.

»Trent hat gesagt, du kämst immer wahnsinnig schnell«, hörte ich Selma sagen.

Einundzwanzigstes Kapitel

Wir standen auf der Straße und überlegten, was wir als nächstes tun sollten, als ein Auto anhielt. Ich hatte es schon einmal um den Block fahren gesehen, aber jetzt hielt es an, die Fenster nach unten gekurbelt.

Zwei Männer saßen im Fahrzeug. Roger ging zu ihnen und sprach mit ihnen.

»Was wollen sie?«, fragte ich, als er zurückkam und sich verlegen übers Kinn rieb.

»Sie wollen eine Stunde lang eine Frau haben.«

Ich leckte mir nervös die Lippen. Ich konnte von den Männern nur die rosa gerösteten Nacken sehen. Mehr wollte ich auch gar nicht von ihnen sehen. Ich schluckte. Meine Nippel wurden hart, als ich an die Stunde dachte. Nur eine Stunde.

»Soll ich das tun?«

»Das musst du wissen«, sagte er, obwohl ich glaubte, dass das nicht ganz stimmte.

»Wie viel soll ich verlangen?«

»Dreitausend.«

Ich öffnete die Autotür, und dabei empfand ich ein verblüffendes Machtgefühl. Ich setzte mich dem Beifahrer auf den Schoß und legte einen Arm um seine Schultern. Jetzt konnte ich ihn sehen. Fleckig roter Hals, schwammige Babyhände. Zum Glück hatte er einen sanften Gesichtsausdruck. Auch der andere Mann hatte ein rosiges Gesicht. Beide waren nicht nervös und auch nicht arrogant. Dies war nicht ihr erstes Unternehmen dieser Art, aber zu oft hatten sie es auch noch nicht getan.

»Wo kommt ihr her?«

Damit hatte ich eines der wichtigsten Gebote bei solchen Geschäften missachtet: Nicht sprechen. Sie sahen mich überrascht an, deshalb fügte ich rasch hinzu: »Ich kann euch einen Blowjob besorgen.«

Ich hockte mich in den Fußbereich. Der Belag war sauber; Leihwagen sind meistens gut gepflegt, nur mit dem Mindesten ausgestattet, aber sauber.

Der Beifahrer schien begeistert zu sein. Ich fing an, seinen Hosenstall aufzuknöpfen und spürte, wie bei mir die Säfte zu fließen begannen. Ich stellte mir vor, ich könnte das für alle Männer auf der Welt tun. Ich stellte mir vor, ich könnte sie auf diese Weise von ihrem Rassismus heilen, ihrem Sexismus, ihren Schmerzen.

Er war klein. Selbst als er hart war, blieb er klein. Aber er versteifte sich rasch. Steif wie ein Bügelbrett. Ich nahm ihn auf, nahm die ganze Länge in meinen Mund und geriet mit dem Gesicht auf seinen dicken Bauch.

Der Fahrer wartete geduldig. Die beiden unterhielten sich miteinander. Ich wollte nicht, dass der Kurze zu schnell kam – okay, eine gute Prostituierte würde ich wohl nicht werden.

Ich richtete mich auf und zog mein T-Shirt mit der Beschriftung in Thai über den Kopf. Ich wollte ihnen meine Brüste zeigen.

»Wie viel?«, fragte der Beifahrer.

»Der geht aufs Haus«, murmelte ich.

Der pausbäckige Bursche saugte an meinen Warzen. Er war nicht so zärtlich, wie ein richtiger Liebhaber sein würde, aber für einen zahlenden Kunden war er nicht schlecht. Ich fühlte mich wohl.

He, verdammt, der saugt mich noch zum Höhepunkt, dachte ich. Ob er das merkte? Um mich abzulenken, beschäftigte ich mich mit dem Fahrer. Er war auch nicht größer, aber trotzdem wurde ich immer heißer. Ich schob eine Hand in meinen Slip.

»Lass mich das tun«, sagte der Fahrer. Er beugte sich vor und streckte seine Hand aus, und als er in mich eindrang, stieß er einen Laut des Erstaunens aus. Eine Hure, die so erregt bei der Sache war, hatte er bestimmt noch nicht erlebt.

Ich nahm mir wieder den Kurzen des Beifahrers vor und überließ mich der Hand des Fahrers. Je mehr ich stöhnte, desto forscher drang die Hand in mich ein. Roger würde mich für meine unerschrockene Art noch mehr lieben.

Eine halbe Stunde später stand ich wieder auf der Straße. Roger wartete auf mich in den Schatten. Er rauchte eine Zigarette. »Wie viel haben sie dir gegeben?«

»Niemand zahlt für meinen Körper.«

Roger antwortete nicht, aber ich meinte, ein Lächeln gesehen zu haben.

Zweiundzwanzigstes Kapitel

Roger war vor einer Weile ausgegangen, aber er hatte versprochen, nicht zu lange wegzubleiben. Seine Bräune war tiefer geworden, während ich meine Farbe allmählich verlor, aber das war mir egal. Ich saß im Dunkeln. Er hatte die Jalousien heruntergelassen, aber die gute alte Ritze war noch da, durch die ein schmaler Lichtstreifen ins Zimmer fiel.

Auf meine Bitte hin hatte er den Ventilator angelassen. Wenn ich davor saß, wurden meine Nippel hart wie Porzellan. Sie lechzten nach Beachtung. Nachdem er mich gefesselt hatte, hatte er mir gesagt, ich sähe aus wie eine antike Statue aus Rom oder so, die Brüste hoch angesetzt, die Pobacken straff. Ich hatte gelacht. Meine Handgelenke waren auf den Rücken gebunden, aber ich glaubte, dass ich sie über den Kopf heben konnte, wenn ich es wirklich versuchte. Ein Bein war ans Bett gebunden, das andere konnte ich eingeschränkt bewegen.

Am Morgen war er wie ein Wilder über mich hergefallen. Was ich gestern getan hatte, war ein wilder Spaß für ihn gewesen, und für mich natürlich auch. Ich fragte mich, welches Leben wir führen würden, wenn wir endlich zusammen lebten. Zwei verrückte Menschen, die offenbar vor nichts zurückschreckten. Betrachteten wir uns als Bohemiens? Offenen Beziehungen hing der Mief der Siebziger an, Partnertausch im Vorstadtmilieu. Das klang nicht sehr verlockend – oder?

Ich kroch über den Boden zu seiner Reisetasche, die sich in meiner Reichweite befand. Über den Boden kriechen – das hatte ich auch heute Morgen tun müssen. Erniedrigend. Der Boden war sandig, und an einigen vorstehenden Nägeln hatte ich meine Knie aufgeritzt. Ich musste seine Füße lecken, sie waren nicht sauber, aber ich hatte es bereitwillig getan.

Ich langweilte mich. Mit dem Mund zog ich den Reißverschluss seiner Reisetasche auf. Ich sah das Schweizer Armeemesser und fragte mich, wie ich es öffnen könnte.

Ein dünner Umschlag von einer Fluggesellschaft. Drinnen sein Ticket und der Reisepass.

»Wir könnten einen Film drehen«, hatte er gestern Abend gesagt. »Vielleicht unter dem Titel ›Fesselndes Thailand‹, was sagst du dazu?«

»Niemand würde glauben, was wir hier erlebt haben«, gab ich zurück. Ich war stolz auf meine Erfahrungen. Es war nichts, was ich meinen Kindern (unseren Kindern!) erzählen würde, aber die Erinnerung konnte mir niemand nehmen.

Ich zog den Pass mit meinen Zähnen aus dem Umschlag. Da ich die Hände nicht gebrauchen konnte, blätterte ich die einzelnen Seiten mit den Lippen um. Ich sah auf sein Passbild, und natürlich sah er auch auf dem kleinen Foto wunderbar aus.

Warum sagten die Leute in meiner Umgebung, dass ich immer nur auf nicht erreichbare Bastarde abfahre? Das stimmte nicht. Ich drehte die nächste Seite mit den Lippen um.

Und dann stand Roger im Zimmer.

»Was, zum Teufel, machst du da?«

»Nichts.«

»Wieso stöberst du in meinen Sachen?«, brüllte er und riss die Reisetasche an sich.

Er weigerte sich zu sagen, wo er gewesen war. Aber ich wusste es. Ich zählte zwei und zwei zusammen – er war zu Selma gegangen. Er hatte Kratzspuren auf dem Rücken, und von mir stammten sie nicht. Wie hätten sie auch von mir sein können? Meine Hände waren gefesselt wie bei einer Kriminellen.

Er schien zu glauben, dass meine Untreue ihm das Recht gab, nun völlig frei leben zu können. Ich dachte, er wollte mich wieder bestrafen, aber stattdessen band er mich los, und dann liebten wir uns wütend und leidenschaftlich. Ich mochte es wild und gewaltig. Es war schon einmalig mit uns – wir fickten, aber gleichzeitig war es auch ein verliebtes Paaren. Er zog an meinen Titten, als wären sie seine Feinde. Er fiel über meinen Mund her, schlabberte mich voll und schlang seine Beine um mich, als wollte er mich am Fortlaufen hindern.

»Wie geht es Angela?«, fragte ich kühl, als wir fertig waren. Plötzlich fühlte ich mich schmutzig, als hätte ich guten Sex mit einem Fremden gehabt.

Sei nicht albern, schalt ich mich, Roger ist doch kein Fremder. Er ist doch die Liebe meines Lebens. Trotzdem spürte ich, wie die erhitzte Atmosphäre zwischen uns zusammenbrach wie eine überladene Sandburg, und nichts von der Ekstase, die wir eben noch empfunden hatten, blieb zurück.

»Ganz gut. Sie ist für ein paar Wochen zu ihrer Mutter gefahren.«

Mir war es unbehaglich, über Angela zu reden, aber ich wollte von ihr hören, wollte erfahren, ob sie besser war als ich. Roger wischte sich den Schwanz ab und warf das Papiertuch auf den Boden, wo schon andere lagen.

»Deshalb hast du dich also verdrücken können«, sagte ich.

»Ja«, gab er zu. »Obwohl ich noch nicht weiß, wie ich ihr das hier erklären kann.« Er deutete auf seine Nase, die sich pellte. Wir hatten uns lustig darüber gemacht, dass er wie Rudolph, das Rentier aussah, aber jetzt konnte die rote Nase verraten, wohin er sich abgesetzt hatte.

»Aber wie geht's ihr allgemein?«

Eine Freundin hatte mir mal vorgeworfen, ich wünschte Angela Krankheiten an den Hals. Aber das stimmte nicht. Ich wollte sie gesund und kräftig haben, sonst würde Roger sich nie ein Herz fassen. In der Firma rief Angela ab und zu an, und ich musste sie zu ihrem Mann durchstellen. Offenbar wusste sie nicht von mir, denn sie war stets höflich, sehr höflich. Einmal haben wir uns auf einer Party getroffen. Sie ist eine schöne Frau, hat diese klassische Schönheit, aber perfekte Menschen sind nicht immer perfekt für einander.

»Ach ja, das wollte ich dir noch erzählen«, sagte Roger. »Sie ist wieder schwanger. Deshalb bin ich überhaupt gekommen, denn es sieht so aus, dass ich eine Weile keinen Urlaub mehr machen kann.«

Seine Worte drehten sich in meinem Kopf. Ich versuchte zu begreifen, was er gerade gesagt hatte. Roger rollte sich auf die Seite und legte seine Hand auf meine Schulter.

»Schlafen wir. Es war ein langer Tag.«

»Ist es dein Baby, Roger?«

»Natürlich ist es mein Baby. Von wem soll es denn sonst sein?«

Ich sprang auf und rannte hinaus, lief an den Cafés vorbei und an den Telefongeschäften. Angela war schwanger! Sie erwartete ein Baby! Wie war das passiert? Der Klapperstorch? Nein, es war Rogers Erektion, sein harter Schwanz, seine Erektion, sein Orgasmus.

In diesem Moment dachte ich nur an den Sex zwischen ihnen. Noch dachte ich nicht an die Konsequenzen, die ein Baby mit sich bringen würde. Ich sah ihn im Bett mit ihr, wie sie sich küssten und streichelten. Schrie sie, wenn es ihr kam? Wusste sie, worauf er stand? Natürlich. Sie hatte es öfter mit ihm getrieben als ich.

Und mir hatte er ein schlechtes Gewissen eingeredet. Hure und Schlampe hatte er mich genannt, dabei hatte er mich viel hinterhältiger betrogen als ich ihn. Schließlich hatte ich nicht wirklich Sex gehabt. Und ich hatte nicht gelogen.

Aber sie wäre nicht schwanger geworden, wenn ich nicht nach Thailand geflogen wäre. In seiner Einsamkeit hatte er wieder den Weg ins Ehebett gefunden.

Ich wanderte am Strand entlang und wusste, dass ich ihm vergeben würde. Moralisch war ich nicht höher einzustufen als er; auch ich war der Versuchung erlegen, wie konnte ich ihm da seine Schwäche vorhalten? Nichts ist ganz schwarz oder ganz weiß; selbst die Sterne am Nachthimmel waren mit einem leichten Wolkenfilm überzogen.

Ich schlenderte weiter und ließ die Bungalows hinter mir. Andere Menschen kamen mir entgegen. Ich hörte einen Hund Mitleid erregend heulen und sah zwei Körper unter einer Decke, die sich rhythmisch bewegten. Ich stand da und schaute zu den Sternen hoch. Nur noch ein paar Tage bis Vollmond. Ganz egal, was hier unten passierte, nichts konnte den Weg des Mondes aufhalten. Was Roger auch immer sagte, was Roger auch immer mir antat. Ich wünschte, ich wäre auch so unerschütterlich wie der Mond.

Dann begann es zu regnen. Wie aus Eimern schüttete es. Die Wolken öffneten sich, und in wenigen Minuten war alles klatschnass. Über der Bucht zuckten grelle Blitze, und der Donner ließ die Bungalows erzittern. Die Menschen um mich herum gerieten in Panik, holten rasch die Wäsche herein und riefen nach den Kindern. Der Wind wurde stärker und trieb Unrat und abgebrochene Äste vor sich her.

Ich rannte zu meinem Bungalow zurück, aber ich blieb draußen auf dem Balkon. Ich setzte mich auf die Treppe und sah zu, wie das Wasser vom Himmel fiel. Dicke Tropfen klatschten vom Dach auf meine Stirn, und von dort rannen sie über meine Nase. Auf dem Boden bildeten sich große Lachen, in denen die Tropfen muntere Ringe bildeten. Ich weinte, ich konnte nicht aufhören zu weinen. Vielleicht hatte der Regen in mir etwas gelöst.

Prem musste gerade seine Schicht beendet haben. Zuerst hörte ich nur sein Motorrad, dann sah ich es auch. Er winkte mir zu, und ich winkte verlegen zurück. Er hielt an und stellte sein Bike ab. Er trug keinen Helm, und sein Schuhwerk war für dieses Wetter auch nicht geeignet. Die nackten braunen Füße steckten in leichten Sandalen. Das weiße Hemd klebte an seinem Körper, und ich konnte die beiden Brustwarzen wie glänzende braune Knöpfe sehen. Das hagere Gesicht schien im Regen zu glänzen.

Ich stand von der Treppe auf und ging langsam auf ihn zu, während der Regen wie eine Peitsche unsere Körper traktierte. Wie magnetisiert ging ich auf ihn zu. Als ich auf Armeslänge vor ihm stand, starrte er mich an, dann streckte ich mich nach ihm und zog ihn fest an mich. Ich strich über seinen Rücken und fühlte, wie glatt er war.

Er stand hölzern da, aufrecht wie ein Pfeil. Seine Haare waren klatschnass und meine auch, aber ich blieb bei ihm, die Arme um meinen Thai geschlungen, die Augen nass von meinen Tränen. Er sagte nichts. Wenn er mich jetzt nehmen wollte, hätte ich es sofort geschehen lassen. Wenn er meine Brüste unter dem nassen Top berührt hätte, hätte ich ihn gewähren lassen und seine Hand weiter nach unten geführt. Wenn er den Kopf gesenkt und seine Lippen auf meinen Mund gepresst hätte, wäre es zu einem leidenschaftlichen Kuss gekommen.

Aber stattdessen hob Prem nur einen Arm und legte ihn auf meinen Kopf. Er strich über meine Haare, sanft und behutsam, als wäre ich ein verscheuchtes Tier. Und der Regen trommelte weiter auf uns.

Roger schlief schon, als ich ins Zimmer trat. Ich schälte meine nassen Klamotten vom Leib und kroch ins Bett. Ich schmiegte mich an ihn und versuchte den pochenden Regen auf dem Dach und die lauten multiplen Orgasmen von nebenan zu ignorieren.

Ich fühlte noch die Reste von Rogers Erguss, vermischt mit meinen eigenen Säften, zwischen meinen Schenkeln.

Roger war alles, was ich hatte.

Dreiundzwanzigstes Kapitel

Am Hof herrscht das große Chaos. Und immer noch weiß sie nicht, wer der Mann ist, der ideal zu ihr passte. Sie steht da und versucht, pompös auszusehen, wie eine Sklavin gekleidet. Ihre Zähne mahlen, als kaute sie ein Kaugummi.

»Was ist denn los?«

»Oh, Himmel, nein«, sagt der Zeremonienmeister. »Das geht doch nicht so.« Alle machen lange Gesichter, als hätten sie etwas gesehen, was sie nicht sehen wollten.

»War es das Glied des Königs?«, fragt sie den Höfling, der neben ihr steht.

»Himmel, nein!«

Der Höfling, armer Kerl, beginnt zu weinen. Er setzt sich auf den Boden und sitzt in einer Pfütze seiner eigenen Tränen. Andere Höflinge setzen sich zu ihm, sie schlagen die Beine übereinander und weinen.

Sie hat die Nase voll. Ihr Körper schwingt und besteht auf einer Wiederholung. Wer war es, der perfekt in sie passte, wer war der Besitzer dieses stolzen Penis?

Sie lässt wieder einen Versuchsballon steigen.

»War es der stumme Mann?«

Diesmal sagt der Höfling nichts. Er birgt sein Gesicht nur noch tiefer in seine Hände.

»Will mir niemand sagen, was los ist?«

Sie geht hinüber ins innere Sanktum und sieht, dass dort eine heftige Diskussion begonnen hat. Die Weisen streichen ihre Bärte. Frauen legen ihre Babys an ihre vollen Brüste.

Wenigstens drei Männer warten noch darauf, dass sie an der Reihe sind. Sie stehen unschlüssig da und sehen aus, als fürchteten sie, betrogen worden zu sein.

»Eure Hoheit«, sagt sie laut, als sie auf ihn zu schreitet, »habe ich mir durch irgendeine Missetat Euren Unmut zugezogen?«

»Nein, ich ...«

»Was ist das Ergebnis des Wettbewerbs?«

»Frag meine Frau«, sagt er und verschränkt die Arme vor der Brust, dann marschiert er staksig zum Fenster.

Sie wendet sich der Königin zu. Sie hat ein frostiges Make-up, lange rabenschwarze Haare und ein hoheitsvolles Lächeln. Aber sie spricht nicht. Sie greift in ihre Handtasche und holt etwas heraus.

»Ja, ja, wir sind dem Untergang nahe«, stöhnt der König gequält.

»Das ist doch absolut idiotisch«, sagte Roger und rüttelte mich aus meinem Traum. Er las in meinem Reiseführer.

»Hast du das über den Tintenfisch gelesen, über die einheimische Art hier? Man nennt sie Kalmare. An einem Abend treffen sie sich alle zur Paarung, sie feiern eine riesige Orgie, dann werden sie alle rot, legen ihren Laich ab und krepieren.«

Ich kam allmählich wieder zu mir. Die Sonne barst durchs Fenster und heizte das Zimmer auf wie ein Haartrockner auf Stufe drei. Ich hörte eine einzelne Fliege surren, auf der Suche nach etwas Essbarem oder einem Partner. Sonst war alles still. Roger legte seine Arme um mich und zog mich zu sich heran. Ich ließ es geschehen, versuchte aber, zurück in meinen Traum zu finden oder zumindest, mich daran zu erinnern. Warum waren sie dem Untergang geweiht?

»Noch eine verrückte Sache«, ließ sich Roger hören. »Das Weibchen legt die Eier, danach wird es vom Männchen verscheucht.«

Ich genoss die Gemütlichkeit unserer warmen Körper an diesem Morgen. Ich wandte mich ihm zu, um ihn zu küssen und nahm ihm das Buch aus den Händen. Er sah so gut aus, und er betörte mich mit seiner Kraft.

Dann fiel es mir wieder ein. Ein dumpfer Schmerz stach in mein Herz.

»Wann erwartet Angela das Baby, Roger?«

»Abby, es ist dir doch klar, dass sich dadurch zwischen uns nichts verändert?«

Nur ein Baby! Angela, das erste Kind und jetzt ein neues Baby. Ich rutschte immer weiter nach hinten.

»Unsere Seelen sind miteinander verbunden, Abby.«

»Glaubst du?«

»Komm zurück nach England, da kann ich dir zeigen, wie sehr du mir gefehlt hast.«

Ich spürte, wie sich sein Penis gegen meinen Körper drückte. Seine Morgenlatte.

»Sage mir zuerst, wann das Baby kommt.«

Roger seufzte theatralisch, als wäre ich ein dickköpfiges Kind. »Das ist doch egal.«

»Nein, mir ist es nicht egal.«

»Warum? Was ist das für ein Unterschied?«

Er rückte schließlich damit heraus, dass sie im fünften Monat war. Roger Junior wurde also einen Monat vor meinem Reisebeginn gezeugt. Ich war ganz benommen und überlegte, was vor fünf Monaten geschehen war. Ich erinnerte mich an drei Freitage, die wir abends im Pub verbracht hatten, danach hatten wir es im Auto getrieben. An zwei Donnerstagen waren wir in meinem Apartment gewesen, an einem Montag und am Dienstag der folgenden Woche waren wir in ein Hotel gegangen, und dann hatten wir auch noch ein ganzes Wochenende zusammen verbracht, als seine Frau ihre Mutter besucht hatte.

Dazwischen hatte er auch noch Zeit gefunden, mit seiner Frau zu schlafen. Okay, daran ist nichts auszusetzen, aber Roger hatte mich glauben lassen, dass zwischen Angela und ihm im Bett nichts mehr lief.

Ich sah ein Kaleidoskop an Farben vor mir. Rot herrschte vor; Rot für meine Wut.

Ich hatte mir was eingeredet. Hatte mir was vorgemacht. Dieser Urlaub brachte unsere Beziehung in die richtige Perspektive.

»Roger, ich will, dass du gehst.«

Er legte seine Arme um mich. Er hatte so lange und kräftige Arme.

»Wir haben doch immer guten, wunderbaren Sex, Abby. Was willst du denn sonst noch?«

Ich wusste nichts mehr.

»Baby, du brauchst den Sex. Ich weiß, dass du ihn brauchst. Ich kenne deinen Körper in- und auswendig. Ich weiß, wenn du schnell genommen werden willst oder du es kuschelig haben willst. Du wirst nie wieder einen Mann wie mich finden. Du hast doch nicht wirklich gedacht, dass ich Angela jemals für dich verlassen würde, oder?«

»Es ist vorbei, Roger. Geh.«

»Es ist nicht vorbei.«

»Es ist nicht deine Schuld«, sagte ich, »aber wir sind fertig. Ich will nichts mehr mit dir zu tun haben.«

»Das kannst du doch nicht ernst meinen.« Er sah ungläubig aus, dass mir ein solcher Satz über die Lippen gekommen war.

»Es ist meine Schuld, dass ich mich mit dir abgegeben habe, aber jetzt ist es vorbei. Da draußen gibt es eine Welt, und die will ich mir ansehen.«

Er kam mit seinem Gesicht ganz nah an meins, und dann überzog er mich mit schlimmen Worten. »Du Schlampe. Du Hure. Glaubst du, jemand wollte sich mit so einer Verrückten wie dir einlassen? Glaubst du, ich würde meine Frau wegen eines Flittchens wie dir verlassen?«

»Ich will dich nicht mehr«, sagte ich nur und ging weg. Er saß auf der Treppe, den Kopf in die Hände gestützt. Einen letzten Satz konnte ich mir nicht verkneifen. »Himmel, um ein Haar hätte ich all diese Schönheiten hier für dich im Stich gelassen.«

Das blaue Meer glitzerte in der Sonne, der weiße Sand lockte wie der Zuckerguss auf einem Kuchen.

Ich war im Urlaub.

Vierundzwanzigstes Kapitel

Prems Kumpel war auch einer der Jungs aus der Stadt, die im Sommer in den Süden gingen, um Geld zu verdienen, Frauen aufzureißen und eine gute Zeit zu erleben. Er und Prem unterhielten sich leise, während sie sich fürs Schnorcheln vorbereiteten. Ihre Sprache hörte sich exotisch und lyrisch an, aber ich war aus ihrem Club ausgeschlossen. Vielleicht redeten sie sogar über mich.

»Hat Prem eine Freundin?«, fragte ich, als Prem sich entfernte, um die Flossen zu holen.

»Viele Freundinnen«, sagte der Kumpel vage.

»Hat er denn eine spezielle Freundin?«

Er hob die Schultern. »Eine spezielle? Nein, glaube nicht. Ich will mein Englisch verbessern«, fügte er hinzu, vielleicht, um ein Gespräch mit mir zu beginnen. Dabei sprach er eigentlich nicht viel, er war viel zu sehr damit beschäftigt, mit dem Spiegelglas seiner Sonnenbrille zu spielen. Wann immer ich ihn ansprach, sah ich mich doppelt in seiner Brille.

Die Fische surrten um meine Beine herum. Ich blieb still stehen und sah ihnen verblüfft zu.

»Du brauchst keine Angst zu haben«, rief Prem. Er sah phantastisch aus. Seine Haare waren zurückgekämmt und gaben die seidige Stirn frei. Er tauchte ins Wasser und schlug einen perfekten Salto.

Sie hatten mich zum Tauchen eingeladen. Zuerst stellte ich mich ziemlich unbeholfen an, auch deshalb, weil ich den Schläuchen nicht traute. Ich kam wieder hoch, prustete und inhalierte, wenn ich es eigentlich nicht tun sollte. Aber Prem blieb ganz entspannt.

Wir hätten den ganzen Tag Zeit, erinnerte er mich. Er hatte mir vorher schon gesagt, dass es zur Zeit keine Flüge gäbe, erst wieder nach der Party. Ich hatte abgewinkt und gemeint, das sei nicht mehr so wichtig für mich. Ich hatte mir vorgenommen zu bleiben und mich vielleicht all den Dingen hinzugeben, denen ich mich vorher versagt hatte. Warum nicht?, fragte ich mich.

Ich erforschte Prems Unterwelt, sein Königreich unter Wasser. Ich sah große dicke Fische mit Schmollmündern und große dünne Fische, die nur aus Haut und Knochen zu bestehen schienen. Fische, die sich nur seitlich fortbewegten und Fische, die so aussahen, als lächelten sie einen an. Aber auch Fische, die wütend zu sein schienen. Fische in allen Farben.

Auf dem Meeresboden sahen wir Krebse, verrückt aussehende Krebse, die seitwärts gingen. Ich folgte Prem, der mich um dichte Algenvorhänge herum führte. Um uns herum lebten die Fische, aßen, paarten sich oder starben. Am meisten überraschte mich die absolute Stille hier unten.

Prem zeigte mir die Korallen unter Wasser, die bunt schillernden Farben, die verschiedenen Oberflächenstrukturen. Ich hatte von der Vielfalt dieses Lebens nichts geahnt, dabei besteht die Welt zu achtzig Prozent aus Wasser. Allmählich wurde ich selbstsicherer, ich brauchte den Schlauch nicht mehr und hielt vielleicht eine Minute lang die Luft an, bevor ich nach oben glitt, wo ich keuchend neue Luft in meine Lungen pumpte.

An diesem Abend fand am Strand ein Feuerwerk statt. Es hörte sich wie Gewehrschüsse an. Ein zugedröhnter Touri mit chinesischen Tätowierungen auf der Schulter legte einen Arm um Prem, und Prem ließ es geschehen, deshalb legte ich meinen Arm auf die andere Seite.

Wir grinsten und blickten erwartungsvoll zum Himmel, während ich dachte: Roger, ohne dich komme ich ganz gut zurecht. Es ist dein Verlust, nicht meiner. Wir standen da, meine Freunde und ich, und starrten in die Weite des Himmels.

Später, als der Touri weiter gezogen war, berührte ich Prem wie aus Versehen mit den Lippen. Aber er bewegte seine Lippen nicht, und einen Moment lang fürchtete ich, er könnte meinen Kuss am Ärmel abwischen. Er hielt beide Hände in den Hosentaschen. Hinter uns explodierten Feuerwerkskörper und zischten gen Himmel.

»Danke, dass du mich zum Tauchen eingeladen hast, und danke auch für den schönen Abend. Ich wollte nur sagen, dass ich das zu schätzen weiß.«

»Schon gut.«

Ich blieb in seiner Nähe, als wartete ich darauf, dass noch etwas passierte. Ich fühlte, dass unsere Auren sich magnetisch anzogen. Fühlte er das nicht?

»Dies ist die Art, wie sich Menschen in England bedanken«, log ich. »Darf ich?«

Wieder explodierten Feuerwerksraketen, und diesmal wurde der ganze Himmel wie bei einem Waldbrand in ein helles Rot getaucht. Die Schönheit des Augenblicks riss mich mit. Ich näherte mich seinem Gesicht, das mein Ziel war. Diesmal gelang es mir, meine Zunge zwischen Prems Lippen zu schieben. Prem wich langsam zurück.

»Ich glaube, du hast mich missverstanden, Abby. Ich ...«

»Nein, schon gut. Ehrlich, das hatte gar nichts zu bedeuten«, flüsterte ich. Ich tat so, als wäre mir ein Funken der Rakete ins Auge geflogen.

Roger war noch da, als ich zurückkehrte. Er lag quer über dem Bett und hatte auch meine Seite mit Beschlag belegt. Dieser Bastard. Ich hatte ihm gesagt, er könnte auf dem Boden liegen. Ich wollte ihn so schnell wie möglich los sein, aber er wachte nicht auf, und ich wollte ihn auch nicht wecken, denn dann würden die Auseinandersetzungen wieder beginnen.

Ich legte mich auf den unbequemen Boden, aber ich war glücklich. Erleichtert, dass es mit ihm vorbei war. So erleichtert, wie man ist, wenn man nach langem Einhalten endlich pinkeln darf.

Von nebenan hörte ich die vertrauten Geräusche. Selmas Wimmern. Ich nahm meinen Beobachtungsposten ein. Diesmal hatte José sie direkt in mein Blickfeld positioniert. Ich konnte genau zwischen ihre Schenkel sehen, nur ein paar Meter von mir entfernt. Ich dachte, es müsste ihr peinlich sein, aber Selma kannte keine Scham.

Ich erwog einen Moment lang, Roger zu wecken, weil ich plötzlich so scharf war. Ein letztes Mal würde nicht wehtun. Aber ich wusste, dass es wehtun würde. Ich durfte nicht länger seine Sklavin sein. Außerdem war Roger unfähig, mir das zu geben, was ich brauchte.

Später hörte ich draußen ein Klopfen. Ich schaute auf meine Uhr – drei in der Nacht. Das Klopfen war zuerst leise, wurde dann lauter, drängender.

»Selma?«, rief ich. »Trent? Prem?«

Ich hatte die schreckliche Ahnung, es könnte José sein. Zögernd öffnete ich die Tür. Es war Prems Kumpel.

»Was ist denn?« Ich trug nur ein knappes T-Shirt, und im Mondlicht war es fast durchsichtig. Ich hatte BH und Slip ausgezogen.

»Wer ist es?«, hörte ich Roger schläfrig knurren. Ich sah, wie er einen Arm hob.

»Schlaf weiter.«

Prems Kumpel sah mich grinsend an und hielt den Schein einer Taschenlampe in mein Gesicht. »Komm mit.«

»Warum?«, fragte ich, aber da war ich schon aus dem Bungalow getreten und hatte die Tür hinter mir zugezogen.

Außerhalb der Öffnungszeiten war ich noch nie im Café gewesen. Die Stühle standen auf den Tischen. Auf der Theke standen Kartons und ein paar Teller, von denen das Personal gegessen hatte.

»Wo ist Prem?«, fragte ich.

»Kein Prem. Er ist nicht gut für dich.«

»Was willst du?«

»Billard?«

»Du bist verrückt«, sagte ich, aber ich antwortete auf sein Grinsen. Der Typ war absolut verrückt.

Er versuchte eine neue Strategie. »Ich weiß, du bist in Prem verliebt.«

»Ach, so würde ich das nicht sagen.« Liebe war ein verbotenes Wort in meiner derzeitigen Stimmungslage.

»Lege dich hin.«

Ich legte mich auf den harten Billardtisch. Ich weiß nicht, warum Prems Kumpel mich anbaggerte. Sah ich so ausgehungert aus?

Er hob mein T-Shirt hoch und starrte auf mein Schamdreieck. Ich fuhr mit dem Handrücken ganz leicht über die kurzen Härchen. Ich zitterte.

»Was ist, wenn jemand kommt?«

»Niemand kommt. Nur du und ich.«

Ich lächelte. »Und Prem?«

»Prem macht nicht Liebe mit ausländischen Mädchen. Er mag ausländische Mädchen nicht.«

»Warum nicht?«

Der Kumpel hob die Schultern, dann grinste er wieder. »Ich mag ausländische Mädchen. Krause Haare.« Er strich wieder bewundernd über meinen Venusberg und zupfte leicht an den krausen Härchen.

»Au.«

»Entschuldige.« Er grinste und zupfte wieder, aber sanfter. Ich atmete schneller. Es gefiel mir, dass er sich Zeit ließ. Noch begnügten sich seine Finger mit den Härchen, aber bald würden sie weiter wandern.

»Was ist denn mit dir?«, fragte ich. »Zeig mir deins.«

Er war ein hagerer Mann. Als er seine Jeans abstreifte, sah ich, dass er einen Slip von Calvin Klein trug. Ein Stadtjunge mit modischen Ansprüchen. Den ganzen Sommer suchte er wahrscheinlich Abenteuer dieser Art, und im Winter unterhielt er seine Freunde in der Stadt mit seinen Erzählungen.

Er hatte dies schon tausendmal gemacht. Ich wusste es, aber es war mir egal.

»Zeig dich mir.«

Unsere Begegnung hatte bis jetzt was Kindliches, Harmloses an sich. Er zog seinen Slip aus, und seine Haare bildeten einen dichten schwarzen Pelz, aber meine Blicke wurden von seinem gewaltigen Ding angezogen.

»Nicht alle Asiaten haben kleine Stößel«, sagte er stolz.

»Was ist mit Prem?«

»Ganz ordentlich«, sagte er und legte den Kopf ein wenig schief. Er grinste wieder, aber jetzt wusste ich, dass es einen Grund für sein Grinsen gab.

Ich streckte meine Hand aus und strich langsam darüber. Es war, als wollte ich einen ausgetretenen Pfad kennen lernen. Die Eichel pochte. Sein Grinsen wurde breiter. Dann spürte ich, wie sein Interesse an meiner Schambehaarung nachließ, denn jetzt begann er das Hinterland zu erforschen. Ich war feucht, nein, ich war längst nass. Er schob zögernd einen Finger hinein, dann zog er ihn heraus und hielt ihn im Mondlicht hoch wie ein Thermometer. Eureka!

»Schau mal, ganz nass.«

Ich packte sein Handgelenk und brachte den Finger wieder an seinen Platz.

Ob wir so zum Orgasmus kommen sollten? Durch gegenseitiges Masturbieren? Mir gefiel die Idee. Er schien zu lässig zu sein, um sich um mehr zu bemühen.

»Ich liebe G-Punkt«, sagte er. Ich war beeindruckt. Er kannte all die entscheidenden Wörter. »Fühlt sich gut an. Eh, ich bin besser als Prem, ja?«

»Bist du?« Mein Atem kam viel schneller. Ich zog die Knie an und gab mich seinem Finger hin. »Woher weißt du das?«

»Spielst du gern Billard?«

»Hm, ja.«

»Ich schaue dir gern bei Billard zu. Prem und ich haben dir zugeschaut.«

Ach? Prem hatte also nichts gegen heimliches Zuschauen, wollte aber nicht angefasst werden? Seltsam.

»Willst du denn?«, fragte er.

»Will ich was?« Ich wollte hören, welches Wort er dafür kannte.

»Eh, wie sagt man in Englisch?« Er bildete mit Daumen und Zeigefinger einen Kreis und stieß mit dem Zeigefinger der anderen Hand hinein. Rein und raus.

»Bäumchen pflanzen«, sagte ich und stellte mir

schmunzelnd eine Legion anderer Frauen vor, die er mit der Frage zum Lachen bringen würde, ob sie mit ihm Bäumchen pflanzen wollten.

»Und? Willst du Bäumchen pflanzen?«

Ich wusste nicht, ob ich es wollte. Ich genoss, was wir bisher getan hatten, die Distanz, die kalte Mechanik.

»Du lieber mit Prem?«

»Nein«, log ich. »Erzähl mir von ihm. Ist er noch Jungfrau?«

»Nein«, antwortete er lachend. Er bewegte seine Hand sehr geschickt und hörte nicht auf, die seidigen Wände meiner Pussy zu streicheln. »Wir hatten Sex«, sagte er plötzlich mit stolzgeschwellter Brust.

»Was? Du und er?«

»Als wir jung waren. Wir hatten kein Geld für Barmädchen, und die anderen Mädchen sind zu brav. Wir haben uns gegenseitig gesaugt.«

»Wirklich? Oft?«

»Nur wenn wir es brauchten.«

Ich stellte mir das Bild vor, wie sie einander brauchten, und mir lief das Wasser im Mund zusammen. Zwei Freunde, die füreinander da waren.

»Aber er liebt auch Frauen, er ist nicht schwul«, stellte sein Kumpel klar.

»Welche Frauen liebt er denn?«

»Er hatte mal eine Freundin, eine Ausländerin. Sie ist vier oder fünf Monate geblieben. Sie war seine letzte Touristin.«

Ich stellte sie mir blond, schlank und erfahren vor. Sie war mit dem Vorsatz nach Thailand geflogen, sich einen Thai-Liebhaber zu ködern. Fühlte sich wie eine Bienenkönigin. Aber sie wollte ihn mit nach Hause nehmen, um ihn als Trophäe vorzuführen.

Der Kumpel streichelte über meinen Po und arrangierte mich neu auf dem Tisch. Ich war eine Brücke, bereit für die Position von hinten. Wie die Hunde.

»Was ist aus ihr geworden?«

»Sie hat sein Geld gestohlen. Und seine Uhr. Sie hat sein Herz gebrochen.« Er schüttelte den Kopf. »Nicht Herz. Sie hat ihm Tiefschlag gegeben. Seit fünf Jahren hat er keine Frau mehr gehabt.«

Seit fünf Jahren! Da musste er doch danach lechzen. Das erste Mal würde in Sekunden vorbei sein, aber beim zweiten Mal ... Himmel, kannst du dir das vorstellen?

Er kniete sich hinter mir auf den Tisch, und ich streckte meinen Po noch etwas weiter in die Höhe, ihm entgegen. Ich spürte seine Härte in der Kerbe, dann streichelte er wieder über meine gespannten Backen.

»Du hast da Flecken«, sagte er leise.

»Egal«, sagte ich und wand mein Becken hin und her. »Komm schon, Mann.«

Vor mir sah ich die Standuhr. Der kleine Zeiger rückte auf die Vier vor. Die Stunde meiner Untreue, die Stunde, in der ich mich endgültig von Roger löste. Ich gab mich einem Fremden hin, aber ich tat es für mich.

Er stieß behutsam zu, und als er sich langsam in mir versenkte, hielt er inne. Er wartete auf meinen Kommentar.

»Ist das gut so?«

»Tiefer«, murmelte ich.

Er gehorchte, wurde schneller, vertraute sich mit meinem Körper an.

»Oh, ja, ja, härter, schneller.«

»Du bist so eng.«

Ich wurde völlig ausgefüllt von ihm, und bald hatte ich vergessen, dass ich nur deshalb hier lag, um es Roger heimzuzahlen. Ich seufzte und keuchte und stieß kleine ekstatische Schreie aus, beantwortete seine Stöße mit meinen eigenen und fühlte mich so lebendig wie selten zuvor. Wenn ich die Augen ganz fest zudrückte, konnte ich mir vorstellen, dass Prem hinter mir kniete.

»Du bist die Beste«, sagte er, schüttelte sich und half mir nach einer Weile vom Tisch.

»Ich wette, das sagst du zu allen Mädchen.«

Fünfundzwanzigstes Kapitel

Am frühen Morgen war Roger verschwunden. Ich weiß nicht, wie es ihm gelungen war, die Insel zu verlassen, denn alle Flüge in den Norden waren seit Wochen ausgebucht. Aber ich sah ihn nie wieder.

Ich schlief lange. Gegen Mittag tauchte José in meinem Bungalow auf. Er blieb verlegen in der Tür stehen. Er war so groß, dass er die Sonne blockierte und mein Zimmer plötzlich im Schatten lag.

Ich kaute auf meiner Lippe.

»Erledigt«, sagte er nur und wandte sich zu gehen.

»Wirklich?« Ich wollte mehr hören. Ich fühlte mich nicht schuldig. Wenn ich überhaupt etwas fühlte, dann war es Erleichterung.

Gestern Abend hatte ich ihm gesagt, dass Roger scharf auf Selma wäre, und er würde alles tun, um mit ihr zusammen zu sein.

»Was hast du mit ihm angestellt?«, fragte ich und erinnerte mich an die jungen Burschen, die Selma nur gewagt hatten anzuschauen.

Er hob die Schultern und drehte sich um. »Es ist besser, wenn du das nicht weißt, für den Fall, dass die Polizei ...«

Im nächsten Moment war er verschwunden.

Ich kam von meinem Spaziergang am Strand zurück, als jemand mir auf die Schulter tippte. Ich weiß, es hört sich idiotisch an, aber einen Moment lang dachte ich, es könnte Roger sein. In meinem Kopf formulierte ich Briefe an ihn; Briefe, von denen ich wusste, dass ich sie nie abschicken würde.

»Lily! Wie schön, dich zu sehen.«

»*Kop-kum-kah.*«

Lily nahm meine Hand. Ihre Hände waren ungewöhnlich groß, und die Linien in den Handflächen waren sehr stark ausgeprägt. Ich wünschte, ich wäre eine Wahrsagerin, dann hätte ich ihr die Zukunft vorhersagen können. Ich war scharf auf Lily und fragte, ob sie Lust hätte, mit in meinen Bungalow zu gehen.

»Nicht jetzt.« Sie fuhr sich mit einer Hand über ihre Haare. »Ich sehe schrecklich aus.«

Ihr Widerstand erregte mich. »Du bist verrückt, Lily! Du siehst zauberhaft aus.«

Sie setzte sich zaudernd aufs Bett, fast so verunsichert wie ich bei Trent war. Aber diesmal war ich die Aktive. Ich war hungrig nach ihr, gierig auf ihre Haut, und ich wusste, dass ich meine Grenzen noch nicht erreicht hatte.

Ich streckte die Hände nach ihr aus. Ich war bisher passiv gewesen, träge, selbstsüchtig, aber damit sollte jetzt Schluss sein. Ich wollte Lust bescheren, ganz egal, mit wem ich zusammen war, und als ich das dachte, kam ich mir wie der Weihnachtsmann vor – mal abgesehen von dem Unterschied, dass ich meine Geschenke an Männer und Frauen verteilen wollte, die böse waren.

Lily ließ sich von mir anfassen. Ich dachte, sie spielte die Scheue und Unterwürfige, und erst später fiel mir ein, dass sie vielleicht von Natur aus schüchtern war. An dem Abend, als wir uns am Strand geküsst hatten, hatte sie nach Alkohol gerochen. Ohne Alkohol wäre sie vielleicht so schüchtern gewesen wie sonst ich.

Ich griff ihr an eine Brust. Ich war ganz auf sie konzentriert, als ich ihre Bluse aufknöpfte und von den Schultern streifte. Schöne große hoch angesetzte Brüste, wie man sie auf den Titelseiten der Männermagazine sieht. Ich saugte an ihren Nippeln. Wie oft hatte ich mir in meinen Phantasien die Frage gestellt: Wie mochte es sein, ihre Brüste zu saugen?

Nun, die Frage war beantwortet. Es war himmlisch. Ihre Haut war wunderbar glatt, und die dicke Warze schmeckte nach Schokolade. Ich wollte sie konsumieren, ihren ganzen Körper, alles auf einmal.

Lily sagte, ich täte ihr weh.

»Entschuldige.«

Ich wälzte mich auf sie, ungeschickt wie ein Tölpel, wie ein Mann, aber ich bemühte mich, sie gekonnter zu reizen, ihre sensitiven Stellen zu kitzeln.

Lily schloss die Augen und ließ mich tun, was ich wollte. Ich wollte ihre hohen Stilettos ausziehen, aber dann dachte ich, dass ihre langen schlanken Beine mit den Schuhen noch viel besser aussehen – außerdem konnte sie in den hohen spitzen Absätzen nicht weglaufen.

Ich streichelte ihre Fesseln, die muskulösen Waden. Zum Hinknien schön, solche Beine. Ich beugte mich nach unten und küsste ihren Knöchel, und dann hörte ich sie leise stöhnen. Es war ein wildes, nie erlebtes Gefühl, die Beine einer Frau zu küssen. Ich knabberte mich nordwärts. Es tat gut, meine Lippen auf der glatten Haut zu reiben und immer wieder nach oben zu lugen, auf die heißen Geheimnisse zwischen ihren Schenkeln.

Ich wollte alles mit ihr tun, was Selma mit mir getan hatte. Ich wollte mit einem Finger in sie eindringen, ich war erpicht darauf, sie mit meiner Zunge zu erforschen, mein Gesicht in ihre Säfte zu drücken. Und zum Schluss würden wir unsere Dreiecke gegeneinander reiben. Ich war nicht lesbisch, aber diese Frau regte mich auf. Und das Beste – ich war frei, ich konnte alles tun, was ich wollte.

Ich schob ihren Rock hoch und legte ihre muskulösen Schenkel frei. Ich rieb die Wangen über die weiche Haut. Wenn ich mit ihr fertig war, würde sie mich ewig lieben. Wenn sie auch keine Erfahrung mit anderen Frauen hatte, würden wir eben gemeinsam lernen, wie wir uns gegenseitig erregen konnten. Zwei Frauen konnten sich alles beibringen; sie waren die besten Lehrer. Ich war entschlossen, meine letzten Tage auf dieser Insel mit dieser schönen Frau zu verbringen. Prem wollte mich nicht, und der eifersüchtige José ließ Selma nicht aus den Augen – warum also nicht Lily?

Ich strich zärtlich über ihren Slip. Unter meinen Fingerspitzen regte sich etwas. Ich schaute genau hin. Da wuchs was.

»Himmel! Lily!«

»Ich dachte, du wüsstest es!«, rief sie.

Sechsundzwanzigstes Kapitel

Auf einem Fels in der Nähe der Sunita Lodge gab es ein kleines Holzhaus, das wie eine Krippe oder wie ein Puppenhaus aussah. Ich hatte es schon oft gesehen, wusste bisher aber noch nicht seinen Verwendungszweck.

»Es ist ein kleines Haus für Buddha«, erklärte Prem. Das Haus war von farbenprächtigen Blumen umgeben, und auf dem Boden lagen Früchte, und manchmal verströmten Weihrauchstäbchen einen Duft, den man nicht nur mit der Nase, sondern mit dem ganzen Körper aufnahm.

»Wenn du früh genug aufstehst, siehst du die Frauen hier beten«, sagte Prem und sah mich grinsend an. Vor elf war ich so gut wie nie auf den Beinen.

Ich stieß ihn an. »Wann stehst du denn auf?« Er war heute in guter Stimmung.

»Um sechs«, antwortete er. »Hast du den Hahn schon mal krähen gehört? Dann stehe ich auf.«

»Und wann gehst du ins Bett?«

»Um eins oder zwei.«

»Dann schläfst du nicht genug.«

Er lächelte. »Ich habe Besseres zu tun.«

Sein Lächeln war so ansteckend, dass ich wegsehen musste. Er hatte Besseres zu tun. Nun ja, hätte ich auch, wenn er mir eine Chance gäbe.

»Kommst du denn zur Vollmondparty?«, fragte ich und sah ihn kokett an.

»Nein, kommt nicht in Frage.« Das war nicht sein Ding, erklärte er. Da trieben sich fast ausschließlich ausländische Narren herum.

Als ich versuchte, ein Foto von ihm zu schießen, spielte er den Clown. Er trug Shorts, und seine dürren braunen Beine staksten wie Spatzenbeine aus der kurzen Hose. Ich hätte ihn gern mit freiem Oberkörper aufgenommen, aber er hasste es, sich für ein Foto in Position zu stellen. Wenigstens erreichte ich, dass er einen Moment stillstand.

Klick. Ich hatte ihn bei einem schwachen Lächeln erwischt.

»Ich möchte ein Foto von dir und mir zusammen«, sagte ich. »Lege deinen Arm um meine Schultern.«

Er legte vorsichtig den Arm um mich, und ich streckte einen Arm aus und hielt die Kamera auf uns gerichtet. Unsere Köpfe waren eng zusammen. Bevor ich abdrückte, schaute ich zu ihm hoch, um seinen Gesichtsausdruck zu kontrollieren. Er lächelte; seine Lippen waren geschlossen und verträumt. Ein bisschen sah es so aus, als schliefe er. Noch während ich abdrückte, konnte ich es nicht erwarten, das Foto zu sehen. Seine Nähe löste ein zehrendes Gefühl in meinem Bauch aus.

Wir standen verlegen zusammen und verharrten ein bisschen länger als nötig war in dieser Pose, dann bat ich Prem, jemanden zu holen, der ein Bild von uns beiden aufnehmen konnte. Er fragte einen jungen Mann, der sich sofort bereiterklärte.

»Näher zusammen«, wies der Fotograf uns an.

Wieder legte Prem einen Arm um meine Schulter. Meine Beine waren länger als seine, und meine Taille war höher als seine – trotzdem war er ein bisschen größer als ich. Es war ein gutes Gefühl, seinen Körper zu spüren,

Hüfte an Hüfte zu stehen. Vielleicht bildete ich es mir nur ein, aber ich hatte den Eindruck, dass seine Shorts gegen meinen Oberschenkel rieben.

»Wir sind bereit«, rief ich dem Fotografen zu. Er hatte sich auf die Knie niedergelassen und nahm seine Aufgabe sehr ernst. Wieder sah ich in Prems Gesicht, und nun erkannte ich, dass sein Ausdruck, den ich für Ausgeglichenheit gehalten hatte, eher sein großes Unbehagen verriet.

Es schien eine kleine Ewigkeit zu dauern, bis der junge Mann auf den Auslöser drückte. Ich hatte schon aufgegeben. Wenn sich Leute später die Fotos ansahen, sagten sie, wie gesund und glücklich ich in die Kamera schaute, und dass wir ein schönes Paar wären, wie geschaffen füreinander.

Aber ich erinnerte mich, dass das Lächeln auf meinem Gesicht eingefroren war, und mein Inneres auch. Als ich später die Fotos betrachtete, konnte ich sehen, dass Prem jede Sekunde wie die Hölle empfunden hatte, die Nähe zu mir und den Arm auf meiner Schulter.

Trent wich mir aus, glaubte ich. Nun ja, ich war ein bisschen schnippisch zu ihm gewesen, und außerdem hatte er genug einheimische Mädchen gefunden, mit denen er sich die Zeit vertreiben konnte. Aber ich fand, dass wir eine Sache begonnen und noch nicht abgeschlossen hatten, und das behagte mir nicht. Ich wollte ihm zeigen, dass er mir gefiel – über unsere albernen Spiele hinaus. Und ich wollte erfahren, ob er seinen Schaft so gut einsetzen konnte wie seine Zunge.

Wir verabredeten uns, zusammen zur Vollmondparty zu gehen. Aber vorher wollte er mich noch zu einem Café einladen, wo sie das beste Omelette der ganzen Insel anbieten.

»Aber ich mag keine …«, fing ich an, aber er bestellte über meinen Kopf hinweg und zog mir die Speisenkarte aus der Hand, noch bevor ich sehen konnte, was es sonst noch gab.

»Zwei Omelettes mit Champignons, bitte.«

Er versuchte, den Kellner auf sich aufmerksam zu machen, aber der ließ sich nicht aus der Ruhe bringen. Sein breiter Schnäuzer verdeckte fast die Hälfte seines Gesichts.

Ich weiß, dass manche Frauen es mögen, wenn der Mann im Restaurant eindrucksvoll das Kommando übernimmt, und gelegentlich habe ich auch solche Träume, aber wenn es geschieht, ärgere ich mich.

»Habe ich nichts mit der Entscheidung zu tun, was ich bestelle?«, fragte ich murrend, aber Trent, unsensibel, wie er nun mal ist, reagierte gar nicht darauf.

»Warum müssen wir Champignons essen?«, fragte ich hartnäckig.

»Es gibt keinen Grund«, sagte er schließlich und schaute mich mit seinen unschuldig blickenden Augen an. »Es gibt überhaupt keinen Grund dafür.«

Ich erinnerte mich, was ich im Reiseführer über eine bestimmte Pilzsorte gelesen hatte, die am Straßenrand wachsen.

»Kann ein Mann keine Champignonomelettes bestellen, ohne wie ein Krimineller verhört zu werden?«

Offenbar wollte er mir nicht gestehen, was er sich ausgedacht hatte. Das ärgerte mich. Wenn ich mich durch den Reiseführer nicht schlau gemacht hätte, könnte Trent mich zu etwas zwingen, was ich im Vollbesitz meiner Sinne nicht getan hätte. Ich nahm mir vor, den ganzen

Abend auf der Hut zu sein. Noch wusste ich nicht, welches Spiel er mit mir treiben wollte.

Die Omelettes waren grau und gelb. Es schmeckte nicht grässlich, sondern nur fad. Es gibt nicht viele Farben, die weniger gut zusammen passen als Grau und Gelb. Ich motzte die Speise mit rotem Ketchup auf, dann würzte ich mit Salz und Pfeffer nach. Als Trent zur Toilette ging, winkte ich den Kellner zu mir und trug ihm auf, meinen Teller rasch zurück in die Küche zu bringen.

»Das ging aber schnell«, sagte Trent, als er erstaunt auf meinen leeren Platz schaute.

»Es hat gut geschmeckt«, log ich.

»Phantastisch, was?« Er feixte und kriegte sich nicht mehr ein vor Lachen.

Am liebsten hätte ich ihm in sein dummes Gesicht geschlagen. Stattdessen fragte ich: »Warum lachst du denn so?«

Er hörte auf und riss sich zusammen. Er zog die Schultern zurück. »Wir gehen zur Party an den Strand.«

Am Strand bot sich ein faszinierendes Bild. Der Vollmond hing wie eine riesige weiße Laterne da. Überall glitzerten Lichter. Wie eine übertriebene Weihnachtsdekoration, nur noch greller und üppiger. Dazu gab es ein knisterndes Lagerfeuer, Girlanden und Laternen. Ein Mann lief auf Stelzen im Sand, ein stämmiger Thai wollte als Feuerschlucker die Beachtung des Publikums, und ein Jongleur warf Flaschen und Bälle in die Luft. Einige Thai-Frauen servierten Wasser und Bier.

Ab und zu brach ein Partygast aus seiner Gruppe aus und rannte fröhlich schreiend ins Meer.

Im Mittelpunkt des Geschehens tanzte ein attraktives Pärchen. Die Frau hatte die Beine um die Taille ihres Partners geschlungen. Es sah sehr intim aus, und es mochte sogar sein, dass sie noch intimer zusammen waren, als es auf den ersten Blick aussah. Für einen kurzen Moment empfand ich eine Sehnsucht nach Roger, die mich erschauern ließ.

»Oh, verdammt«, entfuhr es mir.

»Und? Spürst du schon was?« Trent musterte mich mit eindringlichen Blicken.

»Wie meinst du das?«

»Dir muss es inzwischen ganz schummrig sein.«

Er hatte seine Arme um zwei Thaimädchen gelegt, die Schuhe mit hohen Absätzen trugen und Röcke mit wenig Stoff. Eines der beiden Mädchen hatte sich die Haare blond gefärbt und gestutzt, dadurch sah sie wie eine Country- und Westernsängerin aus. Die Mädchen unterhielten sich kichernd.

Ich wusste nicht, was ich sagen sollte.

»Die beiden hier tun, was andere Frauen nicht tun«, sagte er und zwinkerte mir zu. »Oder besser – was bestimmte Frauen nicht tun.«

»Das wundert mich nicht. Du bezahlst sie ja auch dafür«, gab ich patzig zurück. Ich wollte ihm nicht sagen, dass meine moralische Hemmschwelle nicht mehr so hoch lag wie vor Rogers Ankunft.

Ein paar Männer näherten sich, die ich nicht kannte. Trent stellte sie vor, es waren Männer aus der Volleyballgruppe. Er flüsterte einem Mann etwas zu, den ich als Barmann aus Dermots Bar wieder erkannte.

»Sie ist *stoned.*«

Ich war alles andere als zugedröhnt. Das war der Witz – ich war es nicht, aber ich konnte so tun als ob. Wie damals, als ich siebzehn war. Ich tat so, als wäre ich betrunken und legte meinen Kopf an Lukes Schulter, als er mich von einer Party nach Hause fuhr. Damals war ich nüchtern wie ein Pastor, und so nüchtern war ich jetzt auch. Aber ich hatte eine Entschuldigung, mich total daneben zu benehmen.

»Sie sieht aber nicht so aus«, meinte der erfahrene Barmann.

»Doch, ist sie«, beharrte Trent. Ich schauspielerte, wie ich glaubte, mich in einer solchen Situation verhalten zu sollen. Ich kicherte laut und stieß kreischende »Ahs« und »Ohs« aus, als die Feuerwerksraketen abgeschossen wurden und am Himmel explodierten. Ich schaute auf die tanzenden Paare und rief, wie weiß ihre Kleider geworden waren und wie verblüffend schön das Leben war.

»Siehst du«, sagte Trent, stets der Besserwisser.

In der Mitte der Tanzfläche hatte sich eine große Gruppe zusammengefunden, dort wurde gelacht und gekichert, während sich die einzelnen Leute mit Farbe beschmierten. Ich lief hinüber zu ihnen, und mir fiel auf, dass ich längst nicht so zurückhaltend war wie sonst, wenn ich fremden Menschen begegnete. Einige Frauen fassten mich an, Farbe an den Fingern, und benutzten mich als Palette. Eine junge Japanerin mit schiefen Zähnen hielt mich fest, dann schrieb sie etwas.

»Ich habe das Symbol für Liebe auf deine Schulter gemalt«, sagte sie stolz.

Ich drehte den Kopf, aber ich konnte nichts sehen. Wir lachten beide; fröhliche Fremde. Dann schrieb ich mit meinen Fingern ›Passionsfrucht‹ quer über meinen Bauch. Die Frau neben mir, eine bronzefarbene Skandinavierin, die wie eine nordische Kriegerin aussah, stieß mich an.

»Schreib etwas auf mich«, sagte sie. Ich tunkte meine

Finger in einen Farbtopf und schrieb ›Wikingerin‹ auf ihre Beine.

»Das gefällt mir«, sagte sie grinsend. Sie hatte einen breiten Mund, der mich an einen Frosch erinnerte. Sie kniete vor mir nieder und malte Silbersterne auf meine Knie und Oberschenkel. Ich zog meinen Rock noch etwas höher, damit sie mehr Malfläche hatte.

Wir tanzten zusammen, die Wikingerin und ich. Ich sah eine leicht erhöhte Bühne und zog sie da hinauf. Wir standen Seite an Seite da und stellten uns zur Schau. Meine Silbersterne funkelten, und alle starrten auf den Schriftzug der Passionsfrucht quer über meinem Bauch.

Sie öffnete ihr Bikinioberteil, und ich öffnete meins. Wir hüpften herum und sahen zu, wie unsere Möpse flogen.

»So weiß!«, rief sie und berührte mich. Wir tanzten und lachten dabei so heftig, dass unser Grabschen nichts Erotisches hatte. Nur so zum Spaß.

»Ja, weiß ich selbst«, rief ich, um die Musik zu übertönen. Ich fing an, mich zu streicheln, drückte meine Nippel und zog sie lang. Als ich bemerkte, wie sehr die Menge mir zujubelte, die sich zu unseren Füßen versammelt hatte, rieb ich über ihre Brüste. Sie waren etwas größer als meine, aber sie hingen auch ein bisschen. Sie reagierte darauf, indem sie meine Brüste rieb und drückte. Es musste ein seltsames Bild abgeben, wie wir da im Takt der Musik zu hüpfen versuchten, während wir uns gegenseitig über die Brüste rieben. Die Zuschauer – fast alle Männer – konnten es nicht fassen, dass es diese nicht angekündigte Schau für sie gab. Die wenigen Frauen standen weiter hinten und sahen nicht sehr begeistert aus.

Die Musik wurde schneller, und unsere Körper auch. Die Wikingerin trug hohe Stiefel, darüber einen kurzen Rock aus Wildleder. Ich schlug vor, dass sie ihn auszog, dachte aber nicht, dass sie es tun würde. Aber im nächsten Moment tanzte sie im weißen G-String. Ich wollte nicht hinter ihr zurückstehen und zog auch meinen Rock aus, den ich zu Boden flattern ließ. Da stand ich nun in meinem schwarzen G-String.

Einige Männer fingen auch an, sich auszuziehen. Ich zupfte am Slip meiner Partnerin. Es schien sie nicht zu stören. Sie ließ das Becken kreisen, wedelte mit den Armen in die Luft – eine lustige, vibrierende Wikingerin. Ich zupfte wieder an ihrem Slip, zog ihn zuerst hoch und presste den Stoff so fest zusammen, dass sich ihre Pussylippen darunter deutlich abzeichneten.

Sie umarmte mich, und wir lachten wieder, und dann spielte sie mit meinem G-String, aber wir trugen unsere Slips noch, als wir dem Publikum den Rücken zuwandten. Wir bückten uns tief, bis wir unsere Zehen mit den Fingerspitzen berühren konnten.

Ganz, ganz langsam schob ich meinen G-String nach unten, über die Pobacken, über die Oberschenkel. Ich spreizte die Beine ein wenig und streichelte mich. Meine Labien waren geschwollen und glitzerten vor Nässe. Die Männer johlten vor Lüsternheit. Wir standen immer noch mit den Pos zum Publikum, und ich griff hinüber zu meiner Partnerin. Ich hatte nicht wirklich Interesse an ihr, ich wollte nur etwas tun, was die Kerle da unten noch lauter schreien ließ.

Irgendein bulliger Typ hatte den Disc Jockey zur Seite gedrückt, das Mikrofon an sich genommen und brüllte nun seine Anweisungen.

»Mädels, gut so, große Klasse, aber zeigt mal, wie ihr euch gegenseitig fertig macht.«

Ich sprang von der Bühne, befand mich mitten auf der Tanzfläche und grinste wie ein gütiger Buddha. Zwei junge Kerle hoben mich hoch, andere griffen nach mir und küssten mich, ganz egal, wohin. Sie trugen mich über die gesamte Tanzfläche, und kein Mann ließ sich die Gelegenheit entgehen, nach meinen Beinen oder Brüsten zu greifen. Das Blut pochte in meinen Adern. Die Musik wurde immer schriller.

»Lasst mich runter«, rief ich.

Sie gehorchten. Jemand hatte ein Kissen besorgt, auf das sie mich legten. Wie sollte ich entscheiden, wer mich zuerst haben konnte? Nun, ich würde denjenigen erwählen, der mir bewies, dass ich ihn am meisten erregt hatte.

Der Barmann sollte der Erste sein, der Pionier. Er spreizte meine Schenkel. Sesam, öffne dich. Er hatte ein sympathisches, eifriges Gesicht. Um uns herum wurde es still. Mir war bewusst, dass die Musik in gleicher Lautstärke dröhnte, dass die Leute genauso laut lachten und grölten, aber in meinem Kopf war alles still.

Der Barmann trug eine weiße Thai-Hose, er löste das Band, das sie hielt, und enthüllte eine große glänzende Stange. Der Kopf war geformt wie eine Birne.

Er beugte sich über mich – fast zärtlich, wenn man die Umstände bedenkt -, und dann spürte ich ihn in mir, zuerst zu einem Viertel, dann mit dem nächsten Stoß zur Hälfte und schließlich versenkte er seinen pochenden Schaft mit dem letzten triumphierenden Schub. Seine Knie stützten sich auf dem Boden ab, und ich lag entspannt auf dem Rücken.

Jemand steckte seinen Finger zwischen meine Lippen,

und ich saugte daran, froh, dass mein Mund Beschäftigung hatte. Um mich herum hörte ich eifriges Flüstern. Die Leute wollten wissen, ob wir zur Schau gehörten. Ich nehme an, dass die Initiatoren der Party verbreitet hatten, sie hätten uns engagiert. Aber das interessierte mich nicht. Ich wollte mich auf die gleichmäßigen Stöße des Barmanns konzentrieren.

Oh, Himmel, was war das für ein Gefühl, wieder so kräftig gefüllt zu sein. Wie ein Kolben bewegte der Barmann seinen Schaft rein und raus. Er erwies sich als Wunder der Ausdauer und erwischte genau die richtigen Stellen, womit er die Wärme erzeugte, die ich brauchte.

Mein Körper lag hier unten auf der provisorischen Tanzfläche, aber ich schwebte hoch und höher, dem Himmel entgegen. Ich wusste nicht, was mit mir los war. Meine Klitoris war geschwollen, meine Labien brannten von der steten Reibung, und ich war erregt wie selten zuvor.

Ich sah ein anderes Paar zu Boden gleiten, und die beiden hielten sich nicht lange mit dem Vorspiel auf und gingen gleich zur Sache, während andere Paare um sie herum tanzten. Nach einer Weile erkannte ich, dass die Frau neben mir die Wikingerin war; sie rackerte sich auf dem Feuerschlucker ab. Wenn ich es richtig erfasste, erlebte sie gerade den schnellsten Orgasmus der Welt, aber Feuerschlucker stieß von unten weiter zu.

Ich hob die Hüften an und stieß gegen den Barmann. Er setzte sich auf seine Fersen und zog mich hoch, so dass wir auf gleicher Augenhöhe waren. Ich mahlte meinen Schoß gegen seinen, es fühlte sich wie Schmirgelpapier an. Der Jongleur hockte plötzlich neben mir und tastete nach meinen Brüsten. Ob er sich damit begnügen wollte? Ich sah den fetten Penis, der sich an seinen Schenkeln rieb.

Das Paar neben uns pflügte ungeniert weiter. Die Wikingerin lag immer noch auf ihrem Partner und galoppierte nach Hause. Ich fragte mich, ob ich auch so aussah wie sie. Augen, die in die Ferne starrten, entschlossene Lippen, dünn wie ein Strich, unkontrollierte Bewegungen, die nur ein Ziel kannten: Den nächsten durchschüttelnden Orgasmus.

Mir kam es. Ich weiß nicht mehr, wie viele Männer sich an mir zu schaffen machten, es spielte auch keine Rolle.

Als ich mich halbwegs erholt hatte, sah ich, dass die skandinavische Frau von einem anderen Mann genommen wurde. Er stieß von hinten in sie hinein, und ihrem Juchzen zufolge fühlte sie sich gut dabei. Ihre Geräusche klangen wie das Lachen einer Hyäne.

Die Zuschauer klatschten, als ließen wir – die Wikingerin und ich – das alles nur ihretwegen mit uns geschehen. Ich sah die Gesichter und Körper wie durch einen Dunstschleier vor mir, und ich musste an mich halten, um nicht ohnmächtig zu werden.

Irgendwann rief jemand, dass die Polizei unterwegs wäre. Jemand legte eine Decke um meine Schultern, und ich war dankbar dafür.

Siebenundzwanzigstes Kapitel

Sie jubilierte noch, denn das erste Mal hatte der König sie genommen. Aber jetzt war er gegangen, und die Höflinge auch, und sie liegt verlassen da, erschöpft, aber glücklich. Sie hatte das Zepter des Königs in sich gehabt!

Auch am Abend liegt sie noch auf dem Marmortisch, auf dem der König sie beglückt hatte.

Sie schlägt die Augen auf und sieht ihre beiden Besucher. Die Augen des stummen Jungen sind feucht vor Sorge. Sein Freund, der Übersetzer, hoppelt an seine Seite.

»Es tut uns Leid, dass wir so lange gebraucht haben.«

Er schneidet die Fesseln um ihre Handgelenke durch. Es ist ein unglaubliches Gefühl, die Arme wieder frei bewegen zu können, auch wenn es in den Händen noch kribbelt.

»Ich danke euch sehr.«

Sie schließen ihren Keuschheitsgürtel auf und befreien sie auch vom Rest der Fesseln. Sie richtet sich auf und schüttelt Hände und Füße, damit das Blut wieder ungehindert durch ihre Adern fließen kann.

Beide stehen unschlüssig nebeneinander, die Hände in den Hosentaschen, die Schultern gebeugt.

»Ich möchte euch gern auf meine Art danken.«

Sie lässt sich vor dem stummen Jungen nieder und nimmt ihn in den Mund. Er stößt die wundersamsten Geräusche aus, und ihr ist, als verstünde sie alles, was er denkt. Es heißt, dass Delfine sich auf diese Weise verständigen. Als er in ihrem Mund explodiert, empfindet sie eine Ekstase, die ihren Körper durchschüttelt, und wie sie sie noch nie erlebt hat. Die Schultern des Jungen vibrieren. Er ist Atlas und versprüht seine Kraft.

Sein Freund, der für sie beide übersetzt, sagt, der Junge hätte eine solche Erfüllung seiner Sehnsüchte noch nie erlebt.

»Das Boot legt morgen Abend ab«, sagt der Mann und drückt ihr ein paar Geldscheine in die Hand. »Das Geld reicht fürs Ticket«, raunt er ihr zu. »Auf Wiedersehen, Lady. Mögest du eine sichere Heimreise haben.«

Trent spielte Volleyball am Strand. Die Sonne strahlte, und es war ein Bild voller Harmonie und Unschuld. Ich hasste ihn.

Wieso nahm er sich die Frechheit heraus, mich mit Drogen zudröhnen zu wollen? Ohne mir ein Wort zu sagen? Was für eine Unverschämtheit!

Ja, sicher, ich hatte meinen Spaß gehabt, aber ich hätte es auch bitter bereuen oder krank werden können – und in Verbindung mit Alkohol wäre es sogar möglich gewesen, dass ich ins Gras gebissen hätte.

Wie auch immer man es betrachtete, es war eine Dreistigkeit, die Trent sich erlaubt hatte, und ich war stinksauer. Offenbar hielt er mich für so gehemmt oder rückständig, dass ich erst unter dem Einfluss von Drogen aus mir herausging. Das mochte zwar zutreffen, gab ihm aber nicht das Recht, mich derart manipulieren zu wollen.

Ich wollte mich rächen. Ich würde ihm das Piercing von der Zunge lecken. Oder sollte ich ihn aufhängen?

Stimmte es, dass Männer ejakulieren, wenn man sie aufhängt? Rache ist süß, und sie ist noch süßer, wenn dir jemand Unrecht getan hat. Süß ohne Angst vor Kalorien. Süß und befriedigend.

Außerdem hatte er Selma von mir erzählt. Hatte ihr alle intimen Einzelheiten geschildert. Das gehörte sich nicht. Er hatte seine Strafe verdient.

Ich winkte José und Selma zu, die vom Strand kamen. Sie bewegten sich schwankend und watschelnd wie Schildkröten, die Kleider voller Sand.

Selma trug ihr hellrotes Sommerkleid. Josés weite Shorts hingen so tief, dass er genug damit zu tun hatte, sie auf den Hüften festzuhalten. Er berührte meine Hand auf eine intimere Art als sonst. Selma warf ihre nassen Haare zurück, und ich bekam ein paar Tropfen ab. Sie zitterte. Kein Wunder, denn nach dem Sturm war es kälter geworden.

Ich könnte José über Trent aufklären. Wenn ich ihm erzählte, was zwischen Trent und Selma gelaufen war, würde es riesigen Stunk geben, José würde Trent über die Schulter heben, ihn auf den Boden werfen und alle Schandtaten aus ihm herausprügeln. Er würde Trent kochen, braten und zum Nachtisch verzehren. Er würde ihm zeigen, wer der Boss war.

Nein, das war keine gute Lösung. Trent würde zwei Tage später in seinem Stammlokal an der Theke stehen und seinen Freunden die Geschichte des eifersüchtigen Liebhabers zum Besten geben. Ich hörte ihn schon prahlen.

»Und dann stand da plötzlich dieser Zweimetermann vor mir, Kreuz wie ein Kleiderschrank, ein elender Wichser, wenn du mich fragst, in einer Hand ein Messer, in der anderen ein Revolver, und ich völlig unbewaffnet ...«

Nein, nein. Dies war mein Kampf, nicht Josés. Ich musste einen eigenen Weg finden, Trents Männlichkeit zu treffen. Er sollte zumindest über sein hinterhältiges Tun eine Zeit lang nachdenken müssen.

Die Wolken zogen heran und blockierten die letzten Sonnenstrahlen, und plötzlich hatte ich die Antwort. Verdammt, wieso war ich nicht sofort darauf gekommen?

Er würde mir aus der Hand fressen.

Achtundzwanzigstes Kapitel

»Bei all den schönen Thai-Frauen, die hier herumschwirren, kannst du tatsächlich vergessen, wie attraktiv auch westliche Frauen sind«, sagte Trent und schmatzte die Lippen. Einen kurzen Moment lang sah ich das silberne Versprechen auf der langen roten Zunge. »Mir ist nach einer Scheibe Weißbrot zumute«, fügte er hinzu und tätschelte mein Knie.

Wir saßen auf seinem Badetuch am Strand. Ich wartete auf die richtige Gelegenheit. Ein paar Stühle der Restaurants in der Nähe lagen umgekippt im Sand. Gestern Abend hatte es wieder ein Unwetter gegeben, und die Flut hatte allen möglichen Unrat angeschwemmt.

»Hast du es inzwischen mit Selma getrieben?«, fragte mich Trent.

Ich nickte und sah auf seine Nippelringe. Ich mied es, ihm in die Augen zu schauen. Ob er meinen Plan in meinen Augen lesen konnte?

»Verdammt, du hättest mir Bescheid sagen sollen!«, rief er schmollend. »Ich wäre gern dabei gewesen, um euch beide in Aktion zu sehen.«

»Es war gut«, gestand ich und schaute hinaus aufs Meer.

»Erzähle.«

Er rieb Öl auf meinen Rücken und massierte es ein. Er zog an den Bikiniträgern und ließ sie auf meine Haut klatschen. Trent war durchschaubarer als ein Sextourist.

»Nun, du weißt, dass ich noch nie mit einer Frau zusammen war, deshalb habe ich … eh, haben wir ein paar Dinge ausprobiert«, begann ich. »Es war ein gutes Gefühl, sie zu berühren. Sie hat auf jede Berührung reagiert. Ihre Brüste haben eine wunderschöne Form, ich habe mich gern an sie geschmiegt, und ich war hin und weg, als sie meine Pussy geleckt hat. Sie war nass und cremig und wunderbar weich. Ich glaube, alles ist eine Frage, den richtigen Moment abzuwarten, dann kann man alles miteinander anstellen, findest du nicht auch?«

Ich erinnerte mich daran, wie ich mir ihre Pussy angeschaut hatte. Rosig braun die Labien, der gepflegte Busch, rasiert bis auf einen dünnen Streifen, des besseren Zugangs wegen. Die nasse Höhle faszinierte mich, ich fand, sie war ein echtes Kunstwerk. Man stelle sich ein Museum mit Sex-Exponaten vor. Man sieht weibliche Genitalien aufgereiht und ausgestellt.

Ich erinnerte mich an die Macht ihres Orgasmus. Es war, als wäre man bei einem Erdbeben in einem ausbrechenden Vulkan gefangen, so gewaltig wurde sie durchgeschüttelt. Ströme von Lava flossen heraus.

Misstrauisch sah ich Trent von der Seite an. Er war auch mit ihr zusammen gewesen, er hatte die Erfahrung von vielen Jahren, aber hatte er ihr auch dieses gewaltige Erlebnis verschafft?

»Was ist mit dir?«, fragte ich ihn. »Ich habe gehört, dass du ziemlich viel abgegrast hast.«

»Ja, kann man wohl sagen«, antwortete er fröhlich. »Erinnerst du dich, dass ich von Titty erzählt habe? Sie ist vier oder fünf Mal hintereinander gekommen. Unersättlich, sage ich dir. Und sie ist die beste Könnerin des Oralsex. Sie verschlingt dich mit Haut und Haaren.«

»Hast du sie vorher auch zugedröhnt?«

»Ja, stimmt schon, aber sie hat mich darum gebeten«, gab er zu und lächelte verlegen.

»Ich hatte dich nicht darum gebeten.«

»Aber du hattest deinen Spaß«, hielt er kichernd dagegen. »Ich habe gehört, was du auf der Bühne und auf der Tanzfläche abgezogen hast. Sogar die Hunde haben geheult. Du warst so heiß, hat man mir erzählt, dass man fast die Feuerwehr gerufen hätte. Ich kann kaum glauben, dass du dich so hast gehen lassen. Kein Vergleich zu der scheuen Frau, die kaum was tun will, weil sie in ihren Freund verliebt ist.«

»Ja, schon gut. Die Sache mit meinem Freund ist gegessen. Wo warst du eigentlich in jener Nacht?«

»Ich habe eine Thai-Tänzerin getroffen, ein sehr hübsches Mädchen. Sehr sanft, sehr anschmiegsam, und eine tolle Figur. Sie war von den Haaren auf meiner Brust fasziniert, sie wollte es streicheln und schmecken. Aber es lief nicht so, wie ich es mir vorgestellt hatte – sie war zu schmal gebaut. Wir haben uns beide die größte Mühe gegeben, aber ich habe es einfach nicht geschafft, in sie einzudringen. Sie war wahnsinnig enttäuscht und den Tränen nahe, deshalb habe ich sie getröstet. Du hättest sehen sollen, wie sehr sie sich verwandelte.«

Ich lächelte wohlwollend, obwohl ich ahnte, was die Verwandlung bewirkt hatte. »Weiter«, sagte ich.

»Eben noch war sie die Professionelle, die nur des Geldes wegen bei mir ist, und jetzt bettelte sie mich an. Sie drückte sich an mich, spreizte die Schenkel und wies mir den Weg. Eng? Ich hatte sogar Mühe, die Labien mit der Zungenspitze zu öffnen. Sie sagte, ich hätte ihr den ersten Orgasmus nach langer Zeit besorgt.«

»Das sagen sie alle, Trent.«

»Ach, hör auf. Ich kenne mich mit Frauen aus. Ich liebe sie alle. Ich beziehe meine Befriedigung daraus, dass ich die Frauen befriedige«, sagte er und warf sich in die Brust.

Auf meiner Stirn bildeten sich kleine Schweißtropfen. Ich war benommen, weil ich so lange in der Sonne saß, deshalb stand ich auf, um mich im Meer abzukühlen. Trent stand auch auf. Er gab mir einen Klaps auf den Po.

»Mhm, lecker«, sagte er. »Wie ein Steak nach vielen Frühlingsrollen.«

Ich sah ihn strafend an, dann gingen wir gemeinsam ins Wasser. Seine Worte erregten mich. Ich wusste, dass Trent verstand, Komplimente zu machen, aber oft ließ er seinen Worten auch Taten folgen. Er war ein erfahrener Liebhaber, der mit Begeisterung bei der Sache war, und Männer dieser Art waren dünn gesät.

Ich lief ins Wasser und hielt die Luft an. Trent blieb stehen und drückte die Arme gegen seinen Oberkörper. Erst als ich das tiefe Wasser erreicht hatte und über seine Feigheit lachte, stürzte er sich gegen die Wellen. Er tauchte unter, kam hoch und klapperte mit den Zähnen. Wir hüpften herum, bibberten und merkten allmählich, dass die Teile außerhalb des Wassers kälter waren als die Teile im Wasser.

Er zog mich an sich.

»Erinnerst du dich noch, wie es dir gekommen ist?«, fragte er triumphierend. »Du hast dich dagegen gewehrt, hast dich gesträubt und den Kopf hin und her geworfen.«

Ich hasste mich dafür. Ich hasste ihn auch, aber ich konnte nur noch daran denken, wie sich sein blonder Kopf wie die Boje im Wasser zwischen meinen Schenkeln auf und ab bewegt hatte. Fast unwillkürlich hatten sich meine Beine um ihn geschlungen.

Wir traten Wasser. Ich liebte das Gefühl der Leichtigkeit. Nichts war unter unseren Füßen, nichts außer Wasser. Er packte mich plötzlich von hinten, griff meinen Bikini und entblößte eine Brust.

»Ich dachte, du würdest inzwischen oben ohne gehen.«

Seine Finger zwickten gierig meine Nippel. Verdammt, warum sprachen sie nur so heftig darauf an? Sie färbten sich pink und wurden hart, als wären sie seit Tagen nicht mehr berührt worden. Als meine Erregung mich überwältigte, vergaß ich zu paddeln. Ich sank tiefer und tiefer, und er legte die Hände um meine Hüften und hob mich hoch. Seine Hände glitten tiefer und zogen meinen Slip mit.

Um uns herum waren noch andere Schwimmer. Ich wusste, Trent wollte sich lustig über mich machen und den Männern zeigen, welche Macht er über mich hatte. Konnte man unter Wasser einen Orgasmus haben? Ich griff nach seinem Nippelring und zog ein bisschen zu fest daran. Trent verzog schmerzvoll das Gesicht. Er packte mich und zog mich an sich. Fleisch klatschte gegen Fleisch.

Ich nahm an, dass ich gut aussah in diesem Moment – die nassen Haare glatt am Kopf, die neuen Sommersprossen, das blaue Meer als Hintergrund, eingerahmt von der strahlenden Sonne. Ich schmolz nur so dahin. Er küsste meinen Nacken und blies in meine Ohren. Meine Pussy rief nach ihm.

»Trent.« Ich drückte mich von ihm ab und schwamm von ihm weg. »Kommst du mit auf mein Zimmer?«

Ich kam mir vor wie eine Meerjungfrau, die den Seemann aus der Sicherheit seines Boots in die Tiefe des Meeres lockt.

»Warum?«, fragte er, scheinbar lässig. Er erwartete wohl, dass ich ihn anbettelte.

»Auf einen Kaffee?« Ich lachte. »Entscheide dich, ich habe nicht den ganzen Tag Zeit.«

»Bist du denn für eine kleine orale Massage bereit?«, fragte er und stieß anzüglich die Zunge zwischen die Lippen.

Als er die Beine wieder um mich schlang, spürte ich seinen harten Schaft, und spontan entschied ich mich für eine kleine Änderung meines Plans.

Ich hatte Lily in meinen Plan eingeweiht. Nach unserer letzten etwas unglücklich verlaufenen Begegnung hatte ich mich längst mit ihr ausgesprochen und versöhnt. Als sie von meinen Racheplänen hörte, war sie spontan bereit, ihren entscheidenden Part zu übernehmen.

Natürlich mussten wir bei Prem vorbei. Typisch – genau in dem Moment stieg er gerade aufs Fahrrad. Ich sah dunkle Stoppeln auf der Unterlippe, da würde wohl bald ein Bärtchen wachsen. Es gefiel mir überhaupt nicht. Ich träumte davon, dass er es war, mit dem ich aufs Zimmer ging.

Prem nickte uns kurz zu; so kurz, dass sogar Trent, obwohl mehr auf zu erwartende Lüste konzentriert, murmelte: »Was ist denn heute mit ihm los?«

Ich zog meinen nassen Bikini aus und sah ihn grinsend an, denn ich musste an seine Phantasie mit zwei Frauen denken. Ich lächelte still vor mich hin. Träume können wahr werden, aber oft auf eine Weise, die man am wenigsten erwartet.

»Du hast deine Schamhaare abrasiert«, sagte er.

Ich kommentierte das nicht. Mir gefielen meine Genitalien, wie sie jetzt waren – nackt. Es sah unanständig aus, es gab kein anderes Wort dafür. Aber ich wollte es so. Selbst das Rasieren machte Spaß.

Trent seufzte laut. Er streckte einen Arm aus, als wollte er mich zum Tanz auffordern.

»Behaart war mir deine Pussy lieber«, sagte er, »es hat sich wie eine Kokosnuss angefühlt.«

Ich hob die Schultern. Es war mein Busch, und ich trimmte ihn, wie ich wollte.

Ich rieb meine Brüste mit Sonnenöl ein, bis sie glänzten und glitschig waren. Trent verfolgte jede Bewegung meiner Hände und starrte fasziniert auf meine Brüste. Seine Erektion war schon kräftig gewachsen, obwohl ich sie noch nicht angefasst hatte. Das holte ich jetzt nach. Ich ließ das Öl auf meine Handflächen tropfen und rieb seinen Schaft damit ein.

Breitbeinig stand ich vor ihm und drückte den harten Schaft zwischen meine Brüste. Ich quetschte sie zusammen, damit die Passage enger wurde. Trent stöhnte laut. Meine glitschigen Brüste glitten an seinem nicht weniger glitschigen Schaft entlang; ein verrücktes Bild, meine weißen Brüste und sein gebräunter harter Schaft.

»Komm, Baby, setz dich auf mein Gesicht.«

Ich hockte mich über ihn und spürte seine Zunge, die wahnsinnige Gefühle in mir auslöste. Noch nie hatte ich mich irgendwo so zu Hause gefühlt wie in diesem Moment, in dem ich auf Trents Gesicht saß. Er liebte den Einsatz seiner Zunge, und ich fühlte, wie das kleine Juwel meine pochende Klitoris stimulierte.

Die Zunge stieß tief in die kleinen Falten und Furchen, und das Piercing fühlte sich wie eine zweite Zunge an. Zuerst begann er umsichtig das Terrain zu erkunden; es war, als kitzelte er mich mit einer Feder, aber danach stieß er kräftiger und tiefer und ungezügelter zu.

Ich benutzte ihn wie einen Fernseher oder wie eine Mikrowelle – sehr nützlich, sehr gut zu gebrauchen. Er trug zu meiner Unterhaltung bei. Ich packte ihn an den muskulösen Schultern und war nur auf meine eigene Lust aus. Als ich mein Grunzen hörte, dachte ich, es wäre das Grunzen eines alten Mannes. Seine Zunge badete meine Vagina und speichelte mich ein. Sein Piercing stieß wieder gegen meine Klitoris, und ich wusste, dass die Wellen der Lust bald über mir zusammenschlagen würden. Er leckte schmatzend und erforschte meine nasse Höhle, bis ich mich im Orgasmus wälzte.

»Du siehst phantastisch aus«, murmelte er. Einer seiner Finger stieß in meine hintere Öffnung. Ich schrie auf und warf mich auf ihn. Du bist verdammt gut, Trent, aber das werde ich dir nicht sagen.

Er war völlig erschöpft und schnappte nach Luft, dabei hatten wir doch gerade erst angefangen.

»Wann wird mein kleiner Mann seine Beachtung finden?«, fragte er müde.

Ich schlug die Augen auf und sah seinen Penis, der ungeduldig vor meinem Gesicht zuckte, hart wie ein Nagel.

»Später«, stöhnte ich.

Später rollte ich mich hinunter und ging ans Fenster. Ich zog die Vorhänge auf und wieder zu. Das verabredete Zeichen. Lily würde es sehen und Bescheid wissen. Trent sah aus, als wüsste er, dass er bald gekreuzigt würde, und ich war Judas, der dabei war, ihn zu verraten. Er hatte die Arme ausgebreitet. Das Projekt Trent ging in die entscheidende Phase.

Lily schlenderte in einem hautengen Kleid herein. Es sah wunderbar an ihrem perfekten Körper aus, als wäre es ihr auf die Haut tätowiert. Sie stolzierte durchs Zimmer wie ein Model bei einer Modenschau. Wenn sie so über die Straße ging, hätte sie wegen Erregung öffentlicher Freuden aus dem Verkehr gezogen werden können.

»Hallo, Baby«, sagte sie. Ihre Stimme war purer Sex.

Ich war erhitzt und zerzaust, und wir brauchten Lily nicht zu sagen, was sich zugetragen hatte – man sah es uns an. Besonders mir.

»Hallo, Lily«, sagte ich nervös.

Sie blickte zu meinem Gast. »Ist das Trent?«

»Wer bist du?«, wollte er wissen, und sein Mund stand so weit offen, als wollte er Fliegen fangen.

»Lily«, wisperte sie.

»Du bist die schönste Frau, die ich je in meinem Leben gesehen habe«, sagte er andächtig.

Lilys Lider flatterten. Wüsste ich es nicht besser, müsste ich glauben, dass sie ihn mochte. Aber ich wusste es besser.

Seine Blicke tasteten ihre goldene Haut ab, die Konturen ihrer Brüste, die langen Beine. Sie hatte einmalig weiße Zähne, und sie wirkten so kräftig, dass man annehmen konnte, sie könnte Bierflaschen damit öffnen und Weinflaschen entkorken.

Trent befand sich in einem Vorstadium der Ekstase. Er lag ausgestreckt auf dem Bett und konnte sein Glück nicht fassen. Sein Pfahl stand aufrecht da wie die Fahne im Golfloch.

»Zwei Frauen«, sagte ich. »Jetzt geht deine Phantasie in Erfüllung.«

Lily zog sich nicht einfach aus, sie bot uns eine Schau. Verdammt, sie war ein Biest und neckte und reizte nach allen Regeln der weiblichen Kunst. Sie sah den Besen in der Ecke stehen und glitt daran entlang, umarmte ihn, als begrüßte sie ihren Liebhaber und tat so, als lutschte sie den Knopf oben auf dem Griff ab.

Trents Stimme klang heiser, als er sagte: »Ich würde dir gern mein Piercing mal demonstrieren.«

Lily sah mich fragend an, und ich nickte.

»Ja, gut«, sagte sie, und wir grinsten uns an. »Aber zuerst sollten wir ihn festbinden.«

Sein Gesicht war ein Foto wert. Mit einer Angelschnur banden wir ihn ans Bett, die Hände hinter seinen Kopf, die Beine ans Bettgestell. Er ließ es über sich ergehen, aber er ahnte wohl auch, dass er gegen die kräftige Lily einen schweren Stand gehabt hätte.

»Komm endlich«, drängte er, »ich will hören, was du von meinem Talent hältst.«

Lily hob die Brauen und sah mich an, dann schälte sie sich aus ihrem herrlichen Kleid. Sie setzte sich auf Trents Gesicht, schob ihr Höschen zur Seite und ließ den steifen Penis über sein Gesicht fallen. Mit einer kurzen Bewegung ruckte Lily herum, nahm sein Gesicht zwischen ihre Schenkel und stieß den Penis in Trents vor Erstaunen weit aufgerissenen Mund.

Neunundzwanzigstes Kapitel

Ich wurde ohne Roger mit meinem Leben fertig – nein, ich kam ohne ihn mit meinem Leben besser zurecht. Mein Herz litt nicht. Allmählich begriff ich, auch wenn Angela nicht schwanger geworden wäre, hätte unsere Beziehung früher oder später ihr Ende gefunden. Seit wir getrennt waren, erkannte ich, dass meine Gefühle, die ich für Liebe gehalten hatte, nichts anderes als Gewohnheit gewesen waren.

Seither haben mich andere Leute berührt, angefasst, penetriert, aber sie bedeuten mir nichts. Mir liegt nichts an ihnen, und sie kennen mich nicht. Sie wissen nicht, was ich denke und fühle, und ich will nicht, dass sie über mich urteilen.

Ich bin härter geworden. Wer war die scheue, schüchterne Frau im Flugzeug gewesen? Wer war das Mädchen, das alles glaubte, was man ihm erzählte? Ja, stimmt, mit diesem Wesen habe ich nicht mehr viel gemeinsam, aber zugleich bin ich auch weicher geworden.

Die Regenzeit stand uns bevor. Bald würde jeder Abend so nass und stürmisch sein wie jener, an dem ich die Wahrheit über meinen Liebhaber erfahren habe. Es gab nicht mehr viele Leute auf der Insel. Prem, ich und ein paar Masseusen. Dann noch ein paar Weiße mit dicken Bäuchen und ihren hübschen Thai-Mädchen. Ich sah sogar ein paar der Männer, die bei der Vollmondparty dabei gewesen waren, aber sie erkannten mich nicht.

Es wäre vielleicht ganz lustig, wenn ich zu ihnen ginge und fragte: »He, hast du es inzwischen zu etwas mehr Ausdauer gebracht?« Oder: »Was macht der Leberfleck auf deiner Vorhaut?« Aber das tat ich natürlich nicht.

Ab und zu kamen ein paar neue Leute auf die Insel, Rucksacktouristen, die die Nachsaison ausnutzten und sich auf eigene Faust durchschlugen. Sie kamen mit originellen Klamotten und unkonventionellen Frisuren. Ich zählte mich inzwischen zu den Etablierten und betrachtete die Neuen etwa so, wie ein Großvater die Enkel sieht.

Mein Leben spielte sich zwischen Bungalow, Café und Strand ab. Mir gefiel es, meine Mahlzeiten allein einzunehmen. Ich genoss es, Bissen um Bissen zu kauen und zu schlucken, ohne vom Gegenüber gestört oder zu irgendeinem belanglosen Plausch gezwungen zu werden.

Seit Tagen hatte ich Lily und Trent nicht mehr gesehen. Selma und José hatten die Insel verlassen. Vielleicht noch ein paar Zeilen zum wilden Tun in meinem Zimmer: Mein Racheplan hätte nicht perfekter umgesetzt werden können. Trents Machogehabe hatte einen gewaltigen Dämpfer erhalten, und Lily hatte sich natürlich nicht die Chance entgehen lassen, ihn anal zu entjungfern. Zunächst hatte er sich zu wehren versucht, aber dann hatte er zur eigenen Verwunderung zunehmend mehr Lust empfunden – was ihm nachher sehr peinlich war.

Ein paar Tage später fragte mich Prem, ob ich mit ihm zum Wasserfall fahren wollte. Er würde mich früh abholen, und ich sollte nichts mitbringen. Innerlich jubelnd stimmte ich zu. Nähre nur nicht zu hohe Erwartungen, Abigail, warnte ich mich. Die Zeit für eine Romanze zwischen uns war abgelaufen, dafür waren wir aber Freunde geworden.

Wir fuhren hin, parkten, legten uns ins hohe Gras und ließen uns von der Sonne bescheinen. Ich hätte gern die Hand nach ihm ausgestreckt und ihn berührt, aber ich wusste, dass er das nicht wollte. Er wollte mich nicht. Und doch, als sich unsere Arme zufällig berührten, spürte ich, wie sich meine kleinen Härchen aufrichteten, als wollten sie sich mit seinen paaren. Er verschlang mich. Er fesselte mich. Ich versank in ihm. Und er wollte nichts von mir wissen.

»Ich wollte ein völlig andres Leben führen«, sagte er plötzlich. »Manchmal fällt es mir schwer, die Geschäfte des Sunita Complex wahrzunehmen.«

»Das heißt, du musst hier weiter arbeiten, obwohl du es gar nicht willst?«

Prem betrachtete seine Fingernägel, dann sah er mir lange ins Gesicht. »Ich muss gar nichts. Es ist keine Last für mich. Wenn du jemanden so liebst wie ich meine Familie, dann hört die Pflicht auf, Pflicht zu sein.«

Ich fragte mich, ob das der Grund war, warum es zwischen Roger und mir nicht geklappt hatte.

Ich schaute zum Himmel. Die Wolken schienen zu galoppieren, während hier unten auf der Erde alles in Zeitlupe ablief. Ich dachte darüber nach, ob ich je wieder jemanden lieben können würde. Vielleicht hatte ich es gar nicht verdient, dass mich jemand liebte.

Prem sprang auf und riss sich das T-Shirt vom Leib. Dann zog er seine Shorts aus. Er war so schön, dass es mir den Atem raubte.

»Prem?«, fragte ich unsicher.

»Zieh dich aus.«

So hatte ich es mir nicht vorgestellt, so ganz gewiss nicht.

»Zieh alles aus«, wiederholte er. Er schnürte seine Schuhe auf.

»Sind wir hier in Sicherheit?«, fragte ich zögerlich.

»Hier ist niemand. Wir sind allein.«

Mir liefen Schauer über den Rücken. Ich zog mich langsam aus, und ganz gegen meine Gewohnheit faltete ich meine Kleider und legte sie geordnet auf einen Haufen. Als ich mich schließlich zu ihm umdrehte, war er in dem dichten Gebüsch verschwunden.

»Prem? Wo bist du?«

»Hierher«, rief er.

Beunruhigt folgte ich seiner Stimme. Durch die dichten Bambusbäume sah ich den gewaltigen Wasserfall. Prem griff meine Hand, und noch bevor ich etwas über die Tiefe oder Fallgeschwindigkeit des Wassers wusste, waren wir schon gesprungen.

Wir klatschten nach unten, tiefer und tiefer, berührten uns, glitten gegeneinander, trieben dann wieder kurz auseinander. Ich wusste nicht, wann es aufhören würde, und dann schlugen wir durchs Wasser, meine Lungen explodierten und dann, ich weiß nicht wie, denn ich hatte nichts dazu beigetragen, tauchte ich auf und schnappte nach Luft. Prem war direkt neben mir. Wir befanden uns in einer der schönsten Buchten der Welt, eingerahmt von Wasserpflanzen und exotischen Blumen.

Es war wie ein geheimer Garten. Der Wasserfall regnete auf uns herab. Wir bespritzten uns gegenseitig, indem wir mit den Händen aufs Wasser klatschten, und lachten wie die Verrückten.

Sie kennen aus Filmen den Moment, in dem das

Lachen abbricht und die Leidenschaft einsetzt? Der entscheidende Augenblick, wenn das Paar sich nach der ganzen Warterei endlich in die Arme fällt?

Nun, so geschah es bei uns nicht.

Prem ließ nicht zu, dass sich das Fenster zur Romantik auch nur eine Sekunde lang öffnete. Ich dagegen wartete darauf. Oh, ich sehnte mich so sehr danach, dass es mir körperlich wehtat. Ich lechzte nach seiner Berührung. Meine Nippel waren hart und alert, und meine Pussy zog sich zusammen. Alle rationalen Grenzen waren verwischt. Er mochte keine ausländischen Touris, na und? Ich wollte ihn doch nicht ausnutzen, ich brauchte ihn. War das denn so schlimm?

Nach einer Weile führte Prem mich zurück zu seinem Motorrad. Ich war nackt, aber er sah mich nicht an. Wir zogen uns wieder die Klamotten an. Ich riskierte den einen oder anderen heimlichen Blick auf seinen schönen braunen Körper, während er sich wieder anzog, aber er sah mich erst wieder an, als wir vor seinem Motorrad standen.

Da blieb er stehen, betrachtete mich eine Weile und zupfte ein Blatt aus meinen Haaren. Ich traute mich kaum zu atmen, weil ich den zauberhaften Moment nicht stören wollte. Ich spürte seinen Atem auf meiner Haut.

»Da«, sagte er und ließ das Blatt zu Boden trudeln.

»In England sagen wir, so ein Blatt bringt Glück.«

»In Thailand halten wir es anders. Der Kopf ist der höchste Teil deines Körpers, und der Fuß ist der niedrigste.«

Ich sah in seine Augen, aber er wandte sich ab. Er wich mir aus. Mir fiel wieder ein, wie peinlich es mir gewesen war, als ich ihn das letzte Mal geküsst und er mich kalt abgewiesen hatte. Und doch wollte ich ihn so sehr. Wenn er mir so nahe war, kam es mir unnatürlich vor, sich nicht küssen zu wollen.

Aber der Moment war wieder vorbei. Gegen so etwas sollte es ein Gesetz geben. Jemanden aufzugeilen und dann den Schwanz einzuziehen, meine ich. Oh, Prem, warum willst du mich nicht anfassen?

Auf dem Motorrad quetschte ich mich gegen ihn. Meine Nippel bohrten zwei Löcher in seinen Mahagonirücken. Der Sattel fühlte sich hart unter meinem Po an, und die Schwingungen schickten süße Sensationen durch mein Delta. Das Bike war eine fein abgestimmte Maschine. Solche Vokabeln liebte ich. Sie erinnerten mich an sexy Kalenderbilder von fein abgestimmten Männern: Feuerwehrleute, Männer vom Bau, grinsende Kerle in Overalls. Kalenderblätter, zu denen man gut onanieren konnte. Du starrst sie auf deinem Computerbildschirm an und lässt dich in ihre Welt transportieren, wo die Männer groß und zäh sind und gleichzeitig sanft und lustig. Ich stelle mir vor, mit so einem Kalendermann durchzubrennen. Der Feuerwehrmann rettet dich, trägt dich die Drehleiter hinunter und nascht an deiner Muschi. Der Saft spritzt wie aus einem Schlauch. Oder du hast den Maurer zu Haus und bietest ihm Tee an. Rasch ein Quickie, während mein Mann nebenan mit dem Maurerboss über den Kostenvoranschlag feilscht.

Spürte Prem nicht, wie verzweifelt ich mich an ihm festhielt? Oder strafte er alle Touristen mit so viel Verachtung, dass er gar keinen Kopf für eine hatte, die heiß auf ihn war?

Verdammt, ich und meine albernen Phantasien. Aber was hatte es zu bedeuten, dass Selma ein Ticket erhalten hatte, um die Insel zu verlassen, und ich nicht? Er wollte, dass ich auf der Insel bleibe, aber nicht, um mit mir ins Bett zu gehen, sondern nur, um mich weiter zu reizen.

Ich hatte die Situation völlig falsch eingeschätzt.

Wir fuhren auf einem anderen Weg zurück, eine nicht ausgebaute Strecke mit vielen Haarnadelkurven. Prem fuhr schnell, und ich klammerte mich an ihn und schnüffelte an seiner Jacke wie eine heiße Hündin. Immer schneller raste er über die staubige Straße, wir gerieten ins Rutschen, die Räder griffen nicht mehr, und wir stürzten auf dem felsigen Untergrund.

Ich habe mal einen Hund gesehen, der auf Eis zu rutschen begann. Er war völlig konsterniert, dass er seine Pfoten nicht zum Abstützten gebrauchen konnte. Und dann fiel mir Trent ein, der gesagt hatte: »Motorradunfälle sind die häufigste Todesursache auf der Insel.« Dann wurde alles grau vor meinen Augen, und der Boden drehte sich und kam mir entgegen.

Ich spürte, dass ich über die Felsen hoppelte. Das Motorrad fiel auf mich, und mir war, als wäre mir ein ganzes Haus auf den Kopf gefallen.

Irgendwann musste ich ohnmächtig geworden sein.

Ich hörte, dass Prem mich anschrie. Ich schlug flackernd die Augen auf und sah, dass ich ein paar Schritte neben dem Bike auf dem Boden lag.

»Abby, bist du in Ordnung? Abby?« Prem schüttelte mich so heftig, dass ich dachte, mein Gehirn würde mir aus dem Kopf fallen. Blinzelnd sah ich zu ihm hoch. Sein attraktives Gesicht war grau vor Angst. Alles, was ich sah, vibrierte, als säße ich in einer Betonmaschine. Meine Lider waren zu schwer, ich konnte sie nicht offen halten.

Aber ich wusste, dass ich bald wieder okay sein würde. Meine Beine schmerzten, doch ich war schon zufrieden, dass ich sie noch spürte.

»Was ist mit dem Bike?«

Er half mir in eine sitzende Stellung und sah mich verwundert an. Ich war mir meiner Sache noch nicht sicher; vielleicht war ich gestorben und befand mich im Himmel.

»Das Bike?«, fragte ich wieder.

Er ging hinüber zu seiner Maschine, hob sie auf und stellte sie auf den Ständer. Dann kam er kopfschüttelnd zu mir zurück.

Meine Beine bluteten. Ich versuchte aufzustehen, geriet aber sofort ins Schwanken. Er schob seine Schulter unter meinen Arm und zog mich zum Motorrad. Dann hob er mich hoch und setzte mich auf den hinteren Teil des Sattels. Im Damensitz, wie man es von eleganten Ladys in Western sieht. Nur, dass nichts an mir elegant war, ich musste ein Bild der Jammers abgeben. Dreckig, blutverschmiert, zerzaust. Es war ein Wunder, dass wir nicht schlimmer verletzt waren.

Prem untersuchte mit ernstem Gesicht mein Knie. Er ließ sich vor mir nieder und tastete das ganze Bein ab, dann nahm er sich das verletzte Bein vor. Ein langsamer Walzer vom Knöchel bis zum Knie. Ich sah dem Vormarsch seiner tanzenden Finger zu. Er wischte den Schmutz ab, dann beugte er sich vor und leckte Dreck und Blut ab. Er saugte winzige Steinchen aus der Wunde, dann spuckte er sie auf den Boden.

»Du musst darauf achten, dass die Wunde sauber bleibt.«

Ich nickte. Ich konnte nur den heißen feuchten Mund auf meiner Haut spüren.

Er berührte die Innenseite des Oberschenkels mit dem Zeigefinger. Mann, er berührte meinen Oberschenkel! Er flüsterte »Entschuldige«, aber noch bevor er es ausgesprochen hatte, wusste ich, dass er sich nicht nur für den Unfall entschuldigen wollte. Er presste wieder den Mund auf mein Knie. Heiße Schauer liefen mir über den Rücken. Es ging mir wieder gut.

Ich fühlte seinen Atem auf meinem Bein, seinen Speichel, seine Wärme. Er sog den Schmerz aus mir heraus. Er hob den Kopf, und unsere Augen befanden sich auf einer Höhe, und noch bevor die Sekunde vergangen war, küsste ich ihn auf den Mund. Es war ein flüchtiger Kuss, mehr als ein Hauch als ein Kuss. Ich wartete. Ich konnte mich nicht zurücklehnen.

Oh, wie ich ihn begehrte! Wie ich mich nach ihm sehnte. Ich wollte ihn verschlingen, vereinnahmen, eins werden mit ihm, aber ich traute mich nicht, den ersten Schritt zu tun. Ich wartete darauf, dass Prem sich entschied. Aber er tat es nicht.

Also küsste ich ihn wieder. Ich wischte mit den Lippen über seinen Mund, es fühlte sich zart an wie die Berührung eines Schmetterlingsflügels.

»Ich kann nicht.«

»Doch, du kannst«, flüsterte ich in seinen Mund.

Er stieß einen Seufzer aus.

Wir küssten uns wieder, länger diesmal. Ich brutzelte wie Speck in der Pfanne. Er erlaubte mir seine Nähe, er schob mich nicht von sich. Ich wusste, dass ich über seinen Besitz trampelte, und es gefiel mir.

»Entschuldige«, ächzte er wieder. Diesmal öffnete ich meinen Mund so weit es ging, als wir uns küssten. Ich wollte ihn schlucken und stieß meine Zunge weit in ihn hinein. Er gab nach, und ich fühlte, wie meine Säfte flossen. Ah, wie wir uns küssten, wie wir immer mehr miteinander verschmolzen.

»Ich bin ein böser Junge«, murmelte er.

Oh, ja, sei ein böser Junge, sehr böse sogar. Endlich gab er auf, er hob mein T-Shirt an und barg sein Gesicht zwischen meinen Brüsten. Ich hielt sie ihm entgegen. Sauge meine Brüste, labe dich an ihnen.

Ich packte ihn an den Hüften und sah die schmale Haarlinie, die aus seinen Shorts nach oben wuchs, wie eine dünne Rauchwolke, die sich aus einem Kamin gen Himmel kräuselt. Ich wollte nicht zulassen, dass er den Mund von meinen Brüsten nahm. Meine Nippel waren rot und heiß für ihn.

Sanft drückte ich ihn auf sein Bike, auf dem er sich jetzt in der Horizontalen befand. Ich setzte mich auf ihn und begann zu reiten. Ich beugte mich über ihn, und meine Hände stützte ich auf den Lenker. Er wollte protestieren und mich zum Arzt schicken für den Fall, dass ich mich ernsthaft verletzt hätte.

Ich ließ mich auf seinen wunderbaren Schaft nieder. Ich konnte nicht länger unterdrücken, was ich für ihn empfand. Er steckte tief in mir, und ich pumpte genüsslich auf und ab. Himmel, ging es mir gut. Ich hatte mich noch nie so gut gefühlt.

Die Sonne prallte auf meinen Rücken, und meine Haare bedeckten uns beide. Prem zupfte zärtlich an meinen Brustwarzen. Jede Berührung schickte Wellen der Lust durch meinen Körper. »Ja!«, schrie ich, und dann auch einige Male seinen Namen, und ich musste oft und lange geschrien haben, denn später war ich heiser, und Prem sagte, er hätte auf einem Ohr stundenlang nichts hören können.

Dreißigstes Kapitel

Sie kann sich die Zeit nicht aussuchen, wann er sie besucht, und in manchen Nächten (nein, in den meisten Nächten) wünscht sie, nein, betet sie, dass er mehr als einmal zu ihr kommt.

Der König und sie passen gut zusammen. Bei ihr legt er die Tyrannei der Pflicht ab. Bei ihr ist der König ein glücklicher Mann.

Er kommt immer später zu ihr, denn er will keine Zuschauer mehr. Er entlässt die Höflinge und wartet, bis sie sich murrend entfernt haben, dann besucht er sie, und alles wird gut.

Sie fürchtet sich ein wenig davor, dass der König zu sentimental wird – und sie auch. Manchmal möchte er ihr Gedichte vorlesen, Liebesgedichte über wandernde Wolken und goldene Felder reifen Roggens.

Sie liest ihm auch Gedichte vor, dabei küsst er sie und knabbert an ihr und leckt ihr Gesicht. Er testet die Nässe zwischen ihren Schenkeln, daran macht er aus, ob sie bereit für ihn ist.

In einer Nacht sind sie besonders ungestüm zugange, und sie windet und wälzt sich so heftig, dass ihre Fesseln um die Handgelenke sprengen.

»Gouvernante ...«, stößt er keuchend hervor.

»Oh, verdammt«, ruft sie und greift wieder in die Schleifen. »Sie sind ein bisschen weit geworden.«

Der König rüttelt an den Fesseln um Fußgelenke und Knie. Er betrachtet kopfschüttelnd die seltsame

Vorrichtung, die dafür sorgt, dass sie stets geöffnet bleibt, denn er sieht natürlich, dass alle Fesseln nicht mehr greifen – eigentlich hätte sie sich längst befreien können.

»Gouvernante!«, ruft er wieder, »was hat das zu bedeuten?«

»Es bedeutet, dass ich Eure willige Sklavin bin.«

»Aber wie lange bist du schon frei?«

»Seit drei Monaten, Mylord.«

»Warum hast du nichts gesagt?«

»Mir ist es wichtig, mich Euch freiwillig hinzugeben, Mylord. Ich bin nicht aus Pflichterfüllung oder Loyalität geblieben, sondern weil ich Euch liebe.«

Der König atmet langsam durch. Er muss nachdenken. Seine Welt ist durch das Geschehen der letzten Monate aus den Fugen geraten. Alles, was er früher gefürchtet hat, liebt er jetzt.

»Gouvernante, ich habe da noch eine Frage«, sagt der König nach einer Weile.

»Mylord?«

»Wie wäre es, wenn du mich mal zur Abwechslung fesselst?«

Wie in jedem Märchen lebten sie und der König fortan glücklich, und wenn sie nicht gestorben sind, dann leben sie noch heute.

Nichts ist besser, als nach einem erotischen Traum aufzuwachen und einen steifen Penis in dir zu fühlen. Der Schlaf schuf seltsame, verwirrende Bilder in meinem Kopf. Als ich dann aufwachte, hielt ich mich an Prems Haaren fest, und Prem steckte in mir, lag auf mir und hielt mich gefangen. Meine Beine öffneten sich und hießen seinen Schaft willkommen. Er füllte mich aus.

Vergangene Nacht, als wir nach unserem Ausflug in seinem Zimmer eintrafen, war ich sehr verlegen gewesen. Was musste er von mir denken? Ich meine, ich hatte mich entsetzlich aufgeführt. Wieder eine Ausländerin, die nichts als eine Schlampe war.

Aber Prem war sanft und besorgt gewesen. Er legte mir einen gekühlten Waschlappen auf die Stirn und trug mich in sein Bett. Bei jeder Berührung erzitterte ich. Meine Haut wurde so heiß, dass ich sie wahrscheinlich hätte pellen können.

»Abby, was ist mit dir los?«, fragte er. »Hat es mit dem Unfall zu tun?«

»Nein.«

»Sieh mich an, Abby.«

Ich mochte ihm nicht in die Augen sehen.

»Ich bin verlegen«, schluchzte ich.

Er musste glauben, ich wäre wirklich übergeschnappt. Wusste er, dass ich mit seinem Kumpel geschlafen hatte? Und bestimmt hatte er von der Vollmondparty am Strand gehört.

»Bestrafst du mich?«, flüsterte ich.

»Warum?«

»Weil ich so ein böses Mädchen bin.«

»Du bist kein böses Mädchen.«

»Doch.«

»Mir ist egal, was du getan hast.«

Ich sah ihn endlich an, Skepsis in meinen Augen.

»Du bist wunderschön.«

»Danke, Darling.« Was für eine Erleichterung. Offenbar wusste er nichts. Hurra, hurra, hurra! Meine Schultern entspannten sich.

»Deine Vergangenheit interessiert mich nicht. Ich will dich jetzt«, sagte er.

»Ja!«, rief ich. Fühl mal, wie nass ich bin. Ich war ein Ozean auf Beinen.

»Aber ich werde dich trotzdem bestrafen«, sagte er grinsend.

»Ja, bitte.«

Auf allen Vieren war ich seine Sklavin. Er nahm meinen Körper in Besitz, Stück für Stück, von den Falten in meinem Nabel bis zu den blauen Adern in den Kniekehlen. Seine Zunge erforschte mich und ließ keine Senke aus, keine Furche, sie strich über die Schwellung meiner Waden, die Zartheit meiner Nippel und die fleischigen Knorpel der Ohrläppchen.

Ich schrie stumm nach seinem Schwanz, aber er gab mir seinen Mund. Oh, Prem. Ich befand mich in einer Phase der unablässigen Ekstase, und als er spürte, dass ich ein willenloses Bündel Lust geworden war, drang er in mich ein; es war der pure Wahnsinn, nie hatte jemand so gut zu mir gepasst.

»Wie spät ist es?«, murmelte ich.

Er stand auf und zog den Vorhang beiseite. Prem richtete sich nach dem Stand des Mondes.

»Vier.«

»Vier Uhr? Bist du verrückt?«

Er antwortete nicht. Stattdessen bewegte und schwenkte er mich, ich schunkelte auf seinem Penis, und meine Klitoris bebte zu neuem Leben. Er sagte, er liebte mein Gesicht, die Form meiner Nase und meine vollen Lippen. Er sagte, er hätte mich eher für eine besorgte Natur gehalten, ich hätte immer so beunruhigt ausgesehen. Er erinnerte sich daran, als er mich das erste Mal gesehen hatte. Ich hatte mir in den Finger geschnitten.

»An einem Blatt Papier«, sagte er und schüttelte den

Kopf. »Du musst eine sehr dünne Haut haben. Delikates Mädchen.«

Ich stimmte zu. Ich wusste, dass dieses Mädchen so delikat nicht mehr war, aber ich wollte ihm seine Illusion erhalten.

Um sechs Uhr weckte er mich mit kleinen süßen Küssen auf Lippen und Nase.

»Willst du mit fischen gehen?«

Prem mühte sich mit seinem Boot ab. Seine Knie schmerzten. Er sagte, das käme vom Unfall, aber ich war sicher, dass es von den Anstrengungen der letzten Nacht her rührte. Wir fuhren die Bucht entlang und dann weiter hinaus. Es war ein himmlischer Morgen im Paradies.

Er arbeitete hart und geschickt. Ich schaute ihm fasziniert zu, dann fragte ich nach Haien, die auf Menschenfang gehen. Er sagte, in dieser Bucht gäbe es diese Sorte nicht.

»Gut«, sagte ich. »Dann habe ich ja keine Konkurrenz.«

Wenn er den Fang hereinholte, stieß er kleine grunzende Geräusche aus, die mich ziemlich antörnten. Ich liebte die Geräusche beim Sex, ich würde sie gern mal aufnehmen und dann später abspielen, wann immer mir danach zumute war.

Ich setzte mich ihm gegenüber und spreizte die Beine, um ihn von der Arbeit abzulenken.

»Du bist eine unanständige Frau«, sagte er. »Abby, was machst du da?«

»Ich will dir was zeigen.«

»Was denn?«

Ich spreizte die Beine noch weiter.

»Oh«, sagte er.

Ich nahm ihm die Angel und den Fisch aus der Hand,

während er sich über mich beugte und mit den Händen über die Innenseiten meiner Schenkel strich. Ich hatte den Slip schon zur Seite gezogen.

»Wie sieht es aus?«

»Hungrig«, sagte er.

»Du meinst köstlich.«

»Nein, ich glaube, sie sieht eher hungrig aus. Sie will gefüttert werden.« Er folgte mit einer Hand der Linie vom Nabel bis zur erwachenden Pussy, die so nass war wie die See.

Ich erschauerte. Wir saßen uns gegenüber, sahen uns inbrünstig in die Augen, und er pumpte drei Finger in mich hinein. Oh, verdammt, wie viele konnte er in mir unterbringen?

Ich war zu verlegen, um ihn anschauen zu können. Es würde nicht lange dauern, dann würde ich zappeln und zucken wie ein Fisch an der Leine. Prem, wie kannst du mir das antun? Oh, Junge, was stellst du mit meiner Pussy an?

Ich hob den Blick und sah, dass Prem hart und bereit war. Er legte sich auf den Boden, drückte seine Zunge in mich hinein und presste sein Gesicht gegen mein Dreieck.

Irgendwo da draußen auf dem Meer hörte ich eine Stimme. Es war Trents Stimme. Er war der Seemann im Gummiboot, und jemand war bei ihm, der mit dem Rücken zu mir im Boot saß. Ich konnte nicht mal sagen, ob es ein Mann oder eine Frau war.

»Abbs, bist du allein?«, rief er.

Prem lag ausgestreckt unter mir. »Ja«, rief ich zurück. »Irgendwie schon.«

»Dann komm doch rüber zu uns.«

Kommen würde ich, aber nicht rüber, dachte ich. Prem stieß von unten zu.

Lily winkte mir zu, aber sehr vorsichtig, weil sie sich auf dem kleinen Schlauchboot nicht sicher fühlen konnte. Ich sah, dass sie Make-up aufgetragen hatte, sie hatte sogar falsche Wimpern angeklebt. Trent hielt sie von hinten fest.

»Trent und ich sind verlobt«, quietschte sie.

»Nein!«, rief ich und musste lachen. »Wo ist der Ring?«

Sie streckte ihre Zunge heraus.

»Was?«

Ich sah einen glänzenden Ring auf ihrer Zunge; was für eine Stelle für den Verlobungsring.

Ich grätschte über Prem, über meinen unsichtbaren Mann. Sie wussten nicht, dass er mich bediente, während wir miteinander sprachen, und natürlich erhöhte das den Reiz noch. Ich kannte das Spiel seiner reibenden Finger, seines rammenden Schafts; er wollte, dass es mir vor Publikum kam.

»Wohin fährst du jetzt?«, rief Lily.

»Oh, Himmel ... oh, ja, eh ... also eigentlich nirgends.«

Ich wusste nicht mehr, was ich gesagt hatte, aber Prem freute sich, dass er mich so verrückt machen konnte.

»Du siehst gut aus, Baby«, rief Trent.

Prem flüsterte mir obszöne Dinge zu. »Du bist so geil, mein Schatz, komm für mich. Ich weiß, dass du es auch willst. Komm, zeig es ihnen.«

Ich hätte England schon vor Jahren verlassen sollen. Da draußen gab es eine Welt, in der es irgendwo ein Fleckchen für mich gab. Ich dachte, um Liebe zu finden, muss man still sein und ein Nest bauen, aber jetzt wusste ich, dass man nur Mut zeigen muss.

Prem malträtierte mich mit Schaft und Finger, und ich

hüpfte immer aufgeregter auf und ab. Die Zuschauer im Schlauchboot konnten nicht sehen, was mit mir geschah und wie sehr ich es genoss. Irgendwie musste ich ihnen klar machen, dass meine Welt sich nicht zu drehen begonnen hatte.

Ich hörte Lilys besorgte Stimme. »Abby, bist du okay?«

Trent raunte ihr flüsternd zu: »Ist sie krank?«

Ich hörte ihre Stimmen, aber ich verstand nichts mehr. Mein Gehirn wurde ausgeschaltet, als hätte sich ein feuchter Lappen über die grauen Zellen gelegt.

»Wir müssen näher heran.« Eifriges Reden. »Abby, alles okay? Warte, wir kommen rüber.«

»Ja, ja, ich komme, ich komme ...«

Immer wilder und härter ritt ich auf ihm, pfählte ich mich auf ihm, und immer mehr schwankte unser Boot. Es kippte um, und wir wurden in die warme See geworfen.

An dem Abend sagte Prem, es würde regnen, und der Flughafen würde wieder überschwemmt. »Du musst länger bleiben«, sagte er. »Noch eine Woche?«

»Ja, okay.«

Während Prem kochte, schrieb ich meinen letzten Brief an Roger. Er lag im Krankenhaus. Ich hatte seine Frau angerufen, natürlich als besorgte Kollegin ihres Mannes, und sie hatte mir gesagt, dass er keinen bleibenden Schaden behalten würde, aber dass sein Gesicht nicht mehr so aussehen würde wie vorher. Nun ja, das konnte er sich ja auf seinem alten Passfoto ansehen.

Seine Frau hatte mir auch die Adresse des Krankenhauses genannt, deshalb konnte ich ihm den Brief schicken. Ich wünschte ihm gute Besserung und erinnerte ihn daran, dass Schmerz und Lust nahe beisammen liegen.

Prem fragte nicht, an wen ich schrieb, aber ich glaubte, dass er es wusste. Während das Essen in zwei großen gusseisernen Pfannen brutzelte, legte er seine Arme um mich, drückte mich fest und pflanzte feuchte Küsse auf Hals und Nacken und auf meine Wangen. Er grillte den frisch gefangenen Fisch.

»Mit Pilzen«, fügte er hinzu, legte den Kopf schief und betrachtete mich anzüglich.

Ich verschlang sie mit Heißhunger.

Ende